活在人世间

贾平凹 著

海峡出版发行集团 | 鹭江出版社
THE STRAITS PUBLISHING & DISTRIBUTING GROUP | LUJIANG PUBLISHING HOUSE

2019年·厦门

“走向世界的中国作家”文库

编辑委员会

总序

不仅是为了纪念

野莽

在一切都趋于商业化的今天，真正的文学已经不再具有二十世纪八十年代的神话般的魅力，所有以经济利益为目标的文化团队与个体，像日光灯下的脱衣舞者表演到了最后，无须让好看的羽衣霓裳做任何的掩饰，因为再好看的东西也莫过于货币的图案。所谓的文学书籍虽然仍在零星地出版着，却多半只是在文学的旗帜下，以新奇重大的事件，冠以惊心动魄的书名，摆在书店的入口处，引诱对文学一知半解的人。

这套文库的出版者则能打破业内对于经济利益的最高追求，尝试着出版一套既是典藏也是桥梁的书，为此做好了经受些许经济风险的准备。我告诉他们，风险不止于此，还得准备接受来自作者的误会，此项计划在实施的过程中不免会遭遇意外。

受邀担任这套文库的主编对我而言，简单得就好比将多年前已备好的课复诵一遍。依照出版者的原始设计，一是把新时期以来中国作家被翻译到国外的，重要的和发生影响的长篇以下的小说，以母语的形式再次集中出版，作为中国当代文学的经典收藏；二是精选这些作家尚未出境的新作，出版之后推荐给国外的翻译家和出版家。入选作家年龄不限，年代不限，在国内文学圈中的排名不限，作品的风格和流派不限，分期分批地进入文库，每位作者的每本容量为十五万字左右。就我过去的阅读积累，我可以闭上眼睛念出一大片在国内外已被认知的作品和它们的作者的名字，以及这些作者还未被翻译的本世纪的新作。

这个文库，除去为国内的文学读者提供怀旧、收藏和跟踪阅读的机会，的确还能为世界文学的交流起到一定的媒介作用，尤其是国外的翻译出版者，可以省去很多在汪洋大海中盲目打捞的精力和时间。为此我向这个大型文库的编委会提议，在编辑出版家外增加国内的著名作家、著名翻译家，以及国外的汉学家、翻译家和出版家，希望大家共同关心和参与文库的遴选工作，荟萃各方专家的智慧，尽可能少地遗漏一些重要的作家和作品。这方法自然比所谓的慧眼独具要科学和公正得多。

遗漏总会有的，但或许是因为其他障碍所致，譬如出版社的版权专有、作家的版税标准等等。为了实现文库的预期目的，那些障碍在全书的编辑出版过程中，出版者会力所能及地逐步解决，在此我对他们的倾情付出表示敬意。

目录

美穴地

多熟悉的声音，又多陌生的声音，多少多少年里只有在睡梦里听到，醒来却茫然四顾而慢慢麻木淡忘以至重重遗失得没了踪迹的声音，如远山里吹来了一缕微风，如大海的深处泛上了一颗泡沫，她的一根神经骤然生痛了。

柳子言给姚家踏坟地是苟百都的一顿烂酒后的多嘴惹下的。苟百都使威风，呼啦着漂白褂子，一进门鞋就踢脱了仰在躺椅上说，柳哥，你来钱主儿了，北宽坪的掌柜请你哩！柳子言说，他咋知道我，八十里的路我不去。苟百都一边拔根胸毛吹着一边嘿嘿地笑了：“掌柜不晓得你，苟百都却知道你呢。我带了一头驴子一条绳，你先生是坐驴子还是背绳呀？”驴子在门前土场上烟遮雾罩地打滚；苟百都一扬手，腰间的一盘麻绳嗖地上了梁，再扯下来，陈年尘灰黑雪似的落了柳子言一头。

柳子言就这么跟着苟百都走了。

穿过房廊，金链锁梅的格窗内，四个长袍马褂在八仙桌旁坐喝，他们斜睨着柳子言，便把一口浓痰从窗格中飞弹出来了。柳子言耸耸肩上的褡裢，将鞋壳里垫脚的沙石倒掉，笑笑地，看鸡啄下浓痰，微醉起来，趔趔趄趄绞着碎步。四月的太阳普照。苟百都已经进里屋去禀告了许久时间还不出来。空中飘落下一根羽毛，是鹰的羽毛，要飘到面前了却倏忽翻了墙去。廊头的一只狗随之大吠了。柳子言打也不是，不打也不是，里屋门里便有一声叫道：“让我瞧瞧，来的又是哪一路先生？”声音细脆尖锐，柳子言想，老树一样的财东还有这嫩骨朵儿女儿？遂一朵粉云飘至台阶，天陡然也粉亮了。眉目未待看清，锥锥之声又起：“光脸犊子！你真能踏了风水？”酒桌上的长袍马褂立时噤了拳令，重又乜视了柳子言，说句：“该是庙会上唱情歌的阿哥吧！”哄然爆笑。柳子言脸涨红了。柳子言的脸不是为谑笑而红，倒是被这女人震住，女人的目光罩住他如突然从天而降在面前的太阳，乍长乍短的光芒蜇得难以睁眼，一时自惭形秽站不稳了。掌柜在内室喊：“让先生进来！”狗还在咬，柳子言走不过去，苟百都再唬也唬不住，女人说：“虎儿！”腿一叉已将恶物夹在腿缝，柳子言同时感觉到了后脖子有一点凉凉的东西，摸下来是一片嚼湿了的瓜子皮儿，女人很狐地丢过来了一个笑眼。

掌柜在烟灯下问候柳子言，说百都夸你大本事，姚某就把你请到了，姚家上下都是善人，踏出吉地有重谢，踏不出吉地也有小谢。话说得帖妥温暖，柳子言就谦虚着，晚辈没本事，但会尽力而为，“有多大的虮子出多大的虱吧。”掌柜也笑了，要苟百都陪先生到后厅单独吃酒去，柳子言身不胜酒，摆手谢免，掌柜就欠起身把烟灯推过来，柳子言也是不抽。风吹动了门帘，琉璃脆儿的帘钩叮叮当当作响，帘下出现了一只穿着窄窄弓弓白鞋的小脚。柳子言知道掌柜的女儿站在了那里，他准备着女人要来了，但那鞋尖蠕动了几下却始终没有走进。荀百都后来就领着柳子言从后门出来往坡根去了。

柳子言转遍了后坡寻找龙居，几次觉得后脖子似乎还在发痒，痴一会儿呆，随之拿手拧脸，骂一句“荒唐”，小跑着上坎下涧把自己弄得气喘吁吁起来。荀百都一边提鞋跟一边骂：“你是鬼抬轿了？！你不抽烟，你也该讨个泡儿给我呀！你算 × 男人，驴子都在后腿根别个烟具，你倒不会抽烟？！”柳子言坐在了一个土峁下，说：“太阳还没落，你去接掌柜来，吉穴就在这儿了！”西边山一片红霞，掌柜来了。柳子言放着罗盘定方位，遥指山峁远处，河之对岸有一平梁为案，案左一峰如帽，案右一山若笔，案前相对两个石质圆峁一可作鼓一可作钹，此是喜庆出官之象。再观穴居靠后的坡峁，一起一伏大倾小跌活动摆褶屈曲悠扬势如浪涌，好个真龙形势！且四围八方龙奴从之，后者有送有托有乐，前者有朝有应有对，环抱过前有缠，奔走相揖有迎，方圆数百里地还未见过此穴这等威风！淫浸到地理学问中的柳子言此一刻得意忘形，口若悬河，脚尖划出穴位四角让下木楔。北角第一楔却打不下去，刨开土看，土下竟有一楔，又下南角楔，南角土下又是木楔。四角如是。掌柜哈哈大笑了：“柳先生真是好身手，不瞒你说，我已请四位高手七天踏出此穴，请你来就是再投合投合的，这里果然是吉穴了！”柳子言却一下子坐在地上，后怕得一身冷汗都湿漉漉了。

夜里，苟百都在厢房里给柳子言铺床展被，柳子言骂：“苟百都，贼，你好赖认识我的，怎不透风是要我来投穴，你成心要搞我一碗饭吗？！”苟百都说：“柳哥，妈的 × 没良心，这不是更显派了你的本事吗？算我瞒了你，我请你客！”便一掌推开后窗，推出了一个黑乎乎世界来，顿时有猫在叫春，谁家的尿桶里女人在小便，声散而漫长，一盏灯幽幽地从小而大了，幽幽着：“回来哟，回来哟……”柳子言便听着苟百都对着那里问话了：“喂，谁个？”“我。他苟叔呀！”“西门家的！这般黑了你是来踏掌柜的溜子吗？”“爷！话可不敢这么说，孩子烧得火炭样的烫，我来叫叫魂呀！”“你两口耍活龙蹬了被子把孩子凉了吧？掌柜今日踏坟地，你家不送礼吗？”“哎哟，真是不知道呀，我明日灌二升小米过去吧。”“有心就是。我给掌柜圆场，小米就留给孩子吃吧，你过会提只鸡来应付一下作罢。”“实在谢你了，他苟叔！”“不谢。我在这儿等着，来了敲窗子！”苟百都收回头往墙角架柴火了。火燃起来，窗子果然被敲响，苟百都扑啦啦丢回一只鸡来连嚷柳子言好口福是个母鸡哩！合窗时却又探头出去，问西门家的你手里还拿着什么。西门家的回说这鸡近日怪势，白天不下蛋偏在晚上下，刚才路上就把一颗屙下来了。苟百都便变了脸，说：“鸡已经是掌柜家的了，你怎敢就拿掌柜的鸡蛋？递过来！”递过来就在窗台上磕了，一口吸干。

鸡并没有杀脖开膛，活活拔毛，屁眼上捅根铁条就架烤到火上了。苟百都一边说鸡还叫唤着什么呀，一边抓了盐往流油的鸡身上撒，嚷道：“好香，好香！”后来就撕下一条腿给柳子言。突然门哐啷推开，风把墙窝子的灯扑灭：“好呀，百都，又杀谁家的狗偷吃？！”柳子言立即听出是谁来了，吓得一口吐了鸡肉，退身到柴火黑影处。

苟百都嘿嘿笑着：“四姨太，我知道你会闻香来的。一条腿正给你留着，牙签也给你预备了的！”

黑影里的柳子言终于看清了火光涂镀了的女人的俏样，但他吃惊的是这女人竟不是掌柜女儿！四姨太。有这么年轻的四姨太吗？

四姨太伸手去接苟百都递过来的鸡肉时，发现了柳子言，女人的眉尖一挑，遂平静了脸道：“哟，先生也偷吃嘴儿！偷着吃香吗？”柳子言好窘，女人偏死眼儿看他，“北宽坪的女人都是单眼皮，柳先生倒是双眼皮！先生吃肉，也不让让我吗？”

柳子言便说：“四姨太你吃！”

“好，我吃你的肉！”女人把柳子言的鸡腿接过咬一口，嘴唇撮撮地翘开。柳子言说：“太烫的。”女人说：“我怕揩了口红哩。口红还在吗？”嘴更撮起来，红圆如樱桃。

这一宵，柳子言没有睡好。一贯沉静安稳的先生感觉到了浑身燥热，兀自地翻来覆去睡不着，唠唠叨叨的苟百都由鸡肉叙谈起他的食史，吃过了除撣灰撣子外的长毛的飞禽，也吃过了除凳子外的生腿的走兽，“你吃过吗？”他没有吃过，睁眼看着又点亮的一盏燃着独股灯芯的矮灯檠，柳子言的心如同墙壁上的灯影一样晃乱了迷离的图景。如果在往常的柳子言，白日在驴背上颠簸八十里，又在北宽坪的后坡跑动一个后晌所构成的疲倦，一挨上枕头就睡着要如死去，不想现在却回想起了八岁的孤儿跟随师傅在玄武山上学艺的情形，想起了这么多年每日为人踏勘风水的生涯，不该走的路也走了，不应见的人也见了，人生真是说不来的奇妙。便是今日的事情，当初怎么被苟百都知道了自己，要挟而来，竟认识了北宽坪财名远播的掌柜和他的四姨太，一个怎样艳丽的美妇啊。

一提起美艳的四姨太，柳子言耳膜里，就消灭不了女人尖尖锥锥的调笑，只有小孩子才会有的放肆出现在大户人家少妇之口，别有了一种的大方，甚至是浪荡，致使少年热情的柳子言就如在一块林中新垦的沃土上，蓦地撞着了一只可人的小兽。为了他，女人在台阶上把狗扼伏胯下，身子在那一刻向一旁倾去，支撑了重量的一条腿紧绷着弓，动作是多么的优美。为了保持身子的平衡，另一条腿款款从膝盖处向后微屈着的，胳膊凌空下垂的姿势，使一领缀满了红的小朵梅花的白绸旗袍，恰恰裹紧了臀部。隐隐约约窥得小腿以下一溜乳白的肌肤。且一侧着地将鞋半卸落了，露出了似乎无力而实则用劲的后脚。是的，这样素洁的肥而不胖的一只美脚，曾经又在门帘下露出一点鞋尖，柳子言能想象出那平绣了一朵桃花的几乎要鲜活起来的鞋壳里，一节节细嫩的五根趾头和玉片一样的指甲了。

对于柳子言，这无疑是一种不可思议的奇迹，他从未见过一个鹤首鸡皮的老头娶得如此鲜嫩的年少妇人，且又是他第一回一见而心跳不已。后脖子又酥地一下痒了，一片被女人香唾嚼湿的瓜子皮儿永远使那一块皮肉知觉活跃，这时候的柳子言不免又想起了初黑天时一句“男人倒长双眼皮”的赞语。这样的话，柳子言可以在每一处地方差不多听到，皆觉无聊之风，过耳即消，唯这一次经这女人说过了，那一时手脚无措，鼻尖上都沁出汗来。现在回想，那是多么憨傻的一副村相哪！也是确确实实的事，以自己英俊的面孔，高出一般内行人的堪舆本事，蛮能得到一位人物整齐的妻子长相厮伴。但走南过北的柳子言至今一把锁封了家门，日日背着装罗盘的褡裢流浪了。如果从小就窝在家里种地牧牛什么也没见过，独身也就安心独身，而如今经见了万千世事，又偏偏目睹了一个枯老头的妙龄姨太，柳子言恨起这巧讨饭一般的风水家技艺，而苍苍茫茫地一声浩叹了。

“噗”地一口吹灭灯盏，柳子言不忍在若即若离的灯芯光焰中淫浸往事，坠入幽深的黑暗。但院中的狗还在咬，遂听见一声“虎儿”，接着有一串细微的金属丁零的音响，柳子言不觉屏息而静，双眉之上的额心像要生出一只眼来也似透视了院中的一切。女人已经是换了一件圆领的晚服短衫吧，那短衫使女人别有了一种与白日不同的柔媚，情致婉转，将粉颈跟两块突凸的锁骨微微暴露，女性的美艳皆如四姨太这一类，该肥的胸部和臀部浑圆，该瘦的后脊和两胁则包骨不枯。她牵着狗的铁绳走过，铁绳使她柔不胜力，牵住一头其余软软拖地，一径经过了公公病瘫卧床的窗下，经过了吃斋的婆婆诵着祷告之声的经房。然后就歇息睡到掌柜的床上去吗？真的，一双退了脚足的红尖白鞋，在床下是怎样的一对停泊了的小小船舟，送去了一枝带露淋淋的花朵偎长于一根已锈腐苔的枯木边了。

这般想着的柳子言陡然睁圆了眼睛，脱口在黑暗中说：“苟百都，你家的四姨太好风流！”

“世上的好女人都叫狗 × 了！”苟百都竟全然未睡，似乎正被一种事情所愤怒着，“你也想着四姨太呀？！”

一句话破坏了所有的美妙遐想，柳子言后悔着叫起这粗俗丑恶的下人。苟百都却连连砸着火镰要点灯，火石爆溅着细碎的火花，在反复明灭的灿烂里，柳子言看见了掀被而坐的赤条条的苟百都和苟百都两腿之间挺硬的一柄恶根，他把头别转了。苟百都说：“把纸媒递我，纸媒在你床头墙窝里！”柳子言没有去摸纸媒，说声“给！”将一团火绳扔过去，却故意失手把灯檠哐啷打翻了。苟百都骂了一句，摔了火镰，却说起掌柜怎样地不行，吃人参鹿茸也不行，夜里只拍着四姨太的屁股光说是好东西，四姨太就不止一次地在那松皮脸上抓下血印，养了“虎儿”靠“虎儿”了。“柳哥，你信不信？”柳子言不作声。“反正我是信的！”苟百都咽了一口唾沫，“咱行的，可咱不如一条狗嘛！”

柳子言不愿再听下去，发出了悠久的鼾声。苟百都说：“不说了不说了，柳哥，你试试，用席眉儿掏掏耳朵，下头那东西就不想她了。不想了！你是踏坟地的，坟地真能起了作用吗？”

柳子言说：“不起作用，掌柜能请这么多人来？”

苟百都说：“四个先生踏的穴，你一来踏的还是那个，这么说姚家的坟地是最好的了？”

“最好。”

“还有好的吗？”

“有是有，北宽坪怕也没有再胜过的了。”

“妈的，那他姚家世世代代要做财东，要 × 好女人了？！”

天明，柳子言起得早，站在院子里仰头看一棵枣树。四月里的叶芽长得好快，生着刺的，硬着折弯的枝柯，把天空毛茸茸地割裂开了。四姨太抱着两床绿被往廊前的绳上晾，轻轻就咳嗽一下。柳子言回转头，绿被与绿被之间恰恰地露一副白脸正笑着看他，这景象在柳子言的感觉中妙不可言，想到了荷塘里的出水芙蓉，兀自地发呆了。女人说：“先生起得早呀！”柳子言便说：“四姨太也起得早！”女人从被子下钻过来，抱怨着掌柜微明送那些风水老先生，顺路又要去前村的铺子里收取些银元，害得她也没瞌睡了。“先生看枣树看了那么久，枣树上有花吗？”女人已经站在柳子言的身边了，并没有看枣树，却看柳子言的脸，柳子言慌了，竭力饰其心机，不敢苟笑，说：“瞧，枣树上有一颗枣哩！”枣树梢上是有一颗去年的陈枣，虽有些瘪，却经了一冬一春的霜露更深红可爱，女人也就瞧见了。

“我要那颗枣哩！”女人突然说。

柳子言摇了一下树，天乱了，枣没有落下来。

“我要哩！你给我摘下来吆！”女人仍在说。

面对着同龄的已经噘了嘴撒娇的四姨太，柳子言也忘记了被雇请来的手艺人的身份，兀地鼓足了勇敢，一跃身抓住了树枝，一只手扯着一只手竭力去摘干枣，将一颗在满掌扎着硬刺的手心中的枣儿伸到女人面前。女人却并没有去取，喜欢地说：“你真老实！”喘笑着竟往厅房去了。

一时间，柳子言窘起来，女人已上了台阶，回身向他招手："傻猫，你不来挑挑刺吗？"脖脸仍窘烧不退。遂走到厅房，却不见了女人，兀自用牙咬着拔掌上的刺，无法拔净，女人却又在东边的小房里轻唤："进来呀！"柳子言再走过去，一挑帘子，房内的窗帘布并没拉开，光线暗淡，幽香浮动，女人竟已侧卧于床上，靠的是一垒两个菱叶花边的丝绵枕头，身子细软起伏，拥上去的月白色旗袍下露着修长如锥的两条白腿。柳子言的胸中立时有一只小鹿在撞了，欲往外退。女人说："不挑刺了吗？""我已经拔出了。""是吗？"女人翻身下来，拉柳子言于床沿坐了。"先生不用我的针了，我可得求先生事哩。你识得阴阳，一定也会医道的，你凭凭脉，这夜里总是睡不稳呀！"一只手就伸来平平停放在柳子言的膝上了。柳子言何尝识得病理，听了女人的话，不知怎的，竟也伸出三枚指头扼按了女人的玉腕。是的，女人的脉在汩汩跳着，柳子言的三枚指头跳得更厉害，如此近地挨靠着女人且扼接了人家的手，柳子言如果真会凭脉，脉象里的强弱沉浮，能告知女人夜里睡不稳，害的是和自己昨晚一样的心思吗？是一样的心思了，该要说些什么样的话语，透出心迹呢？但是，但是，或许这女人真的有病，是诚恳在请教着一个医家郎中呢，柳子言后悔了不懂假懂，柳子言的手现在是再也取不下来，一瞑目，深自痛恨起来了。为什么有了这样的对于四姨太不经的妄念呢？自己对医药常理一窍不通，却要将一夜的痴恋发展到这步举动来作伪行骗，这不是很可卑的吗？紧张得出了热汗又自悔的柳子言这么想，又为自己的检点发生了疑问。看见了一个美妇人而生爱恋，这爱恋又是他人生第一次萌发，这当然算不作什么可卑，如果见了美艳的女人冷若冰霜心如死灰，柳子言就不是今日一身堪舆本事，是一截木头一块石头了。既然女人的玉腕已在怀中扼按，不识凭脉，也得像模像样地凭一次脉了。柳子言终于心静下来，感觉到了女人的脉正和自己的脉同一节奏地跳跃，为了庄重起见，他侧勾了脑袋。但控制住的思维在不久就又恍惚出游，头虽没有抬，却知道女人一眼一眼瞧着他，而窗布关不住的一格细缝里透进了一道初出的太阳，使万千的微物一齐在其中活活飞动，同时衬映出了女人脸上的一层茸茸细毛所虚化的灵晕般的轮廓。这时候，一只小鼠从房角的什么地方溜出来，作了一个静伏欲扑的姿势，遂钻过门坎不见了。柳子言不知怎么说出了一句：“有猫吗？”

“毛？”女人轻轻地惊了一下，明显地被平放在那里凭脉的手在骤然间发胀了。柳子言抬起头来，看见女人一脸羞红地说：“不多……稀稀几根。”

柳子言立即明白了女人的误会，暗暗叫苦了。怎么能提问这些无聊的话呢？女人在不得已回答了提问而要认定自己将是多么淫邪呀！凭着感觉，女人是喜欢了自己，起码可以说并不讨厌，方能在没人干扰的空房里让他凭脉，一旦认定了淫邪而反目，岂不同这可爱的女人连话也说不成了吗？柳子言赶忙解释："我，我……"女人却在羞红脸面的瞬间被另一种东西所刺激，被凭脉的手捏住了一个小小的软拳捶在他的肩上，喘笑道："你这是什么先生？你这是什么先生？"拢在头上还未完全梳理好的一堆乌发就扑撒而下，摩抚了柳子言的额角和一只眼，以至在一副软体失却了平衡倒过来的时候，柳子言一揽胳膊，女人已在怀里了。

突如其来的变化，不期然而然，柳子言如梦中从高崖纵身跳下，巨大的轰鸣使心脏倏忽停息了，他疑惑着这是不是现实，又一次注视了在怀中已微闭了眼皮而嘴唇颤动的女人，头脑里极快地闪过这女人怎么就委身于我的问题。是真的钟情了我还是个淫荡的雌儿或者更有什么阴谋而陷害我？如果在怀里的不是掌柜的女人，是普通人家的待嫁的姑娘，这一切顺理成章的事情就会有了。但自己一个被姚家雇请来的贫贱之人怎么能干这种悖礼违常的事体呢？正如苟百都所说，这是个饿慌了的娘儿们，这一刻里淫情激荡，为了满足自身而要他充当一个工具，作用如同一条狗吗？坦白的仍是纯洁童子身的柳子言这么一思索，笨拙得竟不知如何来处理这女人。再一次看着女人，女人眼睛睁开了，燃烧着火一样的光芒，樱红的口里皓齿微开，一点香舌颤抖出没，柳子言的血重新涌脸，将刚刚闪现出的思索又都粉碎了。他把女人再次搂紧，潜意识里似乎明白面对着的将是一盏鸩酒，但鸩酒泛着嫣红颜色的美艳，使他只感到心身大渴。

柳子言把四姨太放倒在了床上，解开旗袍，女人竟根本没穿衬裤，白腴的肚皮上裹着一件艳红的裹兜。四姨太说：“不要看，你不要看！”柳子言松掉了裤带，却怎么也挺不起来。女人已经蛇一般地蠕动了身子喃喃不已，柳子言还是不能成功。他满头的汗，只狠劲地用手按了一下，立即提穿了裤子一脸羞红地走出门了。

出山的太阳已经灿灿地照着了半个房廊，院中枣树上落下一只翘尾的喜鹊在欢快地叫。小房里的四姨太在砸摔着茶碗，踢倒了凳子，随之一疙瘩东西从窗子里甩出，哭声就起了。柳子言看见了那是女人的红裹兜，兜带儿已全然撕断。

贼一样回坐到厢房的柳子言，心仍跳得守不住，他怨恨着自己的无能，原来是这样一个泪蜡头的男人吗？他想，虽然并没有从肉体上接触过女人的经验，但自己并不是这样呀，且现在又是多么刚劲有力，为什么那一时竟会那样呢？柳子言细细回想着刚才的场面，便听到了狗咬，去村前河里挑水的苟百都在房廊口喊：“姨太，你拦拦你的狗呀！”他就为方才的事件后怕起来，庆幸没有成功而避开了被人撞见的危险。到了这时，柳子言又怀疑了女人大天白日主动于他是不是故意要让家人发觉而加害他，最起码要使他免去踏坟地的报酬吧。或许女人在淫心激荡后而未能满足，恼羞成怒，待掌柜回来，又会怎样地指控着他强行奸淫的罪恶呢？

挨到了苟百都叫他说掌柜召见，柳子言站在掌柜的面前坐也不敢坐。

“坐呀，”掌柜说，“你给我踏了吉地，我说过要谢你的，这些银元够吗？”这时候，柳子言看见了八仙桌上齐齐摆了五个银元柱儿，森森放着毫光。

柳子言心放下来，他看着掌柜桃核一样的脸，脸上读不出什么阴谋和奸诈，便知道四姨太并没有告发他。他说：“我不收你的钱。能帮掌柜出些力我就满意了。”掌柜说：“那怎么行？总得补补我的心意呀，那么，你看着我家的东西，看上了什么你拿一件吧！”

柳子言的意识立即又到了四姨太的身上，遗憾着自己的失败，却同时为自己被艳丽的女人钟情感到得意和幸福。那场面的每一个细节皆一齐在甜蜜的浸泡下重新浮现，将会变作一袋永远嚼不尽的干粮而让柳子言于一生的长途上享用了。这么想着，却神忽他往，不禁心里又隐隐地发痛了，一个身缠万贯的财东的女人爱上了自己，一个家穷人微的风水先生，在背后是多么放纵着痴恋，却在她的赐予面前阴暗地审视着她的不是，这不是很耻辱的事吗？很下作的事吗？唉！唉！讲究什么走州过县的见了世面，讲究什么饱肚子的地理学问，屁！忧虑，怀疑，胆怯，恐惧，再也无法弥补地辜负掉怎样的一个清新早晨啊！柳子言扭头斜视了一下旁边的小房，门帘依然垂着，那女人并没有出来。“即使她出来送我，我还有什么脸面再见她呢？”柳子言盯起阳光流溢的厅外院子，院子里的捶布石下软着一疙瘩红，是女人发泄恼恨扔掉的裹兜。他终于说了：“掌柜是大财东，能到你家，我也想沾沾姚门的福气，如果掌柜应允，院子里的那块红布能送我，我好包包罗盘呢。”

掌柜在吉地上拱好双合大墓的第七天，久病卧床的姚家老爷子归天了，灵柩下埋在了墓之左宅。三年里，姚家的光景果然红盛，铺子扩充了五处，生意兴隆，洛河上的商船从南阳贩什么赚什么，北宽坪的四条大沟田畦连片，逃荒而来的下河人几乎全是姚家的贱户。逾八年，姚母谢世，姚家又是一片孝白，双合大墓将要完全地隆顶了。

苟百都仍在姚家跑腿，仍是夜里不在房中放尿桶，数次起来去茅房要经过掌柜的窗下听动静，回来睡不着了，手淫下脏东西涂在墙上。姚母去世，依然要披麻戴孝的苟百都却不能守坐灵前草铺，也不可拿了烟茶躬身门首迎来送往各路来客，他是粗笨小工班头，恶声败气地着人垒灶生火，担水淘米，剥葱砸蒜。在龟兹乐人哀天怨的唢呐声中，苟百都听出了另一种味道，为自己的命运悲伤了，他注意了站在厅台阶上看着出出进进接献祭品的四姨太，这娘们儿穿了孝越发俏艳，他突然冒出一个念头：怎么死的不是姚掌柜呢！现在，苟百都被掌柜支派了去坟地开启寐口，苟百都实在是累得散架，但他又不能不去。背了镢头出门，经过四姨太身边，故意将唾沫涂在眼上，却要说："四姨太，你别太伤心，身子骨要紧哩！"

四姨太说："呸！苟百都，你是嫌我不哭吗？"

苟百都说："我哪里敢说四姨太？其实老太太过世，这是白喜事。再说，老爷子住了吉穴使姚家这多年暴了富，老太太再去吉穴，将来姚家的子子孙孙都要做了官哩！"

四姨太说："你个屁眼嘴，尽是喷粪，又在取笑我养不出来个儿吗？我养不出个儿来，你不是也没儿吗？要不，你儿还得服侍我的儿哩！"

苟百都噎得说不出话来，在坟地启寐口越启越气，骂姚掌柜，骂四姨太，后来骂到柳子言把吉穴踏给了姚家，又骂自己喝了酒提荐了柳子言好心没落下好报。整整半个早晨和一个晌午，一个人将双合墓的宅右门的寐口启开了，苟百都索性发了恨：姚家发财，还不是靠这好穴位吗？你掌柜有吃有穿，老得咳嗽弹出屁来，却占个好娘儿们，还想世世代代床上都有好 × ！一镢头竟捣向了严封着的左宅门墙，"喀啦啦"一阵响声，门墙倒坍，一股透骨的森气当即将他推倒，且看见那气出墓化为白色，先是指头粗的一柱直窜上去，再是于半空中起了蘑菇状，渐渐一切皆无。苟百都死胆大，站在那里捋捋头发又走进去，那一口棺木尚完好无缺，蜘蛛则在其上结满了网，若莲花状，也有官帽状，官帽只是少了一个帽翅罢了。苟百都听人讲过，棺木上有蜘蛛或蚂蚁结网绣堆便是居了好穴，网结成什么，蚂蚁堆成什么，此家后辈就出什么业绩人物。而苟百都此时骇怕了，他明白了他是在出散了姚家的脉气，坏了姚家世世代代作威作福的风水，禁不住手摸了一下脖子，恍惚间看见了有一日自己的头颅要被掌柜砍掉的场面。但苟百都随之却嘎嘎狂笑了："姚掌柜，姚老儿，苟百都不给你做奴了，我帮你家选的穴，我也可坏你家的风水的！"

姚家明显地开始衰败，先是东乡的染坊被土匪抢劫，再是西沟挂面店的账房被绑票，接着洛河上的商船竟停泊在回水湾不明不白起了火，一船的丝帛、大麻、土漆焚为灰烬。掌柜怨恨这是坟地散了脉气所致，一提起苟百都便黑血翻滚，提刀将八仙桌的每一个角都劈了。但逃得无踪无影的苟百都再没在北宽坪露面，掌柜只是高薪请了会"鬼八卦"的术士画符念咒，弄瞎了远在深山的苟百都老娘的一只眼。

约摸过了三年，正是稻子扬花时节，掌柜在为其母举办了最后一个服孝忌日的当晚，与四姨太吵了嘴，闷在床上抽烟土，村人急急跑来说是在村前的稻菽地堰头见着苟百都了，苟百都一身黑柞蚕丝的拈绸，金镶门牙，背着一杆乌亮的铁枪。问：“苟百都，你回来了，这么多年你到哪儿去了？”苟百都把枪栓拉得喀啷响。问话人立即脸黄了：“噢，老苟当逛山了？！”苟百都说：“你应该叫我苟队长，唐司令封我队长了！”唐司令就是唐井，威了名的北山白石寨大土匪，问话人赶忙说：“苟队长呀，怎不进村去，哪家拿不出酒也是有一碗鸡蛋煎水呀！”苟百都说：“我等个人。”问：“等谁呀？”苟百都躁了，骂：“你多嘴多舌要尝子弹吗？没你的事，避！”掌柜听了来人的述说，跳起来把刀提在手里了，又兀自放下，一头的汗水就出来了。掌柜明白了铺子遭抢、商船被焚的原因，也明白了当了土匪的苟百都在村口要等的是谁了，立时脸色黑灰，拉了四姨太就走。四姨太说：“我就不走，苟百都当年什么嘴脸，不信他要打我？！”掌柜翻后窗到后坡的涝池里，连身蹴在水里，露出的头上顶个葫芦瓢。直到苟百都在天黑严下来骂句：“让狗日的多活几天。”走了，来人方把掌柜水淋淋背回来。

又是一夜，人已经睡了，北宽坪一片狗咬。村口瞭哨的回报着苟百都又来了，是四个人四杆枪。掌柜又要逃，大门外咚地就响了一枪，苟百都已经坐在门外场畔的石碌子碾盘上。不能再逃的掌柜心倒坦然起来，换了一身新衣作寿衣，提上灯笼出来说：“哪一杆子兄弟啊？哎呀，是百都贤弟！多年了，让哥哥好想死你了，你怎的走时不告哥一声就走了？今日是来看哥哥了！”

苟百都说：“听说北宽坪来了几个毛贼，唐司令要我们来拿剿的，毛贼没害扰了掌柜吧！”

掌柜说：“有苟队长护着这一带，毛毛贼还不吓得钻到地缝去！来来来，把兄弟们都让进屋来，今日正好进了几板烟土好过瘾呀！”

苟百都领人进了屋，还是把鞋踢脱了仰在躺椅上，急去抽那烟土，一抬眼却愣住了。四姨太从帘内出来正倚着门框，一腿斜立，一腿交叉过来脚尖着地，噗地就吐出一片嚼碎的瓜子皮儿。苟百都说：“四姨太还是没老样儿！我记得今日该是老太太的三年忌日，四姨太怎没穿了更显得俏样的孝服呀？”四姨太说：“百都好记性，知道老太太今日过三年！？”掌柜忙斥责女人没礼节，应给苟队长烧颗烟泡才是。四姨太仍是嚼着瓜子，款款地走近烟灯旁了，苟百都便伸手于灯影处拧女人的腿，女人一趔身子将点心盘子撞跌，油炸的面叶撒了一地。苟百都忙要去捡，四姨太说：“沾土了，让狗吃吧！”一迭声地唤起狗来。

苟百都在女人面前失了体面，脸色就黑了，说：“这虎儿还听四姨太话吆！”顺手抓过枪把狗打得脑门碎了。枪一响，满厅药烟，姚家上下人都失声慌叫，掌柜笑道：“打得好，咱们口福都来了！今晚吃狗肉喝烧酒，这狗皮你百都贤弟就拿去做了褥子吧！”

荀百都却懒懒地说：“今日不拿，你让人将皮子熟了，改日送到白石寨就是。”

熟好的狗皮送去，荀百都捎回的口信是：荀百都再不要掌柜的一分一文，只想和姚家认个亲哩，如果把四姨太嫁给他，掌柜也永远是荀百都的仁哥哥。

十天后，得了红帖的荀百都真的骑了一匹披着彩带的黑马来到姚家。荀百都就把四姨太抱上马背，自己也骑上去，回头对掌柜拱拳道：“仁哥哥留步吧！”四姨太却说：“老当家的，我要走了，夫妻一场，你不再来给我整整头吗？”掌柜突然老泪纵横，过来要抱了四姨太痛哭，女人却一口唾在他脸上骂道：“呸！老龟头，你就这么让姚家的一个跑腿的抢了老婆吗？！”掌柜昏厥在台阶上。

一匹油光闪亮的乌马像黑色闪电一般驶过了北宽坪，晨霭浮动，河蛙乱鸣，丑陋而剽悍的荀百都在这个美丽的早上并没有奔上白石寨，他为巨大的快乐所激荡，纵马在河川道的石板路上无目的地疾驰。直待到火红的太阳一跃跳出山巅，马已经通体淌汗，他才揽了缰绳，往五十里外的老家而去。身子发热，那一顶黑绒红顶的礼帽不知滚落在了哪一丛草中，敞开褂子，风摆旗般地啪啪直响，而锃亮的长枪斜背身上，枪带已紧勒进一疙瘩一疙瘩隆起的胸肌里。浑身被汗浸得热腾腾酸臭的汉子，一手牵着缰绳，一手死死地搂着面前的女人，女人像蛇缠住了一样无法动弹，先是不停地惊叫，再后便被颠簸和胳膊的缠裹弄得要窒息，迷迷晕晕，只剩下一丝幽幽喘吟。

“四姨太，”他说，“不！不不！你终于是归于我的娘儿们了，你是我的老婆！你哭吧，闹吧，踢我的肚子，咬我的胳膊吧，我就喜欢你这个烈性子雌儿，你唾那老家伙一口实在解气！你这么闹着也实在解气！你知道吗？在我给姚家当使唤的年头里，我每夜叫着你名字入睡，可你宁去抚摸狗不肯伸给我一个指头，现在你却是我的老婆了！”

女人从昏迷中知觉过来，她的后脖子被苟百都的嘴吻咬着，涎水湿漉漉顺脖流向后背，那一只蒲扇般粗糙的手扼着她的左乳，且有两个指头在掐着乳头。她知道她现在是一只小羊完全被叼在了一只恶狼的口中。在姚家十多年里，不能说没有吃好和穿好，但她厌恶着干瘦无力连胡子都不扎人的掌柜，她因此而使尽了执拗性子，摔碟打碗，耍泼叫喊，想象着她能在一种强有力的压迫下驯服和酥软，如今这土匪苟百都给了她这种强力，她却是这么恐惧和悲伤！往昔受她戏弄的人，面孔丑陋，形状肮脏，那么在往后，也就在今日的晚上，他竟要爬上自己的身了吗？她后悔在掌柜极度痛苦的决定后，她竟如释重负又怀有一种幸灾乐祸的心情所发出的笑声，也后悔今天早上没有悄然遁逃或撞柱而死反倒顺从地被苟百都抱上马背！女人在这时，感觉却回到了姚家，可怜起那个瘦弱的财东姚掌柜了，遂一口咬住了扼着她左乳的那只手，血从嘴角流下来。苟百都一松手，她迅疾地扭转身，啪，啪，啪，将耳光扇在了那一张毛孔里溢着油汗的丑脸上，骂："你是什么猪狗，你能娶我吗？你这洗不白的黑炭！你尿尿都是黑水！"

苟百都被这突兀的打击镇住了，一时出现了在姚家跑腿时的下贱呆相。但刹那间，这土匪丢开了马缰绳，一手按住了女人的下腭，一个勾拳向她的腹部打去。这一拳打得太重了，女人"呀"地在马背上平倒了上半身，呼叫着，喊骂着，四脚乱踢乱蹬，苟百都按着，看见勾拳打下去时指上的戒指同时划破了女人的肚皮，一股奇艳无比的血蚯蚓一般沿着玉洁的腹肌往下流，这景象更加刺激他的兴奋了，他浑身肌肉颤抖着，嘿嘿大笑，像在案板上扼住一只美丽的野鹿，一刀刀割破脖子而欣赏四条细腿的挥舞，如逮住了老鼠浇上了油点着放开，看着在尖厉的叫声中一朵焰火飘动。苟百都就这么慢动作地扯开了女人的裤带，剥开了女人的衣裤，将身子压下去。

马还在跑着，受惊似的几乎要掠地而飞。犬牙相错的山峰在跳跃中纷纷倒后，成群的蚂蚱于马蹄下溅开，在枪托上留一个绿印而瞬息不见。苟百都张大了嘴发出怪叫，在女人的身上终于结束了自己一段漫长的历史，女人肚皮上的血也同时粘上他的胸毛，干痂成一片，揩也揩不掉。

受到了前所未有的震撼的女人，如风中的柳树曾经左倒右伏，但就在几乎一时要摧折了之际，又从风中直立而起，无数的反复冲击中则不期然而然地享受了柳之柔软性能和死去又活来的快感。她终于在马放慢了步伐悠悠而行的时候，一句话也说不出来，作为一个女人，毕竟是一个女人，再也没有了在姚家掌柜面前的泼悍和任性，她说："你真是个土匪！让我到河边去，我要洗洗。"

苟百都停住了马，放她而下。苟百都俨然已成为一个伟丈夫，并不防备她逃走，懒懒地看着头上的太阳闪耀光刺，看着女人走到河边双手掬水再让水从指缝漏下，银亮亮如撒珍珠。水里落着女人的影子，女人一定疑惑了水流得活活，而影子却像长了吸盘的鱼一样静沉河底。她蹲下去，似乎在小解，却撩水洗起下身，像要把一切都洗掉。

这时候，河对岸的一条小沟里，山路上踽踽地走下来一个人。路细乱如绳。女人看了一眼，提了裤子又垂头洗脸，觉得那人是牵着绳从沟垴下来的，或是绳拉他而来的。但那人在河边站定了，惊疑地"哦"了一声，随之叫道："四姨太！"

从水皮面子上传过来的叫声并不高，且颤颤地如水溅湿了发潮发沉，女人却倏忽间蜂螫一般地冷丁了，多熟悉的声音，又多陌生的声音，多少多少年里只有在睡梦里听到，醒来却茫然四顾而慢慢麻木淡忘以至重重遗失得没了踪迹的声音，如远山里吹来了一缕微风，如大海的深处泛上了一颗泡沫，她的一根神经骤然生痛了。她再一次看着那人时马背上的苟百都已经认了出来，张狂喊道："柳先生！咋就在这碰着柳子言你狗 × 的哥了！"

柳子言在喊声中看到马背上背了长枪的苟百都，他要从河水面上跑过来的腿僵硬了，木桩似的戳在沙里："是苟百都呀，听说你当粮子逛山了，是唐井的队长了，果然是！你这是往哪儿去呀？"

苟百都说："柳子言，我告知你，我今日娶了老婆了，你该是第一个恭贺我的人！"

"娶了老婆？"柳子言看着苟百都在太阳下咧着金牙的嘴，他想戏谑了，"娶的是哪一位，能压了寨吗？"

"你瞧瞧，你叫过她四姨太的！"苟百都说。

女子已经立起身，隔河望着柳子言。望着依旧是长袍短褂背着褡裢的柳子言，他虽没了往昔的年轻，但英俊依然！女人张开了嘴，感觉到的一颗心跳到喉咙了，噎了噎却并没有吐出来，她注视着柳子言听到苟百都娶了她的话后的表情，果然笑容陡然硬在脸上，喑哑了似的长久地没有说话，脚下的松沙在陷落，水汪上来湿了鞋面裤管，人明明显显地矮下去了一截。"柳先生！"她叫了一声，但她的耳朵并没有听到她的声音；柳子言也没听到，却怔怔地瞧她一眼，那是多么悲惨的一眼啊！

“娶了四姨太？”柳子言对着苟百都，声音已变调了，“你是枪打了姚掌柜？！”

苟百都说：“娶亲是吉利事，怎么能杀人呢？好女人就不兴咱 × 吗？”

柳子言勾了头就走，却忍不住还看一下河这边的女人，踉跄而去，石头无数次地将他绊倒，绊倒了爬起来还是走。

艳阳下女人身子摇晃着返回来，说：“走吧。”牵着苟百都的手上了马背。苟百都笑骂一句“苟先生”，一松缰绳，噘嘴吹着口哨，马噔噔噔地跑起碎步，伴响起风前的鸟叫，流水的鸣溅，再一揽胳膊重新要箍了女人的腰，女人突然锐声说：“我要柳先生！”

苟百都勒了马：“你要柳子言？”

女人反转了身来再说一句：“要柳子言！”更直直看着苟百都，随之噘了小嘴，将两道尖眉也翘挑了。粗悍的土匪在短暂的疑惑中为女人的变化无常的脾性开心了，这是真正成为自己老婆后的一种要强吧，在姚掌柜面前那种四姨太式的泼劲重演，是女人终于从哭闹而转为顺悦的标志吧？苟百都喜欢女人像烈马般的暴躁而在降服过程中得到快愉，同时也喜欢在降服之后马时不时抖抖臀部，耸耸耳朵，或者毫无缘由地喷一个响鼻。“你要柳先生，看上他那小白脸吗？”他也来了调侃。

女人说："柳先生是咱见到的第一个熟人，他没有祝福咱们一句话，你就让他走了？"

苟百都觉得妇人言之有理，扭转马头，柳子言已经离他们很远了，便举枪在空中叭地放了一枪。枪声很脆，震动着河谷，踉踉跄跄的柳子言在突兀中惊跌在地，并没有立即爬起来，枪声震掉了崖头上的松石哗哗啦啦掉下来的时候，也震掉了他一时涌在心头的懵懂，顿时清醒于往事的追忆中。多多少少的岁月，他离开了姚家，再没有遇见过像四姨太那样美艳又钟情于他的女人，谁能在踏过了风水之后还器重一个贫贱的风水先生呢，没有的，愈是为自己的命运悲哀，愈是为失掉了四姨太的情爱而痛惜。一件记载着女人的懊恼和怨恨的红绸裹兜，便一直被视为定情物贴身穿在自己的童子体上，他细细感受着红绸裹兜的柔软，体会着红绸裹兜穿在女人身上时的情形，就不免有一阵幸福的晕眩。他曾经数次徒步赶到北宽坪来，希望能再见到一次四姨太，如果四姨太提着瓦罐在泉边汲水，他会将她从泉台上抱起而不管了瓦罐摔成七片还是八片；如果在山坡上见到捡菌子的四姨太，他会将她放平于蒿草之中，并使蒿草千百次晃动不已。柳子言的暗恋放诞了奇异的光彩，一看见了北宽坪后的山峁上的那个古战场残留的石堡，就心身皆进入恍惚之境，觉得曾经是有一个夜晚，月色清丽，空气甜润，他们携手登上石堡，一任小小的窗洞里风呜呜长鸣，也一任露水湿了他们的睫毛也打湿了鞋袜和裤腰，静静地躺过了千年百年……但是，每一次山下村庄的鸡犬之声都破碎了他的幻想，远远看见了姚家炊烟直上的屋宅，他却不敢再走下去，落泪独坐，几次已疑心自己是风化成的一块石头了。

这日葫芦峪有人家请他去踏坟地，葫芦峪可以从另一条沟直达，脚仍是不自觉地拐进北宽坪的山路，他愿意多绕道数十里看看心爱的女人居住的地方，谁知女人竟一河之隔，活生生的，就站在他的面前！

令柳子言悲惨的是女人竟不再是姚家的四姨太，她成了逛山土匪的老婆！在柳子言的意识深层，他爱着这女人，但这女人真正要成为自己的老婆长年相厮那纯是远山头上的一朵云，登上山头云则又远。他们的缘分恐怕只是一种偶然的相遇相爱。因此，在痴恋转为暗恋的漫长日月中，柳子言不管怎样步涉到北宽坪的山上希望去见到四姨太，到最后都将是一种单相思。唉，自己就是这般的薄命，只能在盐一样的生活中把她的身影腌咸了，风干了，在孤独寂寞中下酒吧。问题就在于，女人是姚财东的姨太也好，是另一个什么官家的娘子也好，他柳子言有什么办法呢，可现在女人成了黑皮臭肉的苟百都的老婆，他实在无法接受！粮子，逛山，土匪，就全凭那一杆能喝血吃肉的长枪吗？当苟百都向他炫耀，一脸的恶肉刷漆似的油亮，他恨不能一个石头砸过去，砸出个五颜六色的脑浆来，但面对着高头大马和乌黑的枪管他惧怕了。柳子言的泪水倒流肚里，为女人伤心了，为孱弱的自己伤心了！他不愿多停留，在丑陋的苟百都面前的无能比那一次面对着女人的无能更使他羞辱，再不要让钟情过他的女人看见他了！

一声枪响，使他跌倒了，蓦然间他估摸这一枪是苟百都打向他的。女人现在既已做了苟百都的老婆，瞧着自己无能的样子是不是感到可怜可笑，不经意中会把过去发生的事情失口泄露于她的匪夫吗？土匪毕竟不是守财的姚掌柜，一定不允许一个风水先生曾对他的老婆做过的事体。

马踢腾着沙石过来了，苟百都在喊："你站住，站住！"柳子言猛然之间翻身而跑，苟百都越发怒了，开始叫骂，马匹一个飞跃，几乎是掠过柳子言的头顶落在了他的面前。柳子言准备死去。

"苟百都，你要打死我吗？"他说。

"你跑什么？"苟百都说，"我的老婆要给你说话的！"

柳子言吃惊了，他看着女人，女人从马上跳下来向他走。女人站在了两丈外的一株细柳下，一头乱发飘拂，蓬蓬勃勃如燃烧的黑色火焰。

"你没给我说一句话，你就走了？"她说。

"恭喜你。"他说。

"你再说一遍！"

“你要做压寨夫人了，我恭喜你。”

女人嘎嘎地怪笑着靠在了细柳上，细柳负重不了，剧烈地摇晃了。

柳子言掉头又要离去。

“你就这么走吗？”女人突然地厉声嘶叫，手抓住了细柳上的一枝，竟将枝条扳下来，凶得像恶煞一样扭曲了五官。“你就会走吗？你一辈子就会乌龟王八一样地走吗？！”

当女人发疯地扑上来，柳子言不知所措地呆住了，倏忽间柳枝劈头盖脑抽下来，啪啪啪声响一片，柳叶碎纸似的满天皆是了。柳子言没有动。他知道今日是丢命了，与其死在苟百都的枪下，还不如被心爱的女人活活打死！他感觉到的并不是疼痛，女人手中的也不是柳条，是锋利无比的刀，在一阵迅雷不及掩耳的砍杀下，他似乎还完完整整，瞬间则一条胳膊掉下去，另一条胳膊也掉下去，接着是头，颈，腰，腿，一截一截散乱了。女人喘着粗气无休无止地挥动枝条，留给了柳子言满脸的血痕，一截截柳枝随着一缕缕头发飞落在水面，终于只剩下一尺余长的了，仍不解恨，哗啦一下撕裂了他的褂子，赤身上露出了那红绸裹兜，女人呆住了，软在地上，号啕哭起来了。

遍身是伤的柳子言与女人倒在沙窝，泪水和鼻涕一齐递出之际，蓦然明白了一个女人的心。女人竟还在爱着他！

感激之情油然生出，珍视着从自己脸上流下来的血滴在河滩的石头上溅印出的奇丽的桃花，他要弯身扶起哭倒在面前的女人了。苟百都却以为柳子言欲反击自己的老婆，在马背上吼道："柳子言，你敢动我老婆一个指头吗？我一枪敲了你的脑壳！"柳子言高傲地抬起头，说："我哪儿能打了她？苟百都，我现在正式恭贺你了！"苟百都笑了："你早这么说就好了！你现在可以走了。"但柳子言没有走。女人说："我不让他走！"苟百都说："柳子言，你听见了吗？她不让你走，你就给她下跪再道个万福吧！"女人说："我要让他和咱们一块走！"苟百都疑惑了，眉头随之挽上疙瘩。女人说："柳先生能踏坟地，怎不让他同咱们一块回家去踏个坟地，你不指望我将来的儿子不要像你一样半辈子给姚家跑腿吗？"苟百都哈哈大笑起来："说得好，说得好！柳先生，苟某人就请你为苟家踏吉地了，姚家有钱，能赏你一桌面银元，苟某人有的是枪，会抢一个女人给你的！"

三个人结伴而行了。

先是苟百都和女人同骑一匹马，马后步行的是柳子言，小桥，流水，古木，巉崖，女人不停地就遗落了手帕要柳子言捡了给她，或是瞧见一树桃花，硬要柳子言去折了给她嗅。行过三里，马背上的女人便叫苦马背上颠簸，一身的骨头都要散架了，苟百都便命令柳子言背着她："你不乐意吗？不乐意也得背！"柳子言巴不得一声唤，在女人双手搂了他的脖子，树叶一般飘上背来时，立即感觉到了绵软的肉身热乎乎得如冬日穿了皮袄。哎呀，女人的香口吹动了一丝暖气悠悠在后脑勺了，女人耳后别的一撮柔发扑闪了前来抚摩着他的额角了，柳子言重新温习了很久之前的那一幕的情景，他不知道自己是载负了重量行走，还是被一朵彩云系着在空中浮飞。当半跪在背上后来又换了姿势的女人将两条腿分叉地垂在了两边时，柳子言紧紧反搂着一双胳膊，眼睛就看见了两只素洁的肥而不胖的红鞋小脚，呼吸紧促，噎咽唾沫。洋洋得意的苟百都在马背上又吹起口哨。柳子言终是腾出手来把那脚捏住了，捏了又捏，揣了又揣，乐得女人说一句："生了胆了！"苟百都看时，女人用手指山崖上一只在最陡峭处啃草的羊，而同时另一只手轻抠起柳子言的后心了。

到了过风岔，苟百都的家就在岔垴。三间石板和茅草搭就的屋里独住着瞎了一只眼的老娘。山婆子见儿子冷不防地带回一个美妇人，喜得没牙的嘴窝回去，脸全然是一颗大核桃了。举灯将女人从头照到脚，悄声对儿子说这婆娘是从哪儿拾掇来的，屁股好肥，是坐胎的坯子，只是奶太端乍，将来生了娃娃恐怕缺了奶水子吃。天一黑，柳子言被安置到屋旁的旧羊棚里歇息，女人才过来看他，苟百都便也过来扔给了一个缝了筒儿装塞着禾草的老羊皮，说："你要孤单，搂了它睡吧。"一弯腰将女人横着抱到草房东间土炕去了。

幸福了一路如今又被抛进冰窖和油锅受水火煎熬的柳子言，掩了柴扉，静听着山里的鸟叫。鸟叫使夜更空。石礅上插着的松油节焰也不旺，直冒起一股黑烟，柳子言想，这烟也是松油节的气吗？燃不起焰就只是生黑烟吗？躺卧在深山破败寂冷的旧羊棚里，自己背了来的女人却在了一墙之隔的炕上，这是与那个女人算什么一种孽障啊。而荀百都呢，一个黑皮土匪，今夜里却搂了爱自己的恁个美艳的妇人在旁边，这真是天下最残酷不过的事情。这样想着的柳子言，随手咚的一声，抛过褡裢将那个松油节打灭去了。

石板房里，传来了荀百都熊一般的喘息声，间或有女人的一声“啊！”叫，睡在房西边炕上的山婆子开始用旱烟锅子敲着柜盖了，问：“百都，你怎么啦？你们打架了吗？”荀百都回话了：“娘，睡你的！你老糊涂？！”后来，一切安静，老鼠在拼命地咬噬什么，柳子言听见石板房门在吱呀拉响，女人嚷着拉肚子，经过了旧羊棚，就蹲在棚门外的不远处。隔着柴扉的缝儿，柳子言看不清她的眉脸，一个黑影站起又返回房中去了。一次如此，二次又如此，柳子言知道了女人的用意，她并没有闹什么肚子，她冒着寒冷为的是经过一次旧羊棚来看看他了！柳子言的眼泪潸然而下，他把柴扉打开，他要等待女人再一次来解手，但女人重新蹲在了旧羊棚门外，他刚要小声轻唤，野兽一般的苟百都却不肯放掉一刻她的肉体，赤条条地跑出来一等她解了手就抱她回去。

翌日，同样是削瘦了许多的三个人在门前的涧溪里洗脸，柳子言在默默地看着女人，女人也在默默地看着他，飞鸟依人，情致婉转，两人眼睛皆潮红了。早饭是一堆柴火里煨了洋芋和在吊罐里煮了鸡蛋，苟百都只给柳子言一颗鸡蛋吃，便爬上屋前槐树叉去割蜂箱中的蜜蘸着鸡蛋喂女人。女人说："我是孩子吗？你把你鼻涕擦擦！"苟百都的一珠清涕挂在鼻尖，欲坠不坠，擦掉了却抹在了屋柱上。女人一推碗，说："柳先生，你吃我这些剩食吧，我恶心得要吐了！"柳子言端过碗，碗里卧着囫囵囫五颗荷包蛋，心里就千呼万唤起女人的贤惠。

柳子言有心给出土匪的苟家踏一个败穴，咒念他上山滚山下河溺河砍了马的打了枪的得病死的没个好落脚，而苟百都毕竟在姚家时跟随诸多风水先生踏过坟，柳子言骗不过他。"你要好好踏！"苟百都警告说，"听说吉穴，夜里插一根竹竿，天明就能生出芽的，我就要生芽的穴！"柳子言踏勘了，苟百都真的就插了竹竿，明天也真的有芽生出，苟百都喜欢了，提出一定要亲自送他走二十里山路回去。柳子言又得和女人分别了，女人说："柳先生，你现在该记住我家的地方了，路过可要来坐呀！"苟百都说：

“是的，荀某人爱朋友。”女人送着他们下山，突然流下泪来，说：“山里风寒，小心肚子着凉呀！”柳子言按按肚子，感觉到了那肚皮上的裹兜。荀百都就笑了：“瞧，一时也离不得我了！柳先生，你不知道，有娘儿们和没娘儿们真不一样哩！”

荀百都真的把柳子言送出了二十里，到了一座山湾处，正是前不着村后不靠庄，荀百都拱手寒暄柳子言是荀家的恩人，永远不会忘了，柳子言喉咙里咕涌着一个谢，爬上山坡去。差不多是上了坡顶，荀百都掏了一颗弹丸儿，鞋底上蹭了又蹭，还涂了唾沫，一枪把柳子言打得从坡的那边滚下去了，说：“荀百都有了美穴，荀百都就不能让你再给谁家踏了好地来压我！”

已经是一年后的又一个初夏。荀百都已不再是昔日的荀百都，黄昏里蹴在前厅后院的新宅前，举枪瞄一棵山杏树上的青果子打，打下一颗就让妇人吃一颗，得得意意又说起柳子言踏的坟地好。可不是吗？自滚了坡的老娘白绫裹了葬在吉穴，他不是顺顺当当就逃离了白石寨，树了竿子坐山头，他唐井是司令，咱也是司令嘛！做了司令就有人买司令的账，这不就一院子的青堂瓦舍吗，不就有大块的肉，大碗的酒，苎麻土布，丝绸绫罗，连尿盆不也是青花细瓷吗？妇人在姚家那么多年，生养出个猫儿来吗？没有，现在凸了肚皮，一心只想吃个酸杏，这狗 × 的柳子言真是好本事！

女人听厌了苟百都的排阔，扭头起身回屋坐了。她不能提柳子言，柳子言就是一枚青杏果，一提起心里便要汪酸水。柳子言为苟家踏了好风水，柳子言却恁的再不照面过风岔！不爱着的人，狼一样地龇牙咧嘴敢下手，爱着的人却是羊羔似的软，红颜女人的命就是这等薄了？！

哀怨苦命的女人，只有独坐在后窗前凝视林中月下的青山。青山是那么照人的明艳却不飞扬妖冶，白杨林子是那么庄严又几多了超逸，但青山与杨林的静而美，美而幽，幽而哀的神意实在不容把握。这样的月夜里，是决不要听到枪声的，白石寨的土匪一来，枪支并不比唐井多的苟百都就要着人背她先去山峰顶上的石洞里避藏了。石洞里凿有厅间卧间和粮仓水房，洞外的光壁上石窝中装了木橛架了木板，人过板抽，唐井的子弹爆豆般地在洞口外的石崖上留一层麻点。这样的月夜里，也是不要狗吠的，一条狗吠起，数百条吠声若雷，苟百都的喽啰回山了，鼓囊囊的包袱摊在桌上，黄的铜钱，白的银元，叮叮当当抓着往筐里丢，同时在另一处的幽室中就有了一个呻吟的绑了票的人。这样的月夜里也是不要酒的，喝得每一个毛孔都散着酒气的苟百都就又要得意于他的艳福，想象着皇帝老儿该怎么淫乐，把炕席揭了，撒上豌豆，放上木板，使行房事晃悠如在船舟。今夜的月下，就只让女人静静地临窗坐吧，恨一声柳子言你哄了我，骗了我，一架蓬萝开了耀眼的葫芦花就是不见结葫芦！但终在一个月夜，女人看到了窗外不远的涧沟畔上的一株钻天的白杨，白杨通身生成的疤痕是多么活活的人眼哪。这眼是双眼皮的，这眼就是柳子言的眼，原来柳子言竟天天在看着她！女人从此天天开了窗户，一掰眼就看着他的眼睛在看她。但是看着她的只是眼睛还是眼睛，柳子言，你到哪儿去了，真的再也不来了吗？婆娑的泪水溢满了女人的脸面，女人最终把双手抚在了突出的肚腹上，将一颗慈善的心开始渐渐转移到了未出世的儿子身上，说："你将来要当官的，真的，娘信着柳先生的本事，你也要信哩！当了官你就要天南海北地寻了他回来！"

柳子言其实并没有死。

一颗子弹打了来，那涂了唾沫的炸子儿当即炸断了一条腿在坡顶，而柳子言血糊糊滚落到坡那边的一蓬刺梅架里了。一位砍樵的山民背回了他，他央求着说他可以禳治这一家祖坟使主人从此家境滋润而收留他养伤，便开始了整整半年的卧床未起的生涯。半年里，北瓜瓤子敷好了断腿的伤口，他单足独立，再也不能爬高下低地跑动了。被抬回到老家去拄了拐杖学行走，一次次摔倒在地，磕掉了两枚门牙，终于能蹒跚移步了，就常倚残缺的石砌院墙看远山如眉，听近水呜咽，想起那一个自己答应过要去见的女人。但他独足去不了过风岔，他没有枪，他对付不了土匪苟百都。

夏日正热，于堂前的蒲团上坐了燃香敬神，祈祷着思念中的女人能大吉大安的柳子言，听到了一阵异样的脚步声，回过头来，一副滑竿抬进门，下来的竟是仍没有老死的姚掌柜。掌柜一脸老年斑，给柳子言拱拳了，说找了先生数年，一会儿听说先生遭苟百都的害了，一会儿听说先生还活着，他无论如何要亲自来看看，果然先生还这么年轻这么英俊，竟好好的嘛！柳子言无声笑了笑，就站起来，一条腿没有了，惊得掌柜忙扶住他，日娘捣老子的骂那土匪苟百都："苟百都害了你害了我，他是咱俩不共戴天的贼啊！"柳子言又一次被掌柜请去北宽坪重新踏风水了。但他不是骑了驴子，他坐在背篓里雇人背着。

旧地重游，柳子言坐在了女人曾经赐给他情爱的那个小房里失声痛哭。掌柜问他伤了什么心，他说想起了四姨太，还是这间房，还是这把椅子，却再见不到四姨太了！掌柜遂也老泪流出，劝慰柳先生不必为他难受，说四姨太好是好，再也寻不到她这般俏眉眼的娘儿们了，可毕竟现在是土匪的婆子，他掌柜也不为她哭坏身子了。柳子言说："你知道她的近况吗？"掌柜说："我只说她被抢了过去不是拿剪子捅那土匪，也得触柱死去，她竟旺旺活着！听人说她出门，后边有两个护兵跟随，真真正正是土匪婆了！"

柳子言心里愤愤起来：一个家有万贯的财东，一个不该娶少妇偏娶了少妇的老头，你拱手把四姨太献给了土匪，却要怨怪四姨太没有在新婚的夜里触柱死亡，得一个贞节的名号！这也算一个与四姨太十余年的丈夫，算北宽坪地方的绅士吗？对着并不慈善的掌柜，柳子言收回了对他遭到苟百都的迫害的同情，也全然坦然了多少年里总有的一丝对他不起的心思。厌恶起掌柜的柳子言这么骂着一个男人的歹毒，却也从掌柜身上看见自己的丑恶，骂起自己不也恰恰和这枯老头一样没能保护了那个女人吗？女人原本不爱掌柜，况且掌柜人也老了，而自己呢？柳子言扭头看窗外，窗外的枣树还在，他不禁戚戚感叹："今年枣树上没干枣了。"

"枣树上哪儿还会有干枣的？"掌柜干笑了一下，忽问起一个问题来，"柳先生，听说苟百都也占了一处吉地？"

柳子言说："那也算一块吉地吧。"

掌柜说："那他还要有大气数吗？你知道吗？为了占那吉地，他是将他娘掀进沟里跌死，对外说是失了足……哼，一个瞎眼山婆子能守得住？！"

柳子言说："甭提土匪那一宗了，柳子言会给你再踏出一块好穴位迁埋骨殖的。"

掌柜连声就呼着丫头，催问酒温好了没有，又说柳先生这次来不必着急踏勘，先喝三天的醉酒，姚家大院中的这些使唤丫头喜欢上哪一个了就只管招叫了去伺候你。

柳子言也真的这一顿酒吃醉了。

就在柳子言醉吐了一定要掌柜来打扫秽物的时候，一个爆炸的消息传到了北宽坪，说是苟百都被龙抓了！掌柜一把搂住了也被惊得酒醒的柳子言长一声笑，短一声哭，夸奖着天神之公道，也夸奖土匪早不死迟不死偏在柳子言要重踏坟地迁葬父母骨殖的今日而死，这定是将要踏出的美穴预先兆应了。两个人已经听报信人说过一遍苟百都被龙抓的经过，却仍要再说一遍又说一遍，确确实实地核证了这一切皆是事实。威风着方圆百里的苟百都是在三天前下山到黑龙口坪坝里的一家财东炕上抽烟土，已经抽过三个时辰仍不过瘾，他眉飞色舞地给财东和另几个土匪讲他的英武。说唐井派人来杀他，此人枪法好，刀法也好，却不知他苟百都是怎么个人物竟使唐井也奈何不得！那人来了，他枪也不带刀也不挎，端了火盆在门口吸旱烟哩。来人问："谁是苟司令？"他说了："我就是苟百都，伙计，来吸一锅子吧！"来人说："嗬，原来是黑皮八斗瓮！"他说："是长得差些。"还是低头吸他的烟。烟灭了，用手在火盆里捏一颗红炭按在烟锅上，来人眼就看没了。点燃了烟叶取下火炭，火炭没放在盆里却放在了膝盖上，膝盖上的肉就嗞嗞响，再说一句："这烟叶真香，你真不吸吗？"来人就跪倒在地了，说："苟司令你是条汉子！要么你砍了我的头，要么我跟你吃粮！”那一把短刀就摔在他面前了。在座的财东说苟司令就这么收了来人了？苟百都说，屁！当粮子逛山不敢杀人我要他干啥？拾起来人的刀在眼前看锋刃，说句好刀口哩，忽地一下砍下来人的头。头因为掉得太快，那眉儿眼儿还在笑笑的，就再割了鸡巴塞在嘴里差人直送白石寨去了！在座的皆土色了脸面，苟百都就哈哈大笑，笑未毕，屋外忽然天变，一朵云停在屋当顶，接着嘎嘟嘟一个炸雷一道电光打开窗子冲进来，众人全都震昏了。待眼目睁开，屋里一切完好，唯独不见了苟百都，急奔出门，空中咚地掉下个黑炭来，苟百都烧焦成二尺长。掌柜又是一串大笑，突然说：“可惜了，可惜了！”报信人说：“掌柜说土匪死得可惜了？”掌柜说：“听说有两颗金牙，花了大钱镶的那金牙就烧化了！”报信人说：“哪里就烧化了，他的喽啰敲了金牙才用白布裹了苟百都，正为了这事，他们不敢回去见那四姨太，不不，见那匪婆子，才一哄都散了，苟百都的尸首还是那家财东埋了的。”掌柜说：“你说得对，是四姨太，今日晚上我就要去过风岔接回那娘儿们，回来了你还叫她四姨太！”

姚掌柜匆匆去张罗要接四姨太的事宜了，留在了厢房里的柳子言却仍在为突如其来的喜讯震得说不出话来。四姨太，那个心爱的美妇人竟然还能再次一见吗？他不能不感慨这是怎么的一种缘分啊！当掌柜领了一班人灯笼火把去了过风岔，柳子言的死而复生般的惊喜却遂被另一层为自己和那女人的悲哀代替了。一个逃离了老杇去当了三年的压寨夫人的四姨太，到头来又回到朽而又朽的老头的炕上，那女人就是因为长得太美吗？每一次像猎物一样被狼叼来叼去，又每一次偏让柳子言遇着，短暂的相会，留下的竟是长长久久的悲伤和凄凉，这是对那可怜女人的残忍呢，还是对为此而残废了的柳子言的残忍？！那么，自己对一个可望不可即的女人的爱恋是一种自寻的罪过了，就不要再把这种罪过同时带给那个女人吧。这么想着了一夜，发起了高烧的柳子言终于决定在四姨太被接回时绝不去见她，眼不见心则不乱，让她度过她后半世的清静岁月吧。

天稍稍发亮，柳子言收拾了褡裢，扶杖而走了，但门前的土场上一副滑竿急急抬了过来，他看见了坐在滑竿上面色黑灰眉眼扭曲的掌柜，却没见到四姨太。他拱手搭问："四姨太呢？"掌柜却并没有回答他，昨晚那飞扬的神气没有了一点痕迹。"四姨太没有接回来吗？"他又问了一句。掌柜哼了一声，显得那么的不耐烦，却恶狠狠对放下了滑竿要散出的随从说："把吃的用的东西送去，好好看管。今日大门关了，后门掩了，外边人一个不准进来，家里人一个不许出去！"便踉跄进了大厅去自个卧屋了。柳子言是不能私走了，看着立即有人抱了被褥提了饭盒出去，大门砰砰下了横杠，不知究竟出了什么事情。姚家的丫头和跑腿的在外交头接耳，一有人又噤声散开，柳子言不能询问任何人。他默默地回坐到厢房去，寻思四姨太一定没有接回来，或许四姨太已经死了，或许四姨太已逃离了过风岔。厢房的门口远远正对着院角的茅房，短墙头上的一蓬豆荚萝窸窸窣窣响后，一个人头冒出来，柳子言知道这是姚家大太太在那里解手用豆荚叶揩了屁股了。但大太太却在短墙头上向他招手。

“来呀，柳先生！”她又一次招他，“你不想听听稀罕吗？”

柳子言走近去，蠢笨得如捣米桶一般的肥婆子走出了茅房短墙，一边系裤带一边说：“你知道小骚货的事吗？”

“四姨太？”柳子言忙问，“她到底怎么啦？”

婆子说：“哼，老鬼总忘不了吃嫩苜蓿，只说小骚货的 × 叫土匪 × 了，心还在他身上，没想土匪死了骚货还不回来！”

“不回来了。”柳子言说，“她到底是不肯回来的了。”

“不回来老鬼行吗？她有一副嫩脸脸吗！老鬼真不嫌她脏了，她是给土匪怀了个仔儿，肚子都那么大了，喝苦楝子水怕也堕不下来了！”

柳子言惊呆了：“四姨太有了孩子？！”

婆子说：“老鬼一看就上了气！要当场把土匪仔儿踢落下来，又怕丢了骚货的小命儿。可那匪婆子竟也往涧里跳，被人拉住，头上又破了一个洞。老鬼气得骂：你那时怎不就跳了崖，我还给你立个节妇牌呢！我现在来接你，你倒寻死觅活？！就把骚货用滑竿抬回来了，真该让她死去才好！”

柳子言忙问：“怎不见抬了回来？”

婆子说：“抬回姚家让生下那个土匪种吗？姚家是什么人，不要说招外人笑话，这邪祟气儿要坏姚家的宅舍吗？你瞧瞧，关在那个石堡里，让生下匪仔儿了，还要放三天的爆竹，艾水洗了身子，方能倒骑了驴子回姚家的门！”

肥婆子说着捂了嘴嘎嘎直笑，柳子言的脑子里已一片混乱，他望着院外山坡顶上的古堡，泪水拂面。那一座古战场残留的石堡，数年前他默默地从远处观望，想象了一个月夜他怎么地能和四姨太幽会其中，数年后的今日，四姨太竟真的被幽闭在那里了。石堡上到底是如何的败旧，荒草横长，野鸽遗矢，孤零零的一个美艳女人就在那里生养胎儿再将胎儿亲手处死吗？柳子言不知道肥婆子何时离去，他双手抠动着墙皮一步一跳地不能在厢房门口安静，指甲就全抠裂了，墙面上抹出了一条一条血道。他突然单足跳跃竟走到厅房台阶下，他改变了主意要看看四姨太，甚至拿定主意请求在姚家长期住下，他要永远能见着那个女人，也要让那女人永远能见到他！他跳跃到台阶下再要跳上台阶，他摔倒了，碰掉了一颗门牙。对着听见响声出来的掌柜说："你怎么能将四姨太关在石堡呢？你不能这样待她！"

掌柜疑惑地看着他，说："柳先生，我是器重你的，你不要管我家私事。"

"不！"柳子言再一次从地上跳起，单脚竟如锥一样直立着，说，"掌柜，这是你家的事，我本是不能管的，可我是你请来为姚家踏吉地的，你是知道的，积德为求地之本，知积德善人未有不得吉地的。苟百都为何死于非命，他行恶多端，吉地也成了弃地啊！"

掌柜说："我何尝不正是这样做呢，那娘儿们怀的是土匪的种，我让她出血流污的在姚家生养，岂不辱没了姚氏祖宗？我要不是待她好，我早在过风岔一刀挑开她的肚皮了！柳先生是手艺人，怕是昨日的醉酒还没完全醒吧？来人，扶柳先生回屋去，熬了莲子汤好好服侍先生吧！"

几个跑腿的男人几乎是抬着柳子言到厢房去了。

躺倒在厢房土炕上的柳子言，现在只能是无声地抽泣，为了将来还是掌柜的四姨太的女人，他遭到了掌柜的拒绝和厌烦，他的那点勇敢可怜得毫无作用可起。漫长的一天里，他恨着自己不是个土匪，若是有土匪的蛮力和枪杆，他也不至于这般容忍了掌柜这老狗！到了这时想，反倒那苟百都真是个汉子，可惜了苟百都的死去，女人宁愿跟着土匪也比来姚家要好了。这一个天终于将尽，四山严合，逼出了黑暗下来，月亮也随之出现，多清丽的月夜呀，原本是浪漫的人儿飞身于山峁，依山上下曲折的石堡栈道，让月光浸着白净的衾绸，让月光逼着玲珑的眉宇，有了如丝的幽梦，有了如水的思愁，有彻悟有祈祷有万千种话……而现在的女人于石堡中哭淌了多少泪水？柳子言担心着女人经受不了生下骨血让人活活弄死的折磨而要死去的。是的，她要死去的，任何一个最坚强的女人都会在灰了心的绝望中死去！一时间，柳子言紧张得一身汗都出来了，他似乎就看见了女人披头散发地在那里吼叫，风却灌满了她的口，谁也听不到她的呐喊，她开始痴痴地盯着石壁看那一群快活的蚂蚁了。她是那蚂蚁就好了，上苍啊，怎么不在这女人来世时托生一只自由自在的蚂蚁呢？石堡的门洞外，女人能看到月下起伏的万山壑岭吗？能看到浮云浸涌的栈道石廊吗？不不，石堡如塔压着她，如笼囚着她，她从门洞看到的是一堆堆磷火。对了，柳子言想起了发生在这山头的一个古远的传说，说是一位英武的将军驰骋鏖战了一生却终在最后被敌军包围在了这座石堡中。同样是一个美丽的月夜，石堡的内外躺满了部下的尸体，只剩下了将军的妻子和一个忠诚的卫士。将军看着满山围拢上来的敌军，他血刃了自己心爱的年轻的妻子，他不忍心妻子落入敌军手中受辱。将军在血刃了妻子后又抱着她还微笑的头颅哈哈大笑，对着吓呆了的卫士说："好了，我英雄的一生要结束了，现在，我要成全你，他们以三百两白银悬赏我的头，你就提了我的头去见他们吧，我忠诚的卫士！”说完，风吹动着他的长发，星月照耀着他的铠甲，他一只手抓着头发，一手扬刀就抹掉了自己的头，竟然那只手把抹掉的头颅提着而身子不倒！这古远的传说这么清晰地在柳子言脑海中浮现，他想，四姨太一定在这个时候听见了一片鬼的嚎叫，看见了那英雄的将军和将军的妻子而在哀叹了：谁是我的英雄呢？英雄的将军保不了妻子的活着，却保护了妻子的死去，这妻子也是幸福的。我一个容貌美丽的女人，因为美丽而为臭男人们活着，如今要死在一个可爱的人的刀下也不成啊！柳子言愈这么想，愈坠进了不可自拔的境界里去，过去的一幕幕的无能、软弱、忍耐全然激发了一个男人的所有勇敢，咬牙切齿道：“我是你的英雄，是的，我是你的英雄！”

英雄了的柳子言在夜静人睡之时，拨开了姚家的大门拄杖往山上去了。

崎岖的山路上，柳子言摔倒了一次又一次，他开始往山头爬，他的衣服全破了，一条唯一的腿和两条胳膊血肉模糊。他预想着爬到石堡怎样地打开石堡洞门的栅栏，怎样地呼叫着四姨太的名字而与她相见，他要告诉她不要哭，也不要叙说长长久久刻骨铭心的思恋，赶快逃离石堡吧，即使天黑不能远离，也要到另一处的什么地方躲起来，然后他们在某一处相会，然后他要和她，或许她愿意独自一人，他都可以帮她逃到很远很远的地方去的。但是，当柳子言刚刚爬到了石堡下的栈道长廊下，被看守着四姨太的人发现了。这是一位年迈的在姚家跑腿的老头，他是认识柳子言的，询问着柳先生摸黑怎么能到山上来。柳子言瞒不了他，老老实实地把一切都告诉了他。他明白有人看守着石堡他是不能去搭救女人了，却说尽了女人的苦愁来感化这看守，甚至应允，若看守能放他上去救那女人，他保证付一笔数目巨大的银钱，也保证为看守踏勘出一处大吉大贵的坟地，永保其家族后代安乐昌盛。看守同意了，却劝柳子言不要亲自去，一个残废的人怎么能爬上那石堡，就是这栈道长廊，健全身体的人也要小心才能过呀。“先生请相信我，我就去帮四姨太逃走吧。明日掌柜要问，我就说我去拉屎，回来不见人了，大不了掌柜勒我一绳，罚我一年的工钱。”柳子言感动得直磕头，说他今生今世忘不了老伯大恩，又千吩咐万叮咛了许多许多要小心的事，方又倒爬着下山。

柳子言返回了姚家，天已经麻麻泛亮了，他若无其事地招喊了一个下人要求背篓里背了他去后坡根踏勘坟地。背篓背出了大门外，他却对着从河里挑水的姚家佣人说：“你就给掌柜说一声吧，我去后坡根踏吉地了，让他随后也来看看。”可是，当柳子言踏勘到了晌午，掌柜却没有来，柳子言也不急着回去，就躺在暖和的地坎下打盹了。昨夜的奔波已经弄得他疲倦至极，现在该是好好地歇息了。蠢笨的掌柜这阵儿在干什么呢，他哪里能知道石堡中的四姨太已远走高飞，而这一切又都是一个残废的风水先生所为的呢！他作想不出在某一个山洞里还是松林中的四姨太，这阵儿是怎么地感激和思念着他啊，他得很快地踏勘完坟地去相见，而那个尊敬的看守老头能在他一回到姚家碰见，告诉他四姨太的去处吗？柳子言终于在松弛心身后迷糊起来，将隐隐的一种后怕和一种暗自涌上来的英雄气概的念头带到了梦境，但同时听见了声音："先生，你醒来，掌柜来了！"被佣人推醒了的柳子言果然瞧见掌柜远远走来了，且笑眯眯地在几丈外就说："柳先生，你怎不多歇几天就踏坟地了！你这么为姚家费力，姚某人真是不知该怎样谢你了！"

柳子言说："掌柜不必客气。你来瞧瞧，这个穴可真不错哩。"

掌柜说："是吗，这么快的？！先生你怎么受伤了，满手是血呢？"

柳子言脸红一下，忙说："刚才下坎时不小心跌了，没事的。我想你既然来了，咱就把方位定了好下楔哩。"

掌柜却说："先生急着是要走吗？这次来可不能让你很快就走的，我得好好款待你才是。过午了，回家吃饭吧，明日再来好了。”

柳子言被背了随掌柜回到姚家大院，掌柜却并没有让他去厢房用膳，而让人一直背他到厅房，掌柜则仰躺在睡椅上抽起烟土了。一个泡抽完再抽一个泡，掌柜再不看他，也不说话，柳子言起身要往厢房去，掌柜突然说：“柳先生也爱上我的四姨太了吗？”冷丁一句，柳子言脸唰地黄了，扶桌站了起来又坐下，说：“掌柜，你怎么说这话？我姓柳的有什么冒犯了你吗？”掌柜说：“昨晚出了一件怪事儿，有人想要再夺走我的女人，竟到了石堡去，先生是能人，你估摸这是苟百都吗？”柳子言心里作慌了，他想一定是人逃走后，掌柜在追查了。一想到女人已经逃走，柳子言又暗暗得意，恢复了脸面，故意作惊道：“四姨太真的接回来了，谁到石堡上去干什么？苟百都不是早被龙抓了吗？”掌柜就冷笑了：“苟百都是死了，可惜学苟百都的人没他那身膘肉！德顺，你进来吧！”厅房里便有一人进来，竟是石堡那看守四姨太的老头。老头看了一眼柳子言将头就垂下了。掌柜说：“姚家的下人出一个苟百都咬人的狗，可再没第二个对姚某人二心的人，德顺告诉我了一切，我现在只想问柳先生一句，你爱上我的那个四姨太了吗？”柳子言在刹那间天旋地转了。他恨死了这个叫德顺的老头，龙该抓的不是苟百都而是狗德顺了！自己英雄了一场，竟坏在一个卑贱的下人手里，柳子言知道他现在的结果了，却为女人将受到又一重的惩罚而叫苦不迭了。到了这步田地，柳子言还掩饰什么呢？胆怯什么呢？他虎虎地看着掌柜，突然说："是的，我是爱上四姨太了，我第一次到姚家来就爱上了四姨太！掌柜你杀了我吧！"掌柜一丢烟具，哈哈大笑不已，直笑得身子连同睡椅前后摇晃，说："柳先生真个坦白！我还可以告知你，你不但是爱上四姨太，四姨太也爱上了你！"柳子言叫道："不！这与四姨太无关，要杀要剐，我柳子言一人承当！"掌柜说："柳先生真是爱女人爱得深呀！我并不杀你，你是我请来的贵客，我还要酬谢你哩，你知道我要谢你什么吗？我就把四姨太送你！我虽然爱这娘儿们，我为她破过家，在她当了匪婆子还把她接回来，但我今早去到石堡里见了她，我决定就送你了！"柳子言直直看着掌柜，他估摸不出这老谋深算的掌柜说这话的真正含义，他站在那里不动，等待掌柜的突然变脸面吆喝了五大三粗的打手冲进来。掌柜却又在说："柳先生，难道你也不回谢我一句吗？"柳子言简直不能相信事情竟是这般变化，阴霾密布的天突然透亮，湍急凶猛的水突然拐弯平缓，狂旋的龙卷风突然消失了吗？他一低头颇笑道："掌柜说话若真，那我多谢了！"掌柜却说了："但我却也要你保证，一定要踏勘个吉穴给我！你今日草草踏了一下就说要定方位，我姚某就不能依你了！好吧，四姨太我先让她在石堡上待几日，几时吉穴踏成，你就带她走吧！"

整整踏勘了六天，真心真意地选好一处美穴吉地的柳子言爬到了石堡，出现在他面前的四姨太已是于那一日的早上被掌柜抽打一通鞭子将儿子降生，儿子却活活地在她的面前摔死了，而她也同时于掌柜的面前，用石片从左额直划出四条裂口到右腮，说："你不是总爱着我这张脸吗？我现在一心一意是你的四姨太了！"柳子言看着毁了容的女人，他"啊"的一声惊跌在地了。几分得意的掌柜也觉得愧对了柳子言，几分歉疚地说："柳先生，我不该瞒着她毁容的事，望多谅解。娶女人就是娶一张脸，柳先生若不喜欢这个，姚某再送你个丫头女子，整头洁脸的乖巧人哩。"柳子言一下子跳起来，将女人搂抱住了！

用鸡毛粘好了脸伤的女人，从此再也没有了往昔的俏丽，那四条从左眉斜斜下来到右腮的疤永远留下了红道，但柳子言用驴子领回到他的家屋，怜爱如初。他拥抱着这个千难万难方遂了心的女人，再不是旧日无能的男人，他是丈夫，尽着丈夫的职责。

他们在五年之后终于生下了一个儿子。

有了儿子，这一对夫妇不再是为了过一种安静可心的日子了，他们幻想着在这个世界上，要活得顺心适意，有头有脸，必须是要当官的。他们商定要为柳氏家族选一个最好的坟地，大半生为了他人的幸福，柳子言踏遍了山山水水，现在他们是在为自己而选穴了。一头瘦小的毛驴子，载着已经花白了头发的夫妇，终于在一个雨后天朗的正午寻觅到了一个山嘴下，柳子言激动不已，满口白沫论说踏勘美穴的妙处，什么风水以山名龙，故山之变态千形万状，走垅之体转移顿异，其潜现跃飞变化莫测，唯龙为然。何以曰脉，是统人身之脉络，气血所由以运行而一身之禀赋，脉清者贵，浊者贱，吉者安，凶者兀，地脉亦然。什么龙要旺，脉要细，穴要藏，局要紧，砂要明，水要凝，化生开帐两耳插天，虾须蟹眼左右盘旋，明堂开睁砂脚宜转。他满口文言古辞，女人哪里听得明白，问这山嘴下该是什么穴，柳子言又得意指点，说那山嘴两边呈半环，环后有横岗，岗后又一山成大环抱，虽不是五山耸秀四水归朝，青龙双拥官诰复钟，却也是梧桐枝穴，此龙身枝脚均匀之格，梧桐枝双迎双送，两平势对节，分枝作穿心，该祖宗儿孙相顾，至贵呢！女人乐道："好了，好了，我不懂你的这样穴那样穴，我只要我儿子当官的穴哩！"

柳子言自小没有了父母，被师傅收养学道，他不知道自己的父母葬在哪里，坟墓拱好了，便做了先考先妣的灵牌安放进去，又为自己和女人拱了双合大墓，便宣布再不为人察识风水了。在儿子长到了十二岁，男长十二接父志，在一个早晨，夫妇俩烧了一锅菊花汤水沐浴，穿好了所有崭新的衣服，对儿子说："儿呀，我们不可能看着你长到三十四十，也不可能为你留下青堂瓦舍的一院房屋，百亩良田，万贯资产，可我们可以助你去当官。从今往后，你不要想着你的父母，也不要守在这个地方，你可以出外去干你的事了！这个世界这么大，你不会孤单，你会有许多大事要干的。”儿子是聪明俊秀的人物，听从了父母的话，磕下一个响头，下山而去了。

这父母骑上了毛驴。女人虽然老了，身架还俏，人依旧干净，头脚整洁不乱，却把一块印格手帕顶在头上，手帕太大了，四个角便遮了脸。柳子言说：“今日暖和没风，遮得那么严吗？”妇人说：“不遮，难看呢。”柳子言端详着她，脸上皱纹是纵横了，五官却不多一分不少一分地端正，那四条伤痕虽是发红，他却看到了往昔的美艳，说：“你一点不难看。你是天人，你原本是在天上，但你到了人间，桃花恨你，春风恨你，所以你尽受磨难，你只有了这四道疤你才活得安生了！太阳这么好，咱要出远门，为啥要遮呢？”

妇人听从了丈夫的话，要骑上毛驴了，柳子言就去扶她，趁机要捏捏那一双精精巧巧的脚，再将一杆柳条给她，让她当驴鞭。女人就说：“你再捏，我可要抽打你了！”两人遂想起过去长长的一幕，相视在阳光下就全笑了。

他们一个在前一个在后，就这么骑着毛驴来到了他们的坟地，直走到地下拱好的坟墓穴里，便动手将墓坑中的砖石一块一块封了墓穴口。封得是那么严，没有一丝风可漏，没有一点光可透。柳子言说，今晚会有一场雨的，坟顶上的土能塌下来埋了墓道，咱们可以安安静静睡了。

该怎么睡呢？漆黑的世界里，女人并没有立即感到呼吸的紧促，她询问着柳子言，并撒娇地一定要柳子言扶了她睡下，且要双手就紧紧搂住她，让她头枕在他宽宽的胸脯上。柳子言按她的要求去做了。他们在这个时候听到了坟外风扫过墓顶，那丛枯草摇曳着冷冷的金属声，有蚂蚁在叫，蚯蚓在叫，墓壁上爬动的湿湿虫释放着姜葱一样的气味。两人同时想起了过去的岁月，想到了那一切一切细微得不能再细微的细节，倒后悔忘了带一壶酒来，这些记忆是用盐风干了的肉丝，蛮能有滋有味地下酒呢。柳子言开始摸索着从身上解那件已经很旧很旧几乎稍稍一撕就破的红绸裹兜，妇人并没看见，却感觉到了，也伸过手来，拉平了，盖在他们的脸上。

“这是咱们的铭旌哩！”柳子言说。

“铭旌都是要写一生功德的。”妇人说。

“那上面不是有血斑吗？那就算咱自己写下的。”柳子言说。

两人无声笑了。

“咱们的儿子会当了官吗？”妇人悄声又说。

“会的，这是一个好穴哩！”

“能做了什么官呢？”

“很大的官，真的，大官哩！”

十年后，四十里外的洪家戏班有一个出了名的演员，善演黑头，人称“活包公”。他便是柳子言的儿子。柳子言踏了一辈子坟地真穴，但一心为自己造穴却将假穴错认为真，儿子原本是要当大官，威风八面的官，现在却只能在戏台上扮演了。

黑氏

从窗子往外看夜空，星稀月明，银光泻炕，千声万声为丈夫祈祷，却每每在黎明之中，听得到学校的铃声，婉转凄凉，像是一首悲悲的歌。

一

黑氏的年龄比丈夫大，黑氏把什么都干了，喂猪，揽羊，上青崖头上砍柴禾。一到晚上，小男人就缠她。男人是个小猴猴，看了许多书，学着许多新方法来折磨。她又气又恨，一腿子可以把他弹下炕去，“你是我的地！”小男人却说，他愿意怎么犁都可以。夜黑漆漆的，点点星辰，寒冷从窗棂里透进来。小男人压迫着她，口里却叫着别人的名字，黑氏知道那是些村里鲜嫩的女子，泪水潸然满面。等丈夫滚在一边大病一场地睡着去了，她哽咽出声，嗟啜不已。

这边厢房一动静，那边厢房就发狠声，公公骂道：“长声短叹地发什么贱气，好吃好喝得肚子鼓胀睡不着吗？”公公的脾气越来越暴躁，黑氏就不敢再出声，听得还在骂了句：“在娘家吃什么了，穿什么了，跌到福窝里了还不顺心？”噼里啪啦拨算盘。公公是镇上的信贷员，算盘上的功夫深，双手打得“狮子滚绣球”。这两年日胜一日富起来，家人就给她难看脸色，恶声败气，批点她的面粗、手脚肥胖、丑。黑氏是知足人，深山的娘家穷，茶饭是比以前好。哥哥的脸色黄蜡蜡的，十天半月来镇上赶集，拿些山货到这家，吃一顿饭要走了，总说："我妹子有福！"她心里苦苦的。好哥哥，吃得好了就有福？这话却倒不到人面前去，只是越发伏低伏小。私下里盼着养个儿来，有个贴己，送子娘娘却偏不光顾。如此睁着大的眼睛在黑暗里思想，窗外就没有了星星，淅淅沥沥落起雨来，倒熬煎这雨一下，坡上的红苕蔓子就要沿蔓生根，得去再一次翻锄了。

这当儿，院门很响地被人拍了一下，接着是门环"哐哐哐"三声摇动。那边厢房的公公立即应声："来了，来了！"趿了鞋出去开门。是一个男人的声音，压声问："又和谁喝酒？"公公说："没外人，专等着你呢。"两人就骂了一阵天雨，进屋到那边厢房了，叽叽咕咕，鬼念经般说话。

婆婆已经起来了，拿那杆竹管烟袋敲打她的厢房门框，叫："黑，起来！你爹和客人要喝酒，你下厨炒几个菜去。你装什么呀，睡得这么深沉！"

家里时常来人，黑氏已经习惯了，她不解的是客人常要半夜里来，有时扛来好多东西，用木箱和麻袋装着，公公不让任何人动，她也就装个猫儿狗儿，不言语。厨房里炒得一盘鸡蛋，一碟变蛋，一碟臭豆腐，一碗熏肉。一箕盘端了进公公房里，瞧见客人是个极风流的人，正将桌上一沓钱推给公公说："这些是你的，怎么样，只要……"公公用脚在桌下踏了客人的脚，抹下头上的帽子，随便一放，钱票盖住了。黑氏乖觉，权装混沌，怯怯地看着客人说："黑漆半夜的，没好菜的。"客人便大胆地看她，看得生怪，黑氏慌得用手抚扣子，害怕扣子扣错了，惹人耻笑。

公公便说："睡去吧，你还待在这里干啥？"

黑氏放赦一般回来，坐在炕上了，小男人已经转醒，悄声问："谁来了，是马乡长吗？"黑氏说："马乡长鼻子大，这个人气派呢。"小男人说："这是东村姓王的，他跑运输发了大财了，有了钱讨了个县城女子，嫩面得能弹出水！"黑氏默然无语。小男人又说："他发了财了，敢不到咱家来？爹又落一笔钱了！"黑氏说："人家跑运输，爹落的什么钱？"男人说："爹入股呀！"黑氏一直对这家人疑惑，就再问："爹哪有钱入股？"小男人黑暗里眼里放光，说："你以为你嫁给我平凡吗？我爹虽不是什么领导，却是和什么打交道的？你丑人倒有丑福！"黑氏说："我不稀罕那么多钱，当初嫁你，你也是没钱的光棍！"小男人说："我知道你害怕我家发财哩，怕你越来越不配我哩！"黑氏咬了嘴唇，听那边厢房公公劝客人酒，喝得已经晕头，有盘子翻跌桌下，发着破裂的声响。小男人说："怎的不说话？"黑氏说："我不是为我想，我是为你想的，钱来路不明，多了会瞎人的。"小男人说："哟，你那么清高，结婚时你娘怎的要我出个棺材钱？隔壁的钱来路明，你跟他过活去？！”

黑氏拉过被子连身子带头裹严睡倒了。

眼睛闭着，心却睡不着，一股黑血在肚里翻腾。恨娘家人穷，不能门当户对，又恨小男人家有了钱，口大气粗……直挨到鸡叫三遍，窸窸窣窣又起来，得给猪熬食了。雨还在落着，院子里水汪汪一片白亮。忽见得隔壁那家院子上空红光一片，甚是吃惊，爬上院墙头的梯子看时，隔壁人家台阶上生着一堆篝火，一个人蹲在旁边，将一条新制的扁担一头支在门坎下，一头伸过火上，双手趁趁地往下压：八尺余长的桑木扁担就两头翘，翘得一张弓。黑氏便叫：“木犊，起得早？难得落了雨，也不蒙头睡个懒觉？”

木犊回过头来，倒是吓了一跳，火光映在脸上，红膛膛的像酱了猪血，瞧见是黑氏，笑，哧哧啦啦响。

黑氏又说：“一条扁担，还那么伺候？”

木犊说：“不收拾软和，它砍肩哩！”

黑氏说：“反正它是压人的，你也要去南山担龙须草吗？”

木犊说：“南院秃子，三天一来回，赚得三块多钱的，我比他有力气。”

黑氏说：“人家都出去跑大生意，千儿八百的挣哩……”

木犊说：“咱没车，就是有车，没恁个本事的。”

黑氏在墙头上长长叹了一口气。黑氏可怜这木犊，家底缺乏，人又笨拙，和一个老爹过活，三十二三了，还娶不下个女人做针线，裤子破了，白线黑线揪疙瘩缭。本要说句“你哪有秃子灵活，担龙须草走山路，瓷脚笨手的可要小心”，话到口边又咽了，待要走下梯子，木犊却叫：“黑，给你个热的！”手就在火堆里刨，刨出个黑乎乎的东西，两手那么倒着，大声吸溜，跑过墙根处了，踮脚尖往上递。黑氏看着是颗拳头大的洋芋。

黑氏说：“我不吃，还没洗脸哩！”下了一节梯子。下去了，又上来，见木犊又换了一只手，还在努力往上递，黑黑的肚皮露在外边。她伸手接住了，烫得如炭火，掰开，黎明里白花花两半，蹿一股热气，她咬了一口。

木犊问：“面不面？”满足得想笑，又咻啦一下。

黑氏已经走下梯子，头上让雨淋湿了，滴滴答答顺着头发往下流水。

二

到了冬天，木犊担折了两条扁担，肩头上隆了很大的肉包，指甲掐也不觉生痛。家里却并没见有大变样，顾住了油盐酱醋，和爹新做了一身棉衣，光景不宽展也不太寒酸。十一月初六，出了个大红日头，父子俩新做了一条更长的扁担，在火上烤了，用瓷片刮磨，一遍又一遍上了豆油，能照出蓬头和垢脸。中午时分，于院中设了香案，将那扁担两头挂红横放案上，木犊跪倒在尘埃里磕头作揖，敬扁担神。木犊感念扁担使他家有了零用碎钱，他不再去担龙须草了，趁天寒地冷，去更深远的山里担木炭。祀奠之后，老爹将一口袋干粮缚在扁担头上，别六双草鞋在木犊的后腰带，送儿子出门。木犊反身退至院门口，转正身，齐足立于门内，叩齿三十六通，以右手大拇指在地上先画四纵，后画五横，毕，咒曰："四纵五横吾今出行禹王卫道蚩尤避兵盗贼不得起虎狼不侵行远归乡故当吾者死背吾者亡急急急如九天玄女律令。"咒毕，再不反顾，大步而去。老爹望儿走远，捡一土块压在四纵五横上，倚在门上，热泪肆涌，遂听得隔壁院子里劈劈啪啪一阵鞭炮轰响。

黑氏一家是要搬迁了。

腊月里，信贷员又入了一股到镇上一家蘑菇厂，天晓得这厂子那么大的本钱，买了许多菌种，盖了许多作坊，培育成功，收入成倍成倍往上翻，他家就得了流水一般的钱路，便也就卖了旧屋，在镇上盖了一院房，一砖到顶，堂皇得似了爷庙。这家暴发，村人皆目瞪口呆，黑氏也惊魂落魄。好多人来帮忙搬家，黑氏把从娘家带来的一块石枕也放到拉车上，小男人将它撂了。

黑氏说："这是我的枕头。"

小男人说："到镇上住呀，你还学那野人？"

黑氏说："我从小枕惯了，不枕，脑壳烧得疼哩！"

小男人骂道：“贱命！”还是把石枕撂了。

黑氏怔怔地立了一会儿，旁边的人都看她，她没有顶撞丈夫，也不哭，后来抱了石枕，油污污的，过来给了木犊爹。

她说：“伯，我们要走了，这块石枕给你留下，它是天星落下来的，我爷枕了一辈子，我爹枕，出嫁时娘陪给我。它好生凉，枕上从不害眼哩。”

从此黑氏住在镇上，她更忙累了，要做了家里老少吃的喝的，鸡、猪、狗、猫要她经管，地里的活也全是她，且公婆讲究起体面，日日强调屋里院外一星灰尘不要，一根麦秸不留，她睡得比以前更少了。小男人老嫌她多吃，要求不能再胖，人一瘦脸更黑，又骂她是黑豆皮。年终家里买给她一双鞋，人造革的，说是皮货，逢集便要她穿，黑氏脚肥，塞进去疼得难受，从集上回来，鞋脱到一边去就噙着眼泪哭。她知道小男人不是疼她，是嫌她丑，但娘生她丑样，也不是一双皮鞋能改变的！小男人就打她，用刀子吓唬她。打她打得太过分了，她一下子发了凶，反身一抱，小男人就脚手并作地端在怀里，丢粪筐一样丢在炕上。她说：“我是让你试试我的力气哩！”

这消息被外人得知，全都耻笑，黑氏在地里干活了，有人就问：“黑，又教训你男人了吗？”黑氏缄口不答。那人就又问：“黑，你怎的不穿皮鞋了？你们家那么富，你怎不向你公公要一个手表戴戴！”

这话说得多了，黑氏也嘀咕，怎的这家这般有钱，村里镇上做生意的人家多，也不见钱这么来得容易？夜里小男人回来，她问根底，小男人说：“这话我也听得多了，人都在发忌恨哩！外边再有人问你，你就说：政策允许哩，怎么着？！”

黑氏越发奇怪的，夜里总有客来，和公公在卧房里说话，她一进去，那话就住了。白日里，却总是请乡上的干部来吃酒，乡长一次吃醉了，指着公公鼻子说：“你他娘的，活得倒比我乡长强，管一个信用社，什么都有了！我可告诉你呀，有人联名写信说你在贷款上有手脚！”公公顿时脸面煞白，忙扶乡长睡在他的炕上，供喝茶喝醋，结果吐得满炕皆是。不久，突然镇上有了风声，说是公公提出赞助办学，要拿出三万元扩建镇上小学。黑氏着实惊骇，公公能拿出这么多钱！这些钱平日放在哪里？家底拢共有多少？又不久，县上就来了人，召集了镇村大会，公公站在会台上，披红戴花，满面红光，从此，一面红底黄字的大锦旗就挂在了中堂，院门敞开，过路人老远便瞧见一片红彤彤。再不久，学校崭然一新，公公做了名誉校长，小男人破例做了教师，教授体育，日日率领学生打篮球，快活得如做了神仙。

黑氏不明白公公那么吝啬的人竟又那么大方，黑氏现在是明白了。小男人夜里折磨她，说她现在不是农民的婆娘了，是公家干部的夫人。黑氏不知道干部的好处，她受的是更粗野的罪，不许点灯，他叫她是镇上最俏的一个女子的名字，要求叫一声，还让她应一声。她气愤不过："她是她，我是我，你有本事寻她去。"

此话不幸言中，丈夫果然夜里不回来了。一日不回，两日不回，黑氏到学校去，丈夫的房里有一个女人。女人是镇上最俏的，小男人说，我们在谈学习哩。黑氏心下想：或许真是学习，那咱就无趣了。临走说："你几夜不回了，这房子潮，晚上得买些炭烘烘。"

小男人一月两月不来缠她，她轻省了许多，夜里能睡囫囵觉，后来却感到了空落。小男人不是省油的灯，身子一日不济一日消瘦，她心上又犯了疑，去学校看时，人家又在学习哩，她没证没据的，闷闷地又转回来。

学校里有一个校工，是很远的西川人，给教师白日做一顿饭，夜里教师全回家了（这学校教师都是民办教师），他看守门户。黑暗里拿凳子坐在门口，一边明灭抽烟，一边放最大音量听一台收音机。黑氏到学校去，与这校工认识了，知道他叫来顺，眉心有一颗痣，人长得又老实又乖觉，却穷得可怜，脚上老是一双黄胶鞋，走动咕咕响，像是灌了水。

黑氏一来，来顺就叫，同时将屁股下的小矮凳让出来，让她听收音机里的女人唱。

黑氏说："来顺，你那么会过日子，挣国家的钱，脚上老穿那黄胶鞋，你不嫌烧吗？"

来顺就把脚收了，老实得如一只猫，说："我何不想穿得体面，月挣二十八块钱，我爷八十了，老得糊糊涂涂，我娘又是病身子，三个妹妹都在上学……我能像你男人那么有福？"

黑氏说："你还有个爷？"下边话没有说出，意思是：上头三个老人，光三副棺材就够半辈子还不清账了！就又问："来顺，你女人身体还好？"

来顺说："我哪儿有女人？前年订了一个，人家又退了，跟了个万元户的跛子儿子，我一气才到这里干了校工。"

黑氏为他叹了一口气。

三天后，黑氏从箱底取出一双布鞋来，拿给来顺穿。来顺以为是趣话，夸了一通针脚好，却是不敢收。黑氏说："来顺你好争气！嫌这料面不是灯芯绒吗？这可是新的，做给我那一口人，他穿了一天又去穿皮鞋了。你试试，合脚不？"来顺端盆子洗了脚，脚又长又厚，穿进去好夹。黑氏笑了一回，说用剪子铰开一点鞋口，将就穿几日是几日吧。来顺口里应着，却并未去铰，干完活了，就穿了新鞋，扭秧歌似的走。

小男人知道黑氏给了来顺鞋，并不恼，说："来顺薄命，三十多了还是个童身子！"黑氏说："没婆娘了想婆娘，有婆娘了一月两月不回来！”小男人说：“你给他送鞋，你也给他个稀罕东西去！”黑氏说：“放你娘的屁！”塞给他个冷枕头。小男人却认真说：“我说的是真话，咱谁也不管谁。”黑氏问：“你这啥意思，让我给你放缰绳吗？我问你，你在学校玩着打球，和那些女的有多少习要学？”两人捣起嘴来，小男人就动了手，他力气不行，手脚却利索，一拳打在黑氏肚上，自个反身却往学校睡去了。公公婆婆又一顿臭骂，气得黑氏一夜未合眼，天明起来眼圈都乌黑。她有心去学校闹一场，一到校门口，心却软了：小男人这不好那不好，毕竟现在是教师了，闹开来也太丢人。来顺见是她，热情招呼，问她眼圈怎的黑了，她泪水婆娑，拉来顺到没人处，说：“来顺，你是实诚人，你不要哄我了，我那口子在这里可本分？”来顺吓了一跳，半天没有作声。黑氏问得紧了，说：“这我不知道啊，这事要捉双，我怎能七说八道？他这等人物，光头整脸的，他还能作孽胡来？”黑氏想了想，也不再问：“你黑白在学校，你替我留神他。这事天知地知你知我知，不要对外人提起，人倒笑我没能耐。”来顺点头，看着她走了，发了许多感慨。

一日，吃罢晚饭，黑氏到河里去担水，河沿上蹲着来顺洗衣服。来顺似乎要对她说什么，欲言又止，黑氏狐疑，说：“你有事在瞒我？”来顺越发尴尬，口里含糊不知所云。黑氏就说：“常言道，人只可皮相，不能骨相。你也是这般角色！”来顺就放沉了脑袋，说了小男人如何如何长久同镇上一女人私通，那女的又翻了脸，新近又与乡长的小女子撮在一处，今日夜里，那女子又去学校了，也不避他，先是房里亮着灯，后来灯也灭了，如此云云。黑氏听罢，身闪了几闪有些不稳。来顺说："这话我万不该对你说，可不说良心上又过不去……你不要生气，他反正是你的人，那女的她爹就是乡长，她也不能明打明……”黑氏没说一句话，挑了水回去了。

黑氏挑水到村口，一丢担子把水倒了。坐下来呜呜地哭，她料到小男人会走这一步，但真真正正知道这事了，却感到如此突然，受不了打击！当下只身跑到学校去，来顺还没有回来，校内一片漆黑，她却有些害怕了。这事是天下丑事，冷不丁破门进去，那女的也是没结婚的货，再色胆包天，也是有脸面的，弄不好上吊投河，那也是出性命的祸事！黑氏想，罢了，罢了，只要截散他俩，男的怯胆，女的羞愧，囫囵自己一对夫妻罢了。就立在院子里喊小男人的名字，小男人应了声，说他睡了，有事明日说。她说："爹让我给你说件要紧事，你快起来，我先到茅房去一下！”她是让那女子趁机出门逃去，就故意放重脚步，真的到后院厕所去。

返回来，小男人的房子亮了灯。她进去，被子并没有叠，丈夫坐在床上吸烟，屋里燃着一炷香，香香的。小男人说："什么事，等不到天明？"口气冷淡。黑氏说："这地方我来不得吗？你多时不回去，这夫不夫妻不妻的……"小男人便说："就说这些？说完了回去吧！"黑氏站起来要走，却听见柜子后有些微响动，低头看时，柜下有着一双脚，小小巧巧的。她无声地哼笑一下，又稳稳地坐下，直勾勾看起丈夫说："我今日就不走了，我要你给我倒一杯水来。"小男人已经发觉她的用意了，脸上有了慌张，倒一杯水放在她面前。黑氏再说："再倒一杯水。"又一杯倒上了。她平平静静地说："来吧，喝口水吧，喝口热水不会伤了身子的。"柜子后旋闪出一个女子，粉红内衣，鬓发蓬松，一脸狐妖。黑氏看了，心下也惊叹，这骚货也真艳乍！那女子脸并不红，在床沿坐了，仰眼盯房上顶棚，全无羞愧之色，黑氏倒大惊，有这等厚脸的！气血顿时上脸，平静了半日，还是说："我不打你们，也不骂你们，我是求你们，别使这个家活活拆散，事情闹大了，与我不好，与谁也不会好。去吧，喝了这水去吧。"那女子穿好衣服走出去了，从门口又转回来，带走了桌上的香脂盒。黑氏忽地嘴唇抖动，脸无血色，从凳子上跌下来，不省人事。

之后，小男人并不收敛，依旧同那女子如漆如胶，做出齷齪肮脏之事。黑氏倒后悔那夜自己的宽容，和小男人打闹过几次。小男人仗着爹的财力、乡长的权力，倒越发一意肆行，苦得黑氏常找着来顺哭诉，来顺也陪她掉两颗三颗热烫眼泪。

一日，逢集，天寒地冻，黑氏瑟瑟地在市场买炭。偏巧遇着木犊，木犊身脸乌黑，形如饿鬼，见黑氏却惊道：“黑，你病了，瘦得这样？”黑氏想起墙头送洋芋之事，肠肚皆软，不觉唏嘘不已。木犊是善心人，当下也吸溜鼻子问道：“是不是你那口人欺辱你？村里人都在说……”如此这般问了情况，黑氏就哭得泪人一样，木犊劝了半日方止。

下半晌，木犊寻着来顺，将来顺骂了个狗血淋头，说是不该把事情告诉黑氏！来顺好委屈，说不告诉黑氏，他良心上不得下去。木犊说：“那起什么作用，信贷员的儿子是哪路坯子，狗忘不了吃屎，你让黑知道了，只能让她人不人鬼不鬼！如今瘦成那个样子，你就良心安妥了？”噎得来顺无言以对。两个男人苦了半天，不知如何解救黑氏，木犊就骂信贷员父子钱瞎了眼也瞎了心，偏偏乡长树他们是好的，这信贷员暗中又给乡长使了多少黑钱！到底来顺脑子快，说：“锅底里抽柴禾，咱收拾那女子去！那女子没了脸面再到学校。黑的男人就或许会安生！”当夜两人蒙了脸面，来顺放哨，木犊伏在路边，见那女子往学校去，木犊虎扑上去，擂拳便揪，末了五指在那嫩脸上抓出血道，骂：“你既不要脸，就抓了你这皮！”

乡长的女子被打，只有小男人和这女子明白为何被打，对人却无法说出，只告爹有人夜半拦路行奸。乡长责令乡派出所破案，这女子提供罪犯说话声像木犊，把木犊抓去，木犊供言不讳，却说了原委。派出所没有呈报县公安局，但也未放了他，以乡长旨意罚他十五天拘留。

三

但是，小男人却极快与黑氏离了婚；重结二婚，小男人娶的是乡长的女子。

黑氏离开了暴发户，并不远走高飞，她变得刚强起来，拒不要原夫家的一椽一瓦，回到村里，借居在早先生产队一间牛棚里。娘家的哥闻风赶来，叫一声：“妹子！”泪水涟涟。黑氏说：“你哭啥哩，你妹子做了什么丢人事体？！”哥不哭了。又埋怨妹子逢着好光景不过，落到这步田地，要领她回到娘家去。黑氏说：“我偏不走，我看着这家人能唱什么好戏！”

白日里精心伺候分得的一亩田地，样样都行，不比任何男人差半分。夜里自个烧锅做饭，用一把扫帚磨扫了路边枯草末末，将炕煨得烫热，躺下去，这边身子烙了翻那边，舒服而省心。她先前以为女人离了男人，就是没了树的藤，是断了线的筝，如今看来，女人也是人，活得更旺实！来顺时常到她家里来，帮她劈一抱柴，挑一担水，陪着说说话，她也逢饭了让吃饭，没饭了泡杯茶，天一黄昏，就说:“你走吧,寡妇门前是非多哩!”

来顺不在乎这些,来顺照常来,说起信贷员那一家,又入了一家草袋厂的股,盈了许多大钱,两人就叹一阵世事。末了她突然问:“那两个男女过得好吧?”来顺说:“有钱使得鬼推磨!那女的肚皮子大了,年内怕要坐月子。”黑氏就痴眼看河对岸的山,她无意于天上的云,远村的烟,来顺不知道她想什么,她也说不清。末了,一个很轻的很淡的笑留在嘴边,打发来顺去了。

村子里却有了议论,说来顺要打这女人的主意。议论先是黑氏不晓,到后碎言断语捕捉了些,心里也扑扑腾腾跳动。早晨对着镜子梳头,镜子里有一张脸,脸黑是黑,却比先前光润得多。她惊奇自己并不老,甚至也并不丑恶,自言自语道:“我难道就剩下了不成?”双耳下也染上两点红晕,心里有一种说不出的意味。

当来顺再来,黑氏就留神他的眉里眼里,来顺果然说出许多话来,让她听了耳朵发烧。但每当这个时候,黑氏就想起一个人,木犊,顽强地在眼前晃。木犊为了她,被抓去受了十五天拘留,那驼子老爹日日送饭,竟一次绊了石头,罐子破了,稀饭泼了一地,老老的人坐在地上哭,她心里就惨惨得像刀子割!放出木犊那天,她见着木犊了,他胡子很长,脸色寡白,见了她却说:“黑,没想我倒害了你,让你受寡了……”可她住到这牛棚里,木犊却再不闪面，他是还觉得对不住她，不来见面，还是天热了，不担炭了又去深山担了龙须草？黑氏这般一走神，来顺作乖，就嗟叹数声，说："那没良心的东西弃了你，也算他心坏了，眼也瞎了！他说你丑，丑在哪里？这般整齐的人物，你也不愁没个新窝的。"黑氏也便把脸弄成柔和样子，微笑一下，让来顺不必多说。来顺即刻回去，想入非非，自此衣衫破旧，却洗浆干净，脸子白白的，也有心和小男人在学校里说些闲话，笑过几回。

黑氏稍稍充足的精神又消乏了，最害怕的秋雨到来，她坐在炕头上，看门前水滩里明灭雨泡。再往远处，是田埂，是河流，是重重叠叠的山。黑氏文化浅，不懂得作诗之类，却全然有诗的意味，一种沉重的愁绪袭在心上，压迫着。她记起了在娘家做女儿的秋雨天，记起了在小男人家的秋雨天，今日凄凄惨惨可怜的样子，心中悲哀怫郁无处可泄，只在昏昏蒙蒙的暮色下，把头埋在两个手掌上，消磨了又消磨，听雨点嘁嘁嘈嘈急落过后，繁音减缓，屋檐水隔三减四地滴答，痴痴想起做寡以后事情，记出许多媒人和包括来顺在内的许多男人，觉得都不过一个当时无聊而一过去即难作合的幻梦罢了。

她突然操心河边的那一块地，地是她新拾的，种有萝卜，夜里涨水能否被冲掉呢？雨已经衰竭，风势依然，黑氏察看萝卜无恙，河水并不怎么变化，水闪着镏光活活流着，像是很汹。忽然在极远的地方闪一下火亮，倏尔又灭了，定睛看去，河的对岸有了微微一点红，如狐的眼睛，忽儿不见了，忽儿又出现在下方，同时有了水波声，不久一切消失，响一种咯吱细音到了这边滩上。

黑氏以为是鬼，气全屏住，窥觑黑影走近，见是一个担龙须草的人蹚河过来，那结实的块头，拙笨的步姿，黑氏认出来，叫一声："木犊！"

木犊骇绝，骤然如跌在地上，嘴上掉下一个烟蒂，划一道暗红不见了。等分辨面前是黑氏，黑暗里将裤子穿着好，就笑了，哧啦声比以往重了许多。

黑氏说："这风雨天，你还过河？水涨会卷你到老河口去！"

木犊说："草收齐了，不连夜回来，那我就困在山里饿死。你一个人不在家，敢到这里来？"

黑氏说："我来看萝卜，担心被水冲了。"

木犊说："你要没菜吃了，到我家去，今年我萝卜好哩，又白又长的，够你吃的！"

黑氏说："我吃你做啥的？！"

这话使木犊若沉深渊，明白面对着一个女人，一个年纪轻轻的寡妇，热情仿佛骤然下沉，半天冒不出水面，略显粗鲁地问："黑，你还没个男人？这年头，没有男人怎么过日子，要找了，你就看准准的，嫁一个疼你的！"

黑氏顿时觉得鼻子不通，见塞作热，身子只是惫懒，靠在一棵河柳上。

木犊说完，亦无别说，见女人不言传，慌得忐忑不安。两人皆陷入缄默，各把思想放在这看到的河水、柳树，以及对面而立的人物以外的一个地方去了。直待到远方一声野狗的嗥吠，方清醒过来，黑氏说："回吧。"木犊方觉起肩上的担子的沉重，两人一路无话。

十天后，有媒人找黑氏，说有男人出三百元聘礼娶她，问是哪个，说是来顺，黑氏心里作念：果然是他，他是敢有这份主张的！慌了手脚。媒人说："人穷是穷，皮相齐整，况且老家不在这里，成亲后他带你离开这里，眼不见那一家人，心里不生气！"黑氏却说："我不在乎穷，我就是穷家女子。我拿定主意是不走的，我要争口气，比试着那一家人！"媒人倒着了恼，说道："你也是不掂轻重！那一家人成了乡长的亲家，有钱有势，你能奈何人家？"黑氏说："我不奈何，政策奈何哩！"媒人说："你好瓜，落到这地步！政策是什么，政策是烤洋芋：人熟了，洋芋是软的；人生了，洋芋是硬的。"黑氏说："像你说的，真没世事了？"媒人又说："依你说是不悦意来顺？你和来顺眉里眼里都有情意，正经提了，却不愿意？"黑氏说："这是谁说的？我和来顺有什么瓜葛？"两人言不投合，媒人走了，几天里再不闪面，黑氏倒窝了一肚子气。

忽一晚，又一媒人来家，提的是木犊，她倒噗地笑了，说：“光棍子都来寻上门了！”媒人说，这全是木犊老爹缠她不放，问及木犊，木犊只说黑氏好，却不敢配黑氏，夜里本是搡着木犊一块来的，走到半路，抱住一棵树再拉不来了。黑氏听着，又忍不住轻轻笑，笑着笑着，眼里噙一颗大的泪珠。黑氏一落泪，泣不成声，趴在炕上难受去了，媒人以为黑氏动心，说句：“木犊家境你知道，人穷却心正，你也是吃过钱多的亏。模样嘛，虽除了忠厚没别的出色处，但人样光堂了，心里野，吃了五谷想六味……听说来顺出的是三百财礼，木犊这三百五放在柜上了。”媒人走了，黑氏抓了三百五十元追出来，没追上，回来痴痴坐了半夜。

种罢小麦，黑氏结婚了。木犊把头和下巴剃得铁青，腰里系了一截红绸子，戴了一顶新帽子，在院子里招呼众亲众邻喝酒。他不会喝酒，却陪着来客喝了几盅，头重脚轻，言语放浪。硬逼着来客多吃多喝，不相信别人肚饱，瓮着声说：“再吃呀，三碗能饱吗？我一顿饭都加两碗哩！”

黑氏坐在炕上，按规矩只能呆坐，听院子里吃声繁响，继之是笑语呐喊，全戏逗木犊。她从窗格往出看，看到那堵墙头，想起以前是院墙那边人，两个人隔墙头递洋芋吃，想不来人是什么动物，一生要闹出什么折腾？目光斜视来客，偏偏没见来顺，忽然心头重新加上什么颇重的东西，气也屏住，呼吸不匀。木犊进来，说声“头痛”，倒在炕就醉了。驼背老爹后进来，连唤几声，木犊不醒，说道：“这木犊，你要招呼客哩，客还没走，你倒醉了？！”去取了枕头让儿子枕，黑氏看时，枕是石枕，是她当年送的。

入夜，木犊醒来，见是黑氏穿了一身新衣，坐在灯下，那衣服把黑氏几年前的青春寻回来，心里万般涌动。叫声：“黑！”却无下语，哧啦一笑，又哧啦一笑，欲近来又怯胆，搓手不已，可笑如顽童忸怩。黑氏知道他是童子身，人丑家穷又欠言辞，从没有安排女人的经验，可笑了顿生可怜，她梳理了光生生的头发，心想：今日嫁他，就是他的人……黑氏是过来的，偏也作几分羞色，眼角眉底漾一种风情。木犊噗地便吹灭了灯，像饿虎一样扑来。

天明醒来，气象一派更新，黑氏看压在身上的一只胳膊，强健如铁棒，筋络凸起，黄毛丛生。最后落眼到卧房门的桑木扁担上，漆锃锃发亮，就想这根扁担养活了两张口，今添一口，这蛮牛一样的丈夫将会日复一日，年复一年在她的身上，更是在这扁担上耗去精力和生命，鼻子不觉发酸起来。他终于醒了，给她讲好多新的感觉和体验，讲他如何要疼她爱她，他可以一拳打死一条狗，拳头却绝不落到她身上，讲他只守这一个女人，一生就心满意足，决不采路旁的野花。他，木犊，似乎还说到他当光棍时的苦楚，在苞谷地里看见一对狗……黑氏就说：“木犊，你昨日怎的不请了来顺来喝酒？”

木犊说：“请了，他说来的，却没来。”

黑氏说：“他也是个好人，你在他面前不要气盛，几时了，好好待他喝场酒。”

木犊说：“嗯。”

第三天，木犊卖龙须草回来，才路过村前打麦场上，麦秸堆后走出来顺。来顺突然间瘦了许多，眼睛混浊无光，说：“木犊，你好快活！有了婆娘，活成人物了！”木犊就拱手，埋怨那天为何不来。来顺说：“那日没去，今日给喝喜酒吗？”木犊说：“好的，才卖了龙须草，口袋有钱，你等着，我买酒去！”即刻返镇上提了一瓶酒风卷而至，央到家炒了菜喝，来顺说不必，就在这儿干喝。两人到麦秸堆后握瓶子你一口我一口喝将不止。

木犊是不善喝人，陪了几来回，眼里就出双影，来顺还是自喝又劝喝，自个一口酒一声祝贺，就呜呜哭起来，说：“木犊，你是我的朋友，你可以穿我的衣，不可占我的妻！”木犊吓了一跳，说他并不敢做这六畜不如勾当。来顺又说：“黑，是你婆娘，也是我婆娘，这女人我比你提亲得早，我掏三百元，你掏三百五，你把她娶了！我没钱，我就是缺钱！”木犊知道来顺有心思，喝了酒说酒话，他也是听黑氏说过来顺让人提过亲，拿了三百元的事，当下说：“来顺，你这冤枉我，也冤枉了黑，她不嫁你，不是你掏的钱比我少，她也没要我的钱！”来顺愣了半晌，打着酒嗝问：“这是真的？”木犊指天发咒。来顺就举着瓶子说：“我冤枉她了，我没有再去，我迟了一步。来，咱喝，我喝，你喝！”木犊这时倒觉得很过意不去，有些对不住了来顺，就强撑着再喝，不久天旋地转，身软如泥。当时有一孩子在旁边看到，急去报告驼子老爹，老爹赶来时，木犊已醉得不省人事，来顺还在给他灌酒。当下夺了酒瓶，摔个粉碎，骂道：“来顺，你好没德行，你要不下女人，恨我儿子！你知道木犊人瞎，心里没道数，你是要用酒淹死他吗？”来顺也醉了八成，忙道没那歹心。驼子老爹气上来扇他一个耳光，背木犊回家去，骂不绝口。

四

无端风波，来顺落得一片骂名，多久也不敢到黑氏家来。

黑氏倒时时悬念于他，认为来顺不至于那么心坏，说知给木犊，木犊却讷讷说不清个是非。驼子老爹却猫头鹰一般，老远一见来顺就骂，在家里也当着儿子和儿媳骂，骂毕了就说一通“咱家穷，家穷风正，哪个野猫也不能欺负了这门户”之话，木犊醒不开老爹的话，黑氏听得出，那意思全说给她，是：木犊配你是配不上，既然你做了他的婆娘，你就得把篱笆儿扎好，不敢有个三心二意！黑氏脸粗心不粗，她受过小男人吃里扒外的亏，将心比心，她是清白怎么做婆娘的。

但黑氏黎明醒来的时候，总听到镇子学校的铃声，铃声悠悠，钻进这屋里，钻入她耳中，她就想起那个白脸脸敲铃人，想不来此人夜里怎么睡得稳，敲完铃了，又独独一人坐在校房门门口在想什么，干什么。

木犊偏在这铃声敲响之后，便醒过来，已经成了习惯。他又要到地里去，光了脊梁刨地，那汗冲着尘土在背上弯曲流下，如爬一背蚯蚓。或者，他再往深山去担龙须草，担木炭，浑身黑得像烧出的瓷壶，大白着眼仁，在锯齿一样的过风梁上彳亍而行。极度的奔波，深沉的疲倦，木犊的支持能力已经到了极限，他似乎是忘却了炕上还有一个酥软软的女人，他睡去如死去一般。但是，家境并不为之起色，多了一个黑氏，衣服有人缝了，父子的肉露不到外边，茶饭有了滋味，可穷家深坑，那钱入不敷出，比较左邻右舍，没个出人头地可能。一家三人愁得不知如何为好。

黑氏说："木犊，你一根扁担溜山，人把力出尽了，挣不来钱，信贷员那家钱却那么好赚，咱也得想想别的法子。"

木犊说："你是不是又想那一家了？"

黑氏说："我想那家作甚，那么不廉耻？我想别人能做赚钱的生意，咱就不行了？咱不说能像那家一样暴发，也不至于这么老穷下去。”

到底做些什么，木犊老虎吃天无处下爪，黑氏也两眼乌黑。木犊有一天到镇子上去，路过信贷员入股的草袋厂，齐刷刷一院子的绞绳机、织袋机，各色男女在手忙脚乱操作，阵势甚是气派。一时企羡，强烈的欲望恍恍惚惚摇动其心，似乎有些招架不住。便走进去，这儿看看，那儿动动，顿时攫住一个夸大的念头，见信贷员从大门进来，便说：“阿叔，这厂子还要人不要人？”信贷员有一副眼镜，半戴半挂在鼻梁上，用镜子上边的半圆眼睛看人，说：“当然要人！”木犊说：“那收下我吧，我也织草袋呀！”信贷员当着做工的人，倒笑笑，说：“墙边有个石础子，你提起来看能砸几下。”木犊脱了衫子，一口气运进肚，肚皮黑黑地凸一张鼓，提了石础子一下，两下，连砸了四十八下，已热得满头大汗了，做工的人全都匿笑不已。木犊说：“我肚子饥了，吃四碗饭，能砸六十下！”信贷员说：“好了，你就是干这一行的，你去镇上看谁家垒墙打根基，你去吧！”木犊方知人家戏谑了他，气得满脸黑红。

回家来对黑氏说了，黑氏浑身哆嗦，骂道：“谁叫你去找他？咱就是饿死，也不去他门上要饭！”木犊说：“他不让我在厂里做工，我也不做了，明日我再去找他，我去信用社贷款，咱有了本到镇上去做买卖。”黑氏说：“甭寻他！他能给你贷款？贷款的人谁不暗里送他东西！咱有东西送他不如撂到河里听个响声！”两个人说来议去，到后来相对无言。

翌日，木犊灰沓沓出门，中午返回，却鼻里眼里透笑。黑氏问时，木犊说，他在镇上遇见王家老七了，老七也是本分人，无脚蟹，没钱少本事做生意，就到山外铜官煤矿上去下窑。下窑是和鬼打交道，到阎王殿去做客，但他却安安全全，三个月挣得一千三百元，回来买椽置瓦要盖新屋呀。黑氏没去过铜官，知不晓下窑是什么情景，出蛮力挣大钱，心里也颇高兴。两口筹备着出外的衣物、盘缠，驼子老爹回来得知了，头摇得如拨浪鼓，说：“旧社会我去过那儿，那钱是拿命换哩。听说好女子都不嫁那边人，嫁了要尿三年黑水，且差不多要做寡妇！”说寡妇，儿媳就是寡妇来的，驼子觉得失口。黑氏说：“凭力气挣钱，那钱都不好挣，咱把王家老七问问，看看那里情况到底如何。”结果老七叫来，问个仔细，老七说：“苦是苦，也不像你爹说的可怕，钱确实挣得多，就看你命小命大。”木犊说：“我命好，三十三四了还能娶个婆娘，命还不好？”立意要去。黑氏和老爹也不强拦。

出门那天，这家人特意请吃了王家老七，叮咛一路承携，木犊人笨眼瓷，在外全靠他了。老七板了腔子。老爹便又是设了香案，要木犊拜天拜地拜列祖列宗，再退至门口。反身立于门内，念出门咒语，画四纵五横护身符，泪水婆娑送他上路。

木犊一走，偌大土炕上睡个黑氏。木犊在家打呼噜，她已经习惯在呼噜声中蒙头酣睡，如今没了雷打的轰响，她一夜要醒来数回。从窗子往外看夜空，星稀月明，银光泻炕，千声万声为丈夫祈祷，却每每在黎明之中，听得到学校的铃声，婉转凄凉，像是一首悲悲的歌。

地里的活全部留给黑氏了，她锄地，她挑粪，她收获，别人的秋已经种下了，她的地还没有刨完。月光底下，驼子老爹帮她，年迈人累得咯血，睡倒了。她只好又在家给老人请中医，在火炉上煎熬草药。

再到地里去，两天前刨的一半的地，却剩下了一小半。黑氏生疑：馍不吃有人会吃，地不刨也会有人来刨？这人是谁，如此亲善？夜里是二十九，乌云吞了月亮，黑氏再去刨地，地畔上有一个黑影，忽大忽小。她惊着过去，刨地人竟是来顺！

她没有叫他，立在他的身后，呼吸觉得不匀。来顺为这些微的特异的声息注了意，回过头来了，也没有说话，但眼睛放光，黑暗里看得清有奇异之色。

黑氏说："谁叫你替我刨地？"口气倒有些愤怒。

来顺说："我不能到家里去，我还不能到地里来？"

黑氏不知道再说些什么话，默了半天，拿了镢头刨地。来顺也刨地。两人离得很近，也不说话，各自的慌恐和茫然中两人又觉得距离得很远很远。

这夜里，天黑得涂炭，田野空无人影，连一只游狗也没有，土拨鼠有，它悄悄扒土，不理人的事情。一直刨到鸡叫了，地刨完，虽不是处女地，但静夜里的新土在潮气和露水里散发出一股浓冽的清馨。黑氏和来顺坐在地头上，激动使他们并不感到疲劳，慌恐却更是在消失了繁重劳作之后陷于凝固的沉默中。黑氏压抑不住了，同时感到了一种不该的情绪，说:“来顺，多谢你了，你快回去睡吧。”

此话说得十分无劲，充满了柔情，夜色也有些冲淡了。来顺说:“我不要你谢我，我睡也睡不着。”

黑氏说:“那……到我家去，给你做了饭吃。”

来顺说:“你敢？！”

黑氏确实不敢。驼子老爹虽然病着，他的耳不聋眼不瞎，况且丈夫木犊不在家，三更半夜领一个壮实男人回去，别人不说，自己也害怕。她埋下了头，再一次说:“来顺，你再不要帮我家了。”

来顺却发疯地站起来，说:“我就要帮，我不能看着你苦得这样！”黑暗里，来顺走近了，浓重的烟味和酸臭的男人汗味堵住了黑氏的鼻孔，她感觉到了一双抖颤的烫热的又是粗糙的手来抓她的手，她忽地触电般地跳开，随即挥打一下手，打在空里，夺原路跑走了。

第二天的中午，乡邮员送来了一封信，是远在千里的地下另一个属于黑暗的木犊来的。木犊的字认得并不比黑氏多，信是写在一张烟盒皮上的，寥寥数字，唯有一句：“天要冷了，夜里睡不好觉，把我的毛○○捎来。”

黑氏念了三遍，看不懂画○○是何意思。又是“夜里睡不好觉”的事，就想到不点灯的事情上，虽然恨木犊只忘不了那事，但毕竟在想着她，她想起了那一丑陋但还可爱的嘴脸来，就嗔怒骂一声：“这瞎人哟！”驼子老爹手捏着随信寄回的五十元，神情亢奋，专注看儿媳读信的表情。此时疑惑，问信上内容，黑氏又念了一遍，正羞正慌，驼子说：“噢，这是让捎他那件羊毛夹袄袄哩。这木犊，一定是不会写袄袄二字，就画了圆圈代替了。”说得黑氏登时面上无光。

于无人之处，黑氏倒为自己的猜想荒唐而窃笑，丈夫终是文墨不多的下苦人，写一封信，难如下一次窑，必是万不得已的事才写上，哪里会是有情趣有闲致写那逗情取骚的文字？黑氏吁一口长气，倒操心起那憨人远门在外，举目无亲，吃什么，睡什么地方，怎样在那地穴里不用眼睛又浑身得长眼睛地爬行拉煤。她庆幸昨天晚上没有被来顺拉住手，她对得住为她去挣钱的丈夫！

一想到来顺，黑氏就竭力以排外的警惕来完满自己对丈夫的忠诚，但是这种完满，于远在千里的木犊是最宜的，于这个正在疯狂如狼虎的少妇年纪而空守一面大炕的人是极不平衡的，她多少感觉到了一种内疚，对来顺不起，“他说到底是好人”，她暗中给自己说，或许，当初重嫁时，她极可能就是嫁给来顺。人生的婚姻实在无法估量，一个女人要不将身心交付这个男人，要不是那个男人，交付给这个了，他在家一尽享用，而那个在这个不在家之时却也无法占有，这也就是人生的命运吗？

当黑氏再一次在田野的地埂上采打蔓花菜，远远地看见来顺了，就主动打招呼。女人一高兴，来顺也就高兴了。他们站在暖洋洋的初冬的太阳下，说了许多话，来顺也让她注意到了田地那边一河活活的流水，注意到河对岸山崖下腾浮的一道蓝如火焰的雾霭，以及阳光云雾所致使远山呈现的虚幻的抛物线。黑氏三十多年里生在山里长在山里，山里的奇景妙色第一次领悟，她感到美如做梦。

她日益丰润，早先那一身黑瓷滚圆的肌肉，现在变得细腻绵软，口角边添上了细细皱纹，却越发使嘴唇圆满如一颗沙果。木犊每月捎回的五十元钱，除了替老爹添置了一顶毡帽，她给自己也缝制了一件蓝底小白花的套衫。这衫子得体而大方。把头发光光地梳理贴在头上，提一篮萝卜到河里去洗，她显出几分风韵。有一次从小路上匆匆跑过，正背着出山的日头万道霞光，一个人在路头看了，大声叫了一下“美！”羞得她蹲下不动。那人是来顺，还在夸说她跑过来时，霞光在她的人体轮廓上幻出一层像绒毛一样的红晕，“是菩萨身上的灵光！”

使黑氏最沉重的负担，是驼子老爹的病情，老不见好，身子一日不济一日。家里粗茶淡饭尚有，吃荤啖肉却不敢奢侈。她就赤了脚到水渠淤泥里去打捞螺蛳，山地人称海巴牛的，回来热水烫了，剜出一点肉在铜勺中炒了奉爹。一日晌午，吃罢午饭，驼子老爹在炕上歇身，黑氏爬在院墙头上卸架杆上的红苕枝蔓下来捶猪糠，来顺在门前轻轻叫她。

来顺神色神秘，用嘴努努上屋，小声问：“老爹在？”

黑氏说：“睡了。”

来顺就跳进门限，站在一架纵横交错覆盖院子一角的葡萄架下，说：“睡了好，要不他看我是老虎豹子一样可怕！”

黑氏说：“你有事？”

来顺并不作答，脸诡诡笑，葡萄蔓筛下的光点落其全身，顽皮可笑如一童子，从怀里往外掏一个霜杀得朱红的蓖麻大叶包。

来顺说：“灶上今日改善伙食，每人四块，我见你下水里捞海巴牛儿，知你胃里寡，我吃了一块。”

蓖麻叶里包着三块肥嘟嘟的酱赤赤的熟猪肉。

黑氏呼地有一股热东西冲在心口，双手接过来时，却说：“瞧你，孩子一样，我哪里嘴馋！你吃吧，我不吃的。”

来顺说：“怎么能不吃？”

黑氏说："我这么胖的，越吃越胖了，你吃了吧，别让外人看见，倒碜眼！"

来顺说："那我吃一块，你吃两块！"

黑氏吃了一块，满口油香，另一块却用蓖麻叶包了说要留给老爹，话未落点，驼子从门里走出来，两眼凶光，破口大骂："我哪里少了这一块肉，木犊屋里的，你不怕那肉里有毒药？你把它吐了！"趔趔趄趄横过来，夺过肉摔在地上，用脚踩得一片油渍，那枯瘦的指头就戳在了来顺的鼻子上，吼："来顺，你这不正经的东西，你送她什么肉？！她穷死饿死与你有何干系，亏你这份好心！木犊没在，你竟能欺负到我家门上，他是个能行角色，你到乡长的女儿那里要骚去！"骂得来顺眼睁不开，灰溜溜夺门逃走。他自己还余怒未消，返回屋去时，却软坐在门限上，虚汗直冒，一口白沫。

黑氏立即便将院门关了，免得四邻知道，扶老爹上炕，作了许多解释，就到自己屋里痴痴呆坐。她怪这驼子太是多心，没事的事惹出事来，倒让她重新审视这来顺，愈觉让他委屈。女人之所以称为女人，自多了一份比男人所没有的柔水一般的同情心，她满足于男人对她的爱悦，一个动作，几句言语，就可以换得万般感念。而男人，若野蛮无赖式地一味施侵略政策，这感念就随之消灭，但乖觉的男人则来一种小技，装作受屈受辱，那女人的柔水就海一样深，四处溢流。来顺正是如此，在第二天黑氏主动去了放学后的学校房门，安慰一下来顺，来顺一脸苦相，黑氏就多待了一会儿，在盆子里搓起泡好的衣服。

这夜里月光冰洁，蛐蛐鸣叫不是十分寒冷，亦不多少潮闷，正是心性勃发之良机。来顺见黑氏真心待他，愁情忧绪很快从心上退却，说了许多话，许多话说在一条既出线又未出线的边缘地带，常常是双关语，后来见黑氏双手搓衣，鬓角发动，飘飘飞飞，多几分娇媚，便自己把握不住自己，那一双饥渴的爪子就钳住了黑氏的腰。黑氏惊慌挣扎，但全无效，先是叫："来顺！来顺！你疯了？！"后来就一语不发，处于昏蒙状态，完全被放倒在了那张小床上。同情心是女人的优点，缺点却往往根源于这同情之心，今晚上黑氏吃了亏。

她清白过来，房子的灯，芯小如豆，忽而暗下来，要灭又不灭，焰浅蓝像雾，微漾不静。她记起刚才身子被放倒后，这个强有力的人却并没木犊那种粗暴，耐心抚爱，一派文明，明白他是处理女人的老手，或是初试，则无师自通，这是比木犊高明之处。但后来，脑子又一片空白，翻起床，也不看来顺，无言返回家去。

来顺也不明了她所思所想，寻不出一句安妥的话对她说，默默望她去了。她听见学校里突然有了收音机声，且音量颇大。

五

到了四月，木犊回来了，木犊原本面黑，粗而大的毛孔里嵌了煤屑，水洗不净，黑得如鬼如魔。羊毛袄袄已被磨成布絮，永远存之地下的另一世界，但那一件布做的裹兜里，有一个特大的口袋，缝得严严密密，内部是二千一百二十元。千里外坐火车，搭汽车，睡旅店，三天四夜未能脱衣，二千一百二十元的钱票在家取出时，汗水已经将其浸湿发软，臭不可闻。村人视木犊为英雄，数月光景，旋即获得这么多钱！木犊大讲铜官，犹如异国归来。钱使信贷员的儿子堕落，钱也使木犊喜欢得差点死去。只是夜里，他才如实说起地下那另一世界的黑暗和可怕，说一个班一天一夜，他带三十二个饼子下去，于坑道里狼虎一样地吃嚼。说从井下出来，井口站满了下井者的家属，直愣愣瞧着亲人出现，他没有人等他，于阳光下刺激双眼寸步难行，蹲在那里半天适应，完全是一个黑蜘蛛，瞎眼狗熊。说他学会了敬神，买了护身桃木符，在一次塌方里，眼瞧着一个同班被石头砸死，血从头上喷水一样射流。黑氏听得毛骨悚然，捂了嘴，不让再说，扑上去把丈夫搂在怀里，用泪水潇潇的脸温存那发散汗臭的胸膛、手臂、头上的五官各部。决然不愿提及和来顺的事。

木犊在镇集上遇见了信贷员，信贷员问："木犊发财了？”木犊说：“比起你，小拇指头和腰了！”信贷员哈哈大笑，说：“我当初没收你做工，没贷你钱，也是激你去发愤，你还真的发财了！二千多元，你怎么处理呀，能不能存储到信用社，让生儿子生孙子取利息呢？”

木犊说知黑氏，黑氏坚持这二千元不必存，更不能乱花，有本钱了就干一项营生。结果选中开店，因为木犊除了下苦力外，别无所长，而镇子东街头有一间小门面，月租四十元，是合算的。自此，一家小小饭店开张，日里黄昏，店前的一株大柳，万千枝条迎风微漾，深绿浅绿之中就飘闪一面招旗。镇上不繁华，人皆没有白日在街面买吃习惯，而以镇为枢纽，南来北往东西复返的生意人、做工人、赶路人，却全在饭店用膳。吃客便是上帝，笑脸赔着在柳下的石凳上歇了，沏一壶茶过去，两口就烧水擀面，黑氏在案头上抖动着两颗硕大丰腴的垂奶，将面擀得薄纸一张，待木犊烧水未开之时，附身在窗台上，与吃客搭讪会话。吃客经见多，见了女人兴趣正好，也乐意说些老鼠成精、人妖结婚之类奇闻，惹得黑氏，讶一通乐一通，表情丰富。女人的极有奇特趣味的印象就刻在吃客心上，到处扬说，这饭店生意倒日日兴隆，入夜，镇上人有喝烧酒之风，店里便顿时热闹。酒可以使山地的男人变成另一个种族，放肆地说粗言秽语，拉木犊入座，木犊不喝，就嚷黑氏陪酒，竟三个五个男人的胳膊按住她的手，要她陪喝不可，木犊就也劝黑氏喝，哧哧啦啦只是呆笑。酗酒者就不免骂一通木犊有艳福，守住这么一个中看的又能干的婆娘，木犊也自高自大，夸口几句自己做男人的气魄。如此，日复一日，月复一月，远近人皆知这家饭店，说饭店就说到店老板娘，少不得有些浮浪子弟，对着黑氏不三不四。

一日，店里过了饭辰，木犊去家照看驼子老爹，黑氏刷了案板正坐着歇息，小男人一透一透在店门往里看，见黑氏抬了头，忙一脸正经，便显出大有漫不经心之神气，用指甲刀嚯嚯地刮五个指头尖的骨片。黑氏说："你来干啥，要吃饭这会不卖了！"小男人说："别那么翻脸不认人，我也是你的男人哩！日子过得不错嘛！"黑氏说："要不了饭的！"低头将刷过的案板又刷一次，以为小男人已经走了，一抬头，他还在，一条腿跨在门限上，软软地闪，专心看手里的一件东西，说："这是什么呀？"黑氏没料到他竟未走，听了这话，不觉顺口说句："什么东西？"小男人就走进来，手一展，一只蓝色的电子表，其显示面上有两个黑点不停变幻。小男人说："要不要，给你吧？"黑氏"呸"地吐一口，将他搬出店口，门也随之关个严实。

但是，信贷员却时有到店来预备饭菜，招待来找他的客人。来了，黑氏当认他不得，平静着脸算账，一分不少，一文不赊。木犊去涎了脸让座让茶，饭菜吃罢，便又拿自己的烟末匣子放在桌上，让人家来吸，信贷员问起行情，又无巨细说明，反复强调生意比不得信贷员的工厂收入。其恭敬卑怯，为黑氏所不齿，当面暗示，背后数说。木犊说：“人家毕竟是这地面的大人物！”黑氏平生第一次将唾沫喷在他的面上。

钱来路活泛，极有盈余，不幸的是驼子老爹却病情沉重，卧炕半月之后，汤水不进，阳寿殆尽，伸腿升天去了。夫妇俩关店十天，痛哭一场，葬老人入土。驼子一生贫苦，性情刚硬，却死得清白，使这店家又少了一份后顾之忧，却苦了黑氏和木犊夜夜一人看守饭店，一人看守老屋。日久，木犊就将不点灯之事淡冷，后来一月两月竟似乎要忘却了。

来顺依旧在学校烧水做饭，敲铃打杂，每每看得小男人与乡长之女好时两件东西贴拢一起，唧哝有声，就如眼中钻沙痒痛不堪；恶时又桌翻椅倒，于窗口将枕头抛出，将茶壶和裤衩抛出，就又想起与黑氏交情。按捺不住一份心绪萦绕于另一个人身上。驼子老爹死后，他从心底里吁出一口长气，却买了纸去到驼子的灵前，点化了，哭了一场，木犊见他哭得伤心，大受感动，双手去扶，黑氏却说：“让他哭吧，哭一哭也好！”话中意思，只有她知道，来顺知道。

此后，木犊消除了对来顺的反感，来顺没事之时踱到店来，热乎招待，逢吃也让吃，逢喝也让喝，这来顺是聪慧之极，眼中有水，手脚勤快，也帮这家刷碗收筷，门口应酬，介绍饭菜，招揽吃客倒确实比木犊强出十倍八倍。

但黑氏最明白来顺的心，见他殷勤，总是不安，好言好语要他一边歇去。愈是这样，木犊愈觉来顺人好，来顺愈要加劲为黑氏殷勤。黑氏私下对木犊说："店是咱的店，要人家帮什么忙，他要再来，什么也不让他做！"木犊说："他愿帮忙就帮忙，一片好心，硬要阻拦，倒显生分，冷他一个热肠！"黑氏只好不语。

一个晚上，月色朦胧，黑氏从饭店赶老屋来睡，正坐院里捶腿揉腰。院门敞着，门外的几棵老槐树下，新生了许多幼株，黑黝黝在风里摇曳。倏忽听得有细响，蛇样爬行的沙沙声音，好疑，槐树丛子里有一点烟火，暗红如萤，便惊起，询问："谁在那儿？"那人走近来，却是来顺。

黑氏说："你鬼鬼祟祟，以为是贼呢！"

来顺说："你夜里有屋，木犊还睡在店里？"

黑氏说："我们也分了班的！夜里他要剁肉馅的。你是到哪儿去的，路过这里？"

来顺在月下说："从学校来的，专到这里来的！"

黑氏腔子里的一颗心别地一跳，便说："你坐吧。今夜月亮蛮好，你近日没回老家去吗？算黄算割是不是有叫了？"

女人的慌口慌心，来顺全觉察到，他要想办法稳住她的情绪，说道："昨天夜里叫过两声，再过四天，就是小满。

人过小满说大话，今年麦子成色要比往年好。我们山里麦才扬花，和川道差二十多天，到时候我来做你们家的麦客。”

黑氏轻轻笑了一下，说：“你也是，任事也帮我们……”

来顺就说：“黑，我这几天尽是做梦，我也思想，我是不该到你家来，可梦里老做到你，醒来心就慌慌的……”

黑氏果然平静下来，问道：“做什么梦？”

来顺说：“有时梦你穿一身新衣，到镇上去，好多人给你吹奏唢呐，你唱起戏文，样子像十七十八的一样。有时梦你坐在店前柳树下哭。梦到好的，心里就叽咕，说，梦是反做的，会不会有什么不好的兆征？梦到坏的，又担怕应了实际，就要来看看，你说好笑不好笑？”

黑氏就真的笑了，说：“来顺你嘴甜，说得中听哩！”

来顺正色道：“这可是真的，有半句假，让鬼摄了魂去！”

女人就看着来顺，瞧那一张白光光瘦脸，被瞧的也不回避，反以更加的勇敢用眼睛回敬，看出她的情味溢在眉里眼里，不觉神思荡漾，如升架云头。

后来，这女人就偏过头去，看天上的月亮，看院墙根边的一株柳上栖息的一对鸟。鸟是夫妇，以爪平衡身子于细枝上，一只已经睡熟，一只蒙眬复蒙眬。想到人生如鸟类，白日比翼齐飞，夜来依偎而睡，这原本是活在世上的内容。可眼前的来顺，孤身独影，夜夜为别人的婆娘做梦，着实是活人的可怜！不觉气伤神黯，又轻轻叹息一声。

黑氏说：“来顺，你要闷得慌，就来我家坐坐。你也是这般年纪的人，无论如何，你还是找不下一个女人吗？”

此话触到痛处，来顺却没落泪，反倒笑了。

黑氏问：“你笑什么呀？”

来顺说：“我活该是光棍命！那时节，我本是再多找上你几回，事情就成了，可我没有……木犊命比我好。”

黑氏没有言语。

来顺又说：“黑，木犊待你还好？开店是好事，也实在累人，你要保重身子，月月到你们女人家身上有红的日子，你不要见冷水，你却还到河里挑那么满两桶水？！”

黑氏一惊，这些事他哪里知道？是观察她的脸色吗？这些，木犊也是从不知道的，陪自己吃喝睡觉的木犊不知，这一个来顺却看得出！黑氏突然觉得白脸汉子是将她完全装在心上的，就大为感动。

黑氏说：“他人呆，只是肯听我话。”

两人说此说彼，来顺忘了时间，黑氏也忘了时间。离开深山，嫁到这平川道来，她和小男人没有这么说过家常话。嫁给木犊，木犊虽不欺她打她，但木犊别的一点不会，甚至压根想不到，使她时觉寂寞袭心。人毕竟是人，除了被受尊重的人格之外，还有接受抚爱的欲望，尤其是女人，说老虎时就是老虎，该小猫小狗就是小猫小狗啊！

说说话话，不知不觉，自自然然，来顺就把黑氏的手握住了，用软和的舌头舔，用牙轻轻地咬。黑氏没有吱出一声，事毕了，她送他出门，星月满空，夜更深沉，村外四面包围着的即将成熟的麦子，在清风中涌动，将月光漾出波般的亮闪，浓重的令人心醉的四月田野地气使黑氏饱饱地吸了几口，涨满了全部胸膛。

店日日开门，连麦收天也未停止，木犊像一头任重耐劳的牛，夜里割麦，碾场，翻地，播种，白日开店卖饭，人累得失了形体，一收拾完当日的工作，就如一条从树梢跌下来的死蛇一样，趴在炕上沉睡不醒。

黑氏夜半醒来，摇不起他，后来就等着学校的铃响。

这一家再不是往日的穷人了，他们也有钱，村人企羡，黑氏碰见信贷员和小男人了，也不远远避开，目光直直地走过去。一次逢集，一家私人经营的衣服铺里，小男人偕着乡长的女儿在问一条丝织围巾的价，大声吵闹，为五角钱论高论低，黑氏走近去，虎虎地问："多少钱？"回答是："十三块。"黑氏说："取一条！"随手从口袋抽出钱来，拎围巾扬长走了，逊得小男人和乡长的女儿脸红不已，难堪不已。这围巾黑氏却没有系，冬天里也不系。木犊说："那你何苦，买这干啥？"黑氏说："为了啥，你还不明白？！"木犊见黑氏用钱大方，慢慢也手大起来，外人常捉弄他，动不动和他打赌，赌输了就罚他买酒买烟，或者到店里来啃几个猪蹄，吃两碗面条。到后，竟耍起钱来，打扑克赢输，一玩起性则通宵达旦，也不光顾黑氏一个人睡在偌大的土炕上。

黑氏很有一些意见了，吃饭时，炒两个小菜放在桌上，桌边安好两个椅子，一心让木犊一块吃，木犊却一只海碗里盛完饭，将菜夹在饭上，端着到门外找人，一边聊一边吃，晚饭过后，黑氏让木犊和她坐坐，木犊说："店里的事，你安排，需要干啥你给我说！"黑氏说："你不会说说别的话吗？"木犊说："还有什么话？没有啥了！睡吧。"一躺下来就呼呼入睡。

这时节，来顺来了，黑氏就不让走，问这问那地说话。一夜，木犊又去耍钱，来顺和黑氏在家聊天，聊到夜深，说起木犊，黑氏长吁短叹，眼噙泪水。来顺劝慰，反倒愈劝慰愈使她伤心，后来伏在来顺腿上，竟低低抽泣不住。……鸡叫二遍，门被拍响，木犊推门进来，屋里没点灯，倏忽间似有什么影子从后窗一闪，问道："黑，窗外像有什么。"黑氏恐极，却说："有什么？有鬼？"木犊脱衣上炕，睡下了说："我这眼睛不行了，还以为有个什么在窗外动！人都说有鬼，虽没见过，晚上还是早早把窗关了。"黑氏说："你还这么想到我！让鬼来吧，屋里没人，鬼给我做做伴也好。"木犊说："说有鬼，哪里就有鬼了？睡吧。"就鼾声顿起。

六

从来不曾预料的事，往往它就发生了，发生得突兀，当事的人和旁观的人皆措手不及。信贷员一夜之间陷入了困境，自从锒铛入狱，一去十五年不能生还。

信贷员触犯了法律，三年来，一共贪污挪用公款去入股办私人企业三万三千元，利用贷款，明敲暗诈，从中收到不义之财六千六百元。事情败露，穷追不舍，他便被一辆囚车装着走了。

县调查组到镇上住了十天，第十天早晨，一阵刺激入耳的汽车喇叭声吵醒了饭店里熟睡的黑氏。她隔着窗棂往外看，东方欲晓，囚车停在信贷员家的门口。黑氏心惊肉跳，使劲蹬那头死睡的木犊，小声叫："快起来，公安局要抓人了！"两人开门出来，镇街上已经站满了人，全在嘁嘁啾啾。

黑氏过去问："是抓谁了？"

那人说："你还不知道吗？恶有恶报，善有善报，信贷员到他受罪的时候了！"

黑氏却终不明白这事她怎么能知道？！信贷员的为所欲为，黑氏在做他的儿媳之时，便疑心他的不法不正，离开这家，她再未过问这家事，她盼望有朝一日他会受到应有惩罚，但当明晃晃的铁铐套在了信贷员的手上，小男人哭死哭活撵着囚车跑，黑氏竟有些心软，口里作念：这一家完了，全完了！

回到饭店，脸色有些发白，木犊问："黑，调查组来，你提供什么证据了？"

黑氏说："人家没有找我，就是找我，我能说出个什么证据吗？"

木犊说："外边有人说是你写信告发的，你和这家是仇人，把信贷员整死了！"

黑氏方明白街上人对她说话的意思，就说道："这是胡猜测哩。他也是天怒人怨，咱不告他，自有告他的人呢！"

木犊说："这世事真摸不透，那一阵他是万元户，是名誉校长，披红戴花的，这一阵便成坏人？"

黑氏说："你懂得什么，别人哄着吃了你，你也不知道，他投资办学，那是买后路钱哩，可天到底不容恶人！"

木犊问："这么说，那儿子再当不了教师了？"

黑氏说过"那是可能的"，但不再言语。

小男人果然从学校开销了，依旧做他的农民，再不能领着学生在操场上打篮球，于双杠上腾翻飞动。人蔫得霜杀一般，蓬头垢面，人不人鬼不鬼。老子作孽，欠下的赃款儿子得还，小男人将新盖的楼房出卖了一半，还欠八百元，听说愁得夜里在家里呜呜地哭。

来顺将小男人的近况告知黑氏，黑氏对木犊说："木犊，他家挥霍了公家的钱，那得一分不少还给公家，可他现在没钱，也够愁得可怜……”木犊击掌叫道：“这好，这好，他应该上吊去死！”黑氏说：“我想咱日子好过了，又眼看着他家报应，咱受的气也算出了，如今他毕竟年轻，又有老母、婆娘，日子也是要让他过的，咱拿了钱，替他填了这笔钱窟窿，你的主见如何？”木犊说：“你这是怎么啦？你这不遭人耻笑吗？”黑氏说：“外人笑甚，当初我被离婚，外人耻笑我，今日我救济他家，只能外人耻笑他家！”主意不改，木犊只好依她。

黑氏去找小男人，小男人的娘自愧难容，躲在内屋不敢见面，小男人一人独坐自己房间，四面光墙，衣柜衣箱俱无，见了黑氏掏出钱来，扑倒在地，要给黑氏磕头。黑氏才知道信贷员抓走之后，乡长受到党内严重警告，削去官职，调到另一乡政府去当一名小干事了。那女儿，小男人的婆娘第二天卷了家里物什往娘家去住。

不久，风声迭起，尽说小男人和乡长女儿二婚事：先，新夫新妇，如胶似漆，恨不能白白夜夜两人合了一人，大天白昼的在房里做那种勾当，让学生隔窗也觑见。到后，那婆娘就厌烦起来，时常不到学校过夜，有人看见在县城的旧城墙的洞处与一英俊年少生客搂抱相啃。这事人人皆传，小男人却蒙在鼓里，渐渐发觉婆娘不与他睡，殴打了几回，后虽夫妇同床，却各自为政。再后，双方协定星期天晚上过一次那动物生活，而那婆娘即总是晚饭之后即吞服三粒安眠片，于昏昏沉沉无知无觉之中随他便。黑氏听说了，好不心伤，一面幸灾乐祸，一面又怨乡长的女儿心底残酷！

小男人总算没有离婚，但婆娘不回转家来也如同离了婚一般。此日，木犊和黑氏正在饭店和面，小男人胆怯怯坐在店前柳下叫："木犊哥！"木犊招呼他进来，沏了茶喝，来顺也来了，三个男人各怀了心思说话，小男人说："木犊哥，我想到山外铜官去下煤窑，那路线是怎么走的？"来顺说："你也要去下窑，那是什么苦，你能耐得？"小男人说："我得要钱呀！"木犊说："去去也好，可得头提在手里，你要是个命大的，挖个三月五月，回来也可办个正事。"黑氏于灯影暗处立定，不到桌边来，想这小男人若早有此心此志，也不会落魄到这般狼狈，由此想到自己一生所遇，不禁流下几滴眼泪。

钱害了小男人，如今小男人又得去找钱，小男人一生都被钱压迫着。

他果然去了铜官，但不出两月，一封电报拍来，一次井内塌方，小男人砸死了。尸体运回来，黑氏去看了，已经没有脑袋，空剩一张脸皮，她哭了一声，昏在地上，醒来从饭店取了一个干葫芦装在脖上，将那脸皮贴出脑袋的模样。

这年秋天，社会越发时兴改革，大城市的工厂、单位见天有人到镇子上来，推销产品，购买山货，镇子扩大了两条街道，往日两边街面的洞里坐着做针线的女人，一边手中忙活，一边说着有盐没醋的闲话，如今都装了板门，安了比门还大的斜窗，于里边摆了货架经营。黑氏的饭店也应时扩建，一间改作三间，直到了门前大柳树下。经营项目已不是面条，可以炒各种肉菜。大师傅是月薪百元聘请的一位县城关老者，木犊还是那一身打扮，不破烂，也不干净，做粗笨重活，而黑氏衣着整洁，光头整脸，专在桌前招客接待。洗碟刷锅锅的，则是一个并不苗条，屁股硕大的女子，女子没爹没娘，与哥嫂过活，请来帮工，吃喝管后，月薪三十。

黑氏颇爱这肥胖女子，好吃好喝从不避过，天黑收店关门，也拉她同自己睡，说好多关于男人的事，关于做女人的事。这女子人粗心细，早开那一份窦情，也问到入店来怎不见他们夫妇去一块睡觉，黑氏就以话支开。

来顺时常来店，与主人、帮工说笑，三盅热酒下肚，眼却发痴，死死盯住从屋顶破洞之处斜射下来的光柱出神。肥胖女子不解，看那光柱，并无异样，有无数的活的小飞物在其中沉浮。黑氏就说了：“去刷碗吧！”自己却坐在桌前喝酒，亦复一语不发。

入夜，黑氏要胖女子和她回屋去睡，木犊又睡到店里，老厨师傅就说："木犊，你怎么不回去陪婆娘，你是信不过我吗？"木犊说："回去睡和这儿不一样吗？"老者说："当然不一样，你让人家没个暖脚的吗？"木犊就哧啦作笑："一把年纪了，又不是少年夫妻！"老者说："多大年纪？你有我大吗？我像你这般时候，夜夜不想出门的。"木犊就又笑，说："我也是回去的，不也就是那回事吗？一月半月的那么一次就罢了！"老者说："你这男人！也该回去说说贴己话，县城里的夫妇，每晚城外河堤上肩挨肩散步的。"说毕，就叹息一声，说出一句旧不旧新不新的话："城乡到底有区别的！"

但是，木犊睡在店里了，黑氏却有几次支使肥胖女子半夜到店里去取什么东西。有一次回来很委屈，黑氏装着不理会。

八月十五的晚上，月亮出得特别圆。人人都在家里吃团圆月饼，剥花生、栗子，来店用膳的人极少。老厨师下午也回县城关家去了，肥胖女子早早收了店，在门前石桌上摆了水酒茶点，招呼店主人夫妇来享用，却远近不见了黑氏的踪影。木犊说："八成去学校了，来顺今夜一个人孤零零的，她是去叫了。"一等不来，二等还不来，木犊遣肥胖女子去看。回来说学校门锁着，狗大个人儿也不曾见。

而同时在通往深山的五十里外，一个小山村里，村子里发生了一件事。一个孩子于村口锐声叫："快去看呀，好看得很的东西，一条绳子拴了，村长也去了！”正家家吃月饼的男人和女人以为是山外来了耍猴的主儿，要趁这月明风清佳节之夜为村人助兴，或是某某猎户又从山上提回什么稀罕、珍贵飞禽走兽，一齐跑去观看。在村口的山溪，过了横卧的独木老柳渡桥，一块瓜田的作废的草庵里，一对赤身男女被绳缚，身上被人盖了一张被单。村长正在审问：

——你们是哪里人？

——西川村的。

——为什么到这儿？

——回家去，天黑了，路不好走，在这歇一夜。

——你们是什么关系？

——夫妻。

——有什么证明？带结婚证了吗？是不是私奔的一对贱东西？是不是人贩子，骗拐了这女人？

——不是。我还带着被盖卷，我们是往外做工的，要赶着回去团圆，赶不及了……

言之有理，村长便解了绳，喝退看热闹的人，还他们衣服穿。但村人却有认为既是夫妻却野外过夜，又偏是于这么好的月夜在他们村口，有败兴他们之罪，便提了一桶凉水从头至脚哗地倾倒在这男女身上，以示惩罚。那男女各叫了一声，双双顺路急跑，女的跌了一跤，“哎哟”连声，那男子扶起，发急地说：“要跑，跑出一身汗了，凉气就渗不到骨头里去！”

女人抬起头来，被架着跑，终不明白这路还有多少远程，路的尽头，等待着她的是苦是甜，是悲是喜。

瘪家沟

一个椭圆形的沟壑。土是暗红，长满杂树。大椭圆里又套一个小椭圆。其中又是一堵墙的土峰，光光的，红如霜叶，风风雨雨终未损耗。

一

未必是对那一块地方的耻辱而羞以不公明于世呢！十五年前，这学生从那地方初到中国西部的最大一座城市去，在一所高等学府就读，教授问：名姓？他说 ×× 凹。教授对“凹”字颇感兴趣，遂问籍贯，再回答：瘪家沟。是的，天底下没有姓瘪的，它是学生家乡的土语，专用词，代表雌性生殖器的。教授惊得几乎掉了眼镜，说：“荒唐！”立即将村名同“凹”字相联系，对这学生很有些大瞧不起。这学生孱弱，自那以后写其家乡时再不写“瘪家沟”三个字了。做了城市的市民，吸收文明的东西多起来，渐渐，却觉得家乡的名字起得并没有什么过错。瘪，第四声，实在，而又有别一种意味。中国的一位很厉害的皇帝武则天，她生前特意在关中平原上堆积了一个女人形的坟陵，且专门有两个乳房，叫奶头山，造成远远一望是个地平线上仰躺的女人。到了现代，以弗洛伊德理论，花朵就是草木的生殖器，而这个城市的每一家居民不都是大养特养，供于案头，插入瓶中，晨起悦目，夜来闻香吗？既就是最普通的道理，任何一个伟人，或者一个乞丐，皆不是从那一个地方来到人世的？！

于是，这学生在毕业之后从事了作家的职业，他在一篇速写里勇敢地描述了家乡的那块地形：

一个椭圆形的沟壑。土是暗红，长满杂树。大椭圆里又套一个小椭圆。其中又是一堵墙的土峰，光光的，红如霜叶，风风雨雨终未损耗。大的椭圆的外边，沟壑的边沿，两条人足踏出的白色的路十分显眼，路的交汇处生一古槐，槐荫宁静，如一朵云。而椭圆形的下方就是细而长的小沟生满芦苇，杂乱无章，浸一道似有似无的稀汪汪的暗水四季不干。

学生写的仅是瘪家沟一处的地形，他并没有详尽描述出瘪家沟周围的环境。瘪家沟前是胭脂河，流水缠绵，沙石为五色，且多生藻絮。沟后偏左的一座山为仙山，相传秦时住有方士，秦始皇想长生不老，派人上山寻访方士，采集仙药。当然，史书上记载，秦始皇并未老而不死，但当地人一直认为胭脂河是始皇后娘娘的洗脸水所致。而在沟口，也就在那棵古槐之下，于一片锦绣样的黄麦管丛中盖的一庙，称瘪神庙的。

瘪神庙的香火极盛。几乎在胭脂河上下，大凡夫妻想要生儿育女，都来朝拜祈祷。又几乎跪倒在庙台尘埃里叫喊：给我生一个吧！这叫喊声异常虔诚，什么人不知鬼不觉的事也皆要明白直说。三十三年前，张家的媳妇过门不生，曾祈祷道："瘪神呀瘪神，你让我生一个吧！若说是我不会生育，可我在娘家做女儿时也曾生过一个呀！若说是我男人不能育，可我一直并没只指靠他一个人呀！"当时村中的老贯是画匠，正骑在庙梁上新描画纹，听之忍不住发笑，一跤从梁上跌下来，摔瘸了一条腿。但张家的媳妇自后也果真生下一儿，后叫生林的，相貌奇丑，前崖颅后马勺的，成为村中出怪人物。

胭脂河岸上有瘪家沟，香火又不断，故这里人口十分兴旺，单瘪家沟下的村子，虽为一姓，繁衍数支，房屋住所就分前院、腰院、后院和新院四处。腰院、后院人发展极快，差不多三世共存，四世同堂，而儿儿孙孙娶妻生子后搬迁到另一处盖房筑屋，混居成堆，这就是形成的新院。前院则人口不旺，几乎要绝了根本，但值得提及的，也最为远近炫耀的是画匠老贯。算起来，老贯应是瘪家沟村所有人的爷。他是父亲的爷爷，也可能是爷爷的爷爷，以此地风俗一到爷辈就封了顶，老贯爷是全村尊封的老"先人"了。

老"先人"每每在做饭的时候，玉米面和在锅里，不住地往外泛气泡儿，他就会意到一种事体。可惜老贯没有文化，又没有走出过山地，当那个学生，后来做了作家的石顺于十五年后回到瘪家沟，说起城市的地铁出口，咕涌涌，冒出一个脑袋又一个脑袋，他就呵呵呵地大笑不止，说人到世上正好如此。但是，同样一个瘪家村，腰院、后院、新院人口兴旺，而他的后院只留下他一人，他免不得有些黯然失色，肚里当然要骂几句周寿娃了。

四十年前，烽火台的洼地里出了一户恶霸，这就是周寿娃。周寿娃瞧着瘪家沟的风水好，瘪神庙的香火红盛，就掏钱买了整个地皮，归己所有，凡烧香祈祷的人皆要出钱方能进沟。但这数年的霸占，却并没有使周寿娃大发横财，反倒在解放初受了政府的镇压，而周家大院在正月十五夜一疙瘩天火落下焚尽了。周家的大老婆一生无育，小老婆生一女儿，这女儿后来便改嫁了老贯的侄孙。

“这全是周家带的灾！”这话老贯差不多说了几十年，所以对于自己的高龄绝口不提，以为是羞耻。看着他的村中的儿辈或孙辈的人老态龙钟，鹤发鸡皮，他慢慢地不知道自己是活着还是死了，也不知道自己与别人说话是活着的在说死人，还是死了的在说活话。

这当是后话了，不提。而瘪家沟的瘪神庙香火依然不绝，欲生儿育女的夫妻在三叩六拜地祈祷：给我生一个吧！给我生一个吧！甚至在细雨蒙蒙的清晨或黄昏，求子心切的夫妻坐卧于瘪家沟穴位中的杂乱无章的芦苇丛里，看大椭圆和小椭圆内外红腻湿漉，念叨他们家的富有和乐哉，以引诱来世者。此时天空常常打雷，豁啷啷，似乎来世者业已答应，遂也似乎使做妇人的肚腹有了沉甸甸的感觉，也似乎是闻到了瘪家沟的一种异样的气味。

二

田王庄在瘪家沟的下方，远五里。原本胭脂河的北岸西伸出一个月亮垭，东伸出一个烽火台，抱一个怀状，拱瘪家沟在中央的。但月亮垭伸出的石崖短，一缩一拐，窝一个小湾子就搁下田王庄了。庄里树茂，尽是苍榆，从头至脚附生绿苔，阴森森的觉着天上的太阳没有成熟，青涩的。湾口有一堆乱石，乱得很艺术，很浪漫，常有画家去写生。乱石中扭曲着一条土路一直到沟里去，人家遂横七竖八地存在。

这是河北最偏僻最荒凉的去处，却有一座石头砌成的极古怪的房子。民国初年的时候，一个意大利人，大胡子，极度的困难和辛劳，传播天主教。当然这传教士后来死了，教堂在“文化大革命”动乱中也曾做过牛圈，圈三头犍牛、五头羺牛。这些年里，石头房子里又有了钟声。有一张画，很漂亮很温顺的女人，开始有人送给某某人，有一些人将自己的名字和指印画押在一个本儿上，便得到这张画贴在中堂。于是这画给许多男人以遐想。后来也都传说在教堂里住过的八头牛一年内死了，都患胆结石，剥了很多牛黄。牛有牛黄如同人能上天做仙一样。八头牛是到了极乐世界的。

木匠炳根来田王庄侯七奶奶家做寿棺。侯七奶奶是新院侯家的二姑。做过三天，傍晚间抱了水烟袋在火塘边吸，侯七奶奶说："炳根，你没人？"

炳根说："我不会，也就没输。"

他眯着眼睛从门道处看着对面坡上的那个山洞。洞里日夜有赌博的，输了，赢了，输输赢赢。炳根资产不行，还没有个女人，炳根发誓不染指。侯七奶奶"沙"地笑了。

侯七奶奶说："我说，没人给你一张画吗？"

炳根为自己的误解而羞愧，说："那女人像？眼不见心不乱。月亮垭的德水有一张，夜夜跑阳，人都虚脱了。"

侯七奶奶忙画十字，说："胡说，那是圣母像！"

几天里，炳根悬在空中拉长条子大锯，就想侯七奶奶很慈祥，很可笑的。侯七奶奶是教徒，为什么老患头痛病呢？我的母亲活到七十四岁时常说："瞧，穿针都不行了，可我怎么不死了呢！"总说死的人才死不了，她活到八十二上才谢世。侯七奶奶刚刚六十一岁就忌讳说"死"了，早早要做寿棺相冲！

炳根将寿棺做一半的日子，侯七奶奶病更重了。她捎书带信召见亲戚好友，竟想到二十二岁时曾在戏台下捏过她的脚的一个相好。八十里外来了个核桃脸老头，两人讲了半晌话，老头就走了。侯七奶奶样子很凄凉，把她的白锡铜水烟袋要送给炳根，留一个长长久久的作念。教会里的先知逮了风声，来说：“没事的，甚事没有的。不要吃药，中药不吃，西药也不吃。天天向耶稣祈祷病会自然消除的。”侯七奶奶日夜做祈祷。双手合掌在额前，动也不动，炳根以为她是打盹了，有几次去扶她，侯七奶奶拿指头戳他的圆额。再祈祷就关了门。

田王庄前临着胭脂河，村中又贯穿着沟里的溪水，这时候水的节奏很明显。炳根无声地笑，笑过了，觉得几分是笑侯七奶奶的，又觉得几分或许自己笑自己。偶尔听到村人议论侯七奶奶害的癌病，真怨恨那么祈祷，不如花了全部积蓄去吃好喝好，看好外边世事。

他在村后的树林子里解手的时候，看见那个先知正从一旁过，想骂一声“骗子！”想把一泡热尿浇到那贼头顶上去。

三天后，村里来了一位城里人，带了许多糕点和一捆书，炳根原本很活泼，气盛盛的，一到那人面前就蔫了，走路都不稳。城里人是侯七奶奶的儿子。儿子查了书，说娘患的就是癌，特意买了一种药，蛇杨梅草的，好说歹说，让娘喝了。

侯七奶奶喝了药，病并未好转。先知赶来问了情况，先一脸愠怒，遂说："既已喝了药，那你进天国的时间将至了，天国已经做好了准备在迎接你了！"城里的儿子听罢勃然而怒，兴手要打先知，侯七奶奶抱住了他，一直把先知送到教堂。返回，儿子却昏厥在门口。

是炳根掐了儿子的鼻根，使儿子和炳根惊骇的是侯七奶奶从外边进来，气色非常好，刚才以前还卧床不起，这是怎么走出去，又怎么走回来的？

儿子说："娘，你是好了？"

侯七奶奶说："我是什么地方也不疼痛了。"

儿子说："这就证明'先知'尽胡说了！"

侯七奶奶说："我还有五天，我就进天国了。"

第一天，炳根将寿棺装钉成。第二天，炳根雕了前挡头上的"福"字。第三天，炳根刻了小挡头上的花饰。第四天，炳根用生漆涂染。四天里，侯七奶奶一直守着炳根干活，说趣话，说到做女儿时的情境，也说到那个核桃脸老头。

她说："他是老了，不中看了，年轻时他会敲腰鼓，那鼓点稠得呀……"

第五天早上，炳根起来上茅房，院子里坐着一个新鲜人。是侯七奶奶，穿着了早预备好的寿衣，洗头洗脚哩。

侯七奶奶说："炳根，今日不会阴云吧？"

炳根说："昨夜儿我瞧天四脚高悬……"

侯七奶奶说:“会出太阳的，五个太阳。”

炳根就糊涂了。侯七奶奶就又对正起床的儿子说:“你有表，现在是几点，娘中午十二点要走的。”

炳根蹲在茅房哧哧笑，认定侯七奶奶又说趣话了。

这一日，天气果然很好，到了十一点，突然当空布一片云，即刻朗朗乾坤，光明灿烂。侯七奶奶说:“天门已经给我打开了。”笑笑的，几分舒坦。十二点，院子里极红，炳根跑出来看见天上果真绕着太阳出现四个光环，互相接连，遂两道红光十字射开，每个光环中有四个亮点，大而红如太阳。

炳根喊城里的儿子:“稀罕啊，五个太阳！”

两人欢呼了一阵，忽想起什么来，进屋视时，侯七奶奶已经睡在了寿棺里。睡着，没有了气息，面部慈祥、平和、充满了幸福。

炳根领了工钱离开了侯家，回到瘪家沟后，一番打听，主动去讨要了一张女人画。虽然这画使他好长日子里心不守舍，身子已很虚弱。

三

省城出版社的编辑陈某，一日下班时，收到寄来的一份书稿，顺手丢在小山似的稿件堆里。正起身要走，偶然瞥见那稿上附有一信，仅三行:“寄上拙稿《我的故乡》，因身患癌症，盼能尽快审阅。”陈便心想：一个行将去世的人，还著书立说？觉得好奇，顺手翻开一页，不觉移近书案，慢慢将身坐下，竟读得如痴如醉。晚上九点二十分，家人寻到编辑部，见他正手捧书稿仄在椅上，看得入神，问:“你还回家不回家？！”不答。再问:“还吃饭不吃饭？！”答说:“谁没吃饭？”家人摇头苦笑:“魂儿又被勾去了！”陈方醒悟，却笑而不答，又抱书稿去敲总编家门，要求连夜复审，说:“此人朝不保夕，此书可长存于世啊！”

复审后，需局部小改，陈便于次日去本城此作者的单位。单位领导说:“他病已不可医治，十天前未婚妻送他返回原籍了。”陈又按地址搭车去了瘪家沟。瘪家沟正值雨夜，陈将书稿藏在怀里，猫腰寻到腰院，则见此家锁门闭户。问及邻人，答说:“石夫？瘪家沟村没有个叫石夫的，你是找错人了！”陈某疑惑不解，说:“他明明是胭脂河瘪家沟人，怎么能没有？！”旁边一小学生，是后院茂林的儿子，说:“我知道，石夫就是石顺。”邻人说:“是石顺呀，你问的是石顺呀！他怎么又叫石夫？！”陈某方明白石夫是石顺的笔名，再问时，邻人则潸然泪下，说:“病危，昨日送到镇医院去了，怕已不在人世了。”陈大惊，让茂林儿子引着，脚高步低又寻到镇医院，石夫病已到晚期，其身长不足五尺，体重不过六十，面色青黑，身瘦失形，卧床不能起坐了。两人相识，互道“相见恨晚！”旁有一女子说：“陈老师，石夫今日昏迷不醒，口里却叫我去买茶来，说是有客要到。没想你果然就来了！”陈某看那女子，体态丰盈，满面愁云，猜知是石夫的未婚妻了。遂问石夫昏迷中怎知我要来，石夫却全然不记得昏迷中说了些什么。后，石夫伏床改稿，但力不能及，每写一字，需一分钟。手抖不已。陈便说：“我替你改，改一句，念给你听，同意的点头。不同意的你用嘴说。”如此改过五更。医生、护士无不为之感动，握住陈手说：“石夫真是奇人，病成这个样子，犹念念不忘他的书稿。是你拯救了他，我们也真要感谢你了！”天明，陈回省城，临走说：“我回去，稿子立即以急件编发，很快就能印出校样，你多保重！”石夫笑道：“我不会死的，我还未见到铅字啊！”

陈走后，石夫病急剧恶化，疼痛难忍，滴水不咽。医生已经无奈，预料存世之日不过一两天。未婚妻已含泪去购置棺木和葬衣了。但五天过去，终未瞑目。又过五天，疼痛尤烈，任何针药无济于事，满床翻滚，只好用被单扭成绳将手足缚在床上。医生皆惊诧：此人生命力如此顽强！但眼见得日夜折磨，不忍卒看，夜里只留未婚妻在床边候守。子时，豆点油灯，昏昏欲灭，窗外风起，萧萧森然，未婚妻见石夫已失原形，哽咽泣哭，遂俯近相吻，减轻疼痛。石夫虽不呻吟，手却用劲将被褥截成十个窟窿。女说：

"石夫，活着你太难过，你还是闭眼去吧。我看着你去吧。"石夫不语，眼睁大如环。

到了第二十一天，忽有省城邮包至，未婚妻拆开，《我的故乡》校样，随大叫："灵丹妙药来了！"果然，石夫倚床而坐，让人扶着，将校样一一看过，神情安静，气色盈和。末了，满把握笔，签上"石夫"二字，忽然仰身大笑："我无愧矣！"随声气绝。

消息传到省城，陈正整理稿件，便以笔作香，伏案痛哭失声。又二十日，样书印出，陈携书再到瘪家沟，在石夫坟上以书作纸钱焚之，纸灰浮空，翩翩如蝴蝶，无一片落地，时正值石夫"三七"忌日。此后陈更热心编辑，手书"以文章会朋友，兴事业为性命"于案头，作座右铭。

未婚妻姓杨名珺，省城北郊人。下葬石夫那日，一身白孝，扶棺哭丧，将自己一彩色小照与石夫的照片，相对合拢，放入棺内。后，返城嫁一姓石男人，年年清明携夫带《我的故乡》十本来瘪家沟为石夫扫墓。一年，清明好雨，山桃灼灼，夫妇搭船顺胭脂河而下，行至瘪家沟前，忽见水面一片红云，静目，则是一堆山桃花瓣，瓣瓣相接，绕一花环。丈夫觉得奇异，指与杨珺，杨珺大叫"石夫！"昏厥不醒。丈夫忙掐人中，杨珺苏醒，说是看见石夫躺在花环上正读《我的故乡》。两人再看时，并没有石夫，那花环也荡然无存了。

四

后院原住有兄弟三人。先，父业农，略认文字，小筑三椽，颇有幽趣。后前院、腰院相继屋舍堂皇，也费尽全力将院落扩大，堂房六间，厦屋四间，头道楼门，二道楼门。父一死，兄弟三人分家另灶。老大严肃，老二有些痴呆，一派忠厚。唯老三风度超逸，好出门做生意。一年，时当长夏，贩火纸到南阳，于船上见一女长眉入鬓，双眸炯炯，不觉心魄摇曳。那女子却并不避，反回首嫣然一笑。由是三十里水路两人目挑眉语，上岸后遂成野合鸳鸯。半月之后，并没有贩回火纸，却将一胜于艳雪的女子领回瘪家沟。老大瞧女子，不是度家过日之人，反对成婚，于是兄弟二人意见不合，结下怨恨。那女的又枕边唆使，以致妯娌吵骂，鸡犬不宁。父的坟宅在老三所分的田地里，老大一心想把自己的墓拱在父坟之旁，老三拒不同意，兄弟自此仇恨更深，见面不复言语。再后，老三再往南阳从商，被一伙土匪抓去，说是拐走了土匪头的小老婆，用铡刀拦腰斩断。老三上身和下身分离之后，心脏并未停止跳动，手蘸着鲜血在地上写道："惨！惨！惨！"遂命绝。消息传到瘪家沟，后院一片惊慌，时那女子身怀有孕，哭号不止，老大老二只顾派人去南阳搬尸，在家做棺修墓。待尸首搬回，却不见了那怀孕女子，第三日从南山来了一姓刘人家，出示契子，说是那女子将房舍卖与他了。老大老二叫苦不迭，四处寻找那女子，终不见影，骂道："我后院硬是让这狐狸精毁了！"自此后辈男儿再不找外地妻子。

刘家搬进后院后，三家关系平平，说不上好，也说不上不好。天长日久，老三的事渐渐忘却，忘却不了的是那老三的遗腹子，张家的血肉，不知是死是活，今在何处。

几十年过去了，也就在画匠老贯一百零一岁的那天，瘪家沟收到了一封来信。信是从 ×× 省发来的，写信人是省委的一个副书记，说他人到老年，寻根溯源，他是瘪家沟后院张老三的儿子。后院的老人皆已作古，活着的张、刘数家似乎不记得有个叫老三的上辈人，大觉疑惑。遂持信去问寿星老贯，老贯突然拍手大叫，忆起当年的一幕，不禁感叹："人生说不得的，说不得的，老三的遗腹子竟做官人了！"

既然瘪家沟出了一位大官人，后院张家岂有不认之理，甚至瘪家沟村所有的人都觉得脸面光大，演义起过往的故事，他们传说着官人的父亲如何相貌堂堂，官人的母亲又如何艳若仙人，龙凤相配，必生贵子，瘪家沟村便派两男一女去 ×× 省视亲，回来都衣着新鲜，说省府的门口有卫兵站岗，凡人不能进入，说官人的厕所，地洁如镜，坐着可以拉粪，遗憾的是他们拉不下来，还得蹲上去才行，说官人安排他们睡的房间，地上也铺的毡，不理解的是那床太软，睡着腰疼，后来还是睡在地毡上。村人问起他怎么就做了官人，回答说：他说了，他小小就参加了革命，当过县长，当过专员。他娘“文化大革命”前一年死的，死时还念叨没回到咱瘪家沟一趟。

瘪家沟村人修复了张老三的坟茔，四周栽了千枝柏树。

又二年，官人由 ×× 省上任到本省，负了这个省的主要责任。瘪家沟第一次接待了远距八十里外县城的书记。书记很有魄力，当场说定新编的县志一定要记载瘪家沟的山势地形、人物风俗，且又参观了张老三的坟陵，指示要竖一碑子，隶书镌刻“张老三先生之墓”。

此后，省城拨下专款，瘪家沟前的胭脂河开始了筑堤砌坝工程，河面缩窄，新造出了三百亩水田。瘪家沟的地理好，水稻获得丰收。县上又在沟根兴建起驴场，培育高脚牲口，出奇的是这牲口体大膘肥，远近的驴马皆来配种。后院的张德仁任的是驴场场长。

这一年，官人来信，希望家乡能有一个女孩儿来家当保姆。瘪家沟村人寻思：能到官人家里去，也是攀高枝儿享福的。古语讲：相府的丫环七品官。官人虽不是丞相，但若在古时，也称得一路诸侯，故细细审查，派去新院一女孩儿叫西贝的。

西贝年方十六，生得细皮白肉，小巧玲珑，手脚利索，眼里有活，到了省城，才知道官人是个精瘦如柴的大矮老头，不禁“呀”了一声。官人问：呀什么，莫非没见过这种场面？遂将身边的工作人员挥手而去，和蔼问长问短。西贝点头，心里却想：原以为官人又高又胖，满面红光，却这般平凡，若在乡下，该是个糟老汉哩！

官人家里已有厨师，西贝的任务只是洗洗衣服、打扫房子罢了。事情单调，她也常下厨帮师傅洗菜涮碗，就知道了官人夜间最喜欢喝汤。汤是第二锅面条的汤。那面条就作废了，先是师傅和西贝吃，吃不了就倒了，西贝很有些可惜。几乎是一种规律，每星期日家里要吃一种肉菜，形状像牛肉，但又不像牛肉，切出的肉片儿中间皆有一个窟窿的。西贝不知那是什么菜，在厨房问师傅，师傅说：“是驴圣菜。”

后来西贝才知道，这圣菜是他们县每星期派人送来的，张德仁的驴场专门保障供给的。

一到夏天，官人总要住到城郊外的一座招待所去。官人去，也要西贝去，西贝喜欢那个地方，有成片的竹，行从绿中，衣服皆作碧色。招待所的另一座小楼上，住几个女人，弹唱歌舞，西贝一心想去看看，官人叮咛不能去。于是，几个月明晴朗的晚上，她只是静静地坐在小楼的远处往那边瞧。这一夜，楼窗呀然四辟，有女斜倚阑干，手支双腮若有所思，样子很美，似乎又很忧伤。

也就在这一夜，官人突然被人从小楼上抬下来，患了一种瘫病，且不能言语。这病使西贝吓哭了，嘤嘤直哭，回到官人家，夫人问了情况，打了她一个耳光。西贝觉得自己该打，没能照顾好官人，是失职，要回瘪家沟村去。夫人却又替她擦了眼泪，让她还留下来。

官人住了好长时间的院，虽保全了性命，却依然瘫傻，口里流一种涎液。西贝天天用缸子接那涎液。至后，四处找名医名药，皆不能治，瘪家沟村的代表也来探视了，偶尔提及瘪家沟后的仙山上有一寺院，寺院里一位道士会气功，治过许多疑难杂病，不妨试治试治。这道士便被专车送来，竟两年住在官人家。

道士相貌奇古，却气宇清明，每日发功治病时，室内要空静无人，运气半晌，忽长啸一声，距官人数尺远，推，挪，勾，引。官人就呼吸平和，心明目亮。功罢，道士则大汗淋淋，身软如泥，然后让西贝端出好多吃食，狼吞虎咽。

官人气色好转，就又投入繁忙的工作，参加各种会议，要念很长的报告。当他得知现在社会上服务行业的服务质量下降，便一定要到火车站，在列车上为旅客送茶水。当然，省府的工作人员得知大官人要去列车上服务，他们做了许多安排，比如戒严车站，以防坏人行刺，比如电视台派摄像师来录像，比如报社的记者来采写新闻。这么一大天的折腾，官人病又复发了。道士又做功了数日。官人稍能活动了，却突然极怀念起他的故乡，他在病房里指示：拨一批专款采买树种，让飞机在胭脂河一带飞播。大官人有这么多劳心之事，病便时有反复。道士说："原本一个疗程，可以使身体恢复半月，如果这样下去，那只能维持一星期的。"官人说："我得为人民服务啊！"于是，病情加重，他就静静地躺在床上接受治疗，病一减轻，就要布置和安排许多工作：要让城市文明起来，用白涂料粉刷所有街面上的墙壁，用绿染檐头，用墨刷门；要选定中国槐为城树，将××街道两旁的法桐一律砍掉，栽槐植槐；××县的大型水库要竖纪念碑，他亲自写碑文；××县要建成一座七层图书馆，省府拨款去购置一批书籍，他来题词。甚至他有一个宏大的心愿，要将瘪家沟一带建设成全省重点的游览区。这样，道士就不能再走，治疗也不可停歇，七日一次，三日一次，一日一次，无穷尽地疗治下去。

一年零八个月，道士没能回仙山寺院去，西贝也没有回瘪家沟看过父母。中秋节，接到一信，说西贝的奶奶病危，西贝回瘪家沟住了三月半。眼看到了年底，西贝想起官人，欲重返省城，才要到胭脂河渡口寻便船，上游处呀呀地划下一个排子，有人叫道："道士回来了！"等排靠岸，西贝急要问官人病情如何，但见道士无声无息僵硬躺在一张床上，瞎眼斜嘴，皮包骨头，原来运回的是道士的尸体。

西贝大吃一惊，问："道士怎么死了？死了怎么会这般可怕？！"

运尸人说："他是把元气失尽了，死在官人床下的。"

西贝忙问："那官人治好了？"

回答说："道士死的第二天，官人也就死了。"

西贝再没有去省城。随后，张德仁的驴场经费亏缺，不久便解散了。

五

瘪家沟有个规矩，凡招呼人就得称官衔；张德仁是驴场场长，见面便是"张场长！"支书，队长，会计，出纳，保管……人几乎要忘了他们的真名。实在没有官衔的，想法儿加上。李茂林是记工员，人称李记工，张二马秋麦二料曾昼夜在大场上看守粮食，人称张看场。牛十一负责过队里分粮时看大称，他便一直称作"牛过称"的。

牛过称很欣慰这个称号，试问，人以食为本，一村上百口人，粮食是经谁的手分到各家各户的？所以，这称号听惯了，间或谁叫他牛十一，脸就封黑，理会也不作理会。

人当面尊称牛过称，背过身却骂将他"牛势利"。他身瘦体长，上唇短，下唇长，相面书上论定长下唇是会舔溜肥屁股的，且生就舌头长，吃罢饭，长舌伸出四下一转，不用擦嘴，又喜欢舔吃过饭的碗，人又骂他“牛舌头”。议论说，他在过称时，逢着干部家，称撅得高，逢着没头没脸面的人，称是老牛喝水。这咒骂声，牛过称多少是听到了，先是并不以为然，后在省城里的那位大官人逝世了，方心寒起来。大官人是什么人物，顶天立地的，可死后，村人开始说大官人生前讲究吃驴圣，吃一条驴圣宰一头驴，且一星期吃一条！是驴在阴间里向阎王告状哩，故，阎王将大官人叫去了，阎王也惩罚场长张德仁的老婆尽生女孩，如何在瘪神庙里祈祷要个男孩，生下来还是女孩儿的。话说得很难听，牛过称就寻思：自己一旦死后，村人是怎么评价的？雁过留声，人过可是要留名的。听说大官人将死之前，指示秘书写了追悼词，一个字一个字念给他听了，才闭目死的。当然瘪家沟人死了不会开追悼会，可他死后，给他治丧的有多少人，怎样提说他，怎样写铭旌、写祭文……牛过称心里慌慌的。

一日，闷坐在家喝一壶烧酒，门外吵声价天，出来看时，一群孩子正在他家的牛粪堆上玩“争老爷台”，一批批攻上去，一批批被击溃下来，全用着拟作的手枪，“叭”地口舌一响，相应就倒下一个对方。对方倒下时觉得很痛苦，浑身发硬，又如电影中的慢镜头。倒下去的就算死了，活着的人骑在他们身上，死尸就爬动着，身上的还要叫：“爬好，你这牛马！”看样子死去的都又变了牲口。牛过称想：

人恐怕是活着都不想死，死了的即使变牛变马也想再活着。随之又想，自己将来若能做了牛马活着，听听反映也好，但能不能做牛做马活，牛过称不敢保票，遂在小木楼上翻寻爹留下来的阴阳书，一心想学到爹那一手。

爹是非凡的人，同寿星老贯是同辈，但年龄比老贯小，会仰观天象，俯察地理，画符念咒，精明奇特一辈子。他死前选好坟穴在瘪家沟东边的月亮垭上，墓楼修得很体面。死了十三年后，也就是到了张老三横死，房子卖给了南山姓刘的一家的第三年，这姓刘的，即木匠炳根的爷爷，赌徒，又善盗墓，赌输了盗牛过称爹的墓。棺木打开，冲一股白气，人已化为泥土，白厉厉一副骨架，而狰狞的头骨上有一块白绢，上书道："× 年 × 月 × 日夜盗我墓者亡！"炳根爷不看则已，一看大惊，掐算日子，此日正与绢布上的日期投合，不觉魂飞魄散，当下吓死在墓穴里。

牛过称毕竟不如爹有才气，他看不懂书上的话，忧愁熬煎，果然就病倒了。这一病，汤水不进，不屙不尿，第三日气息竟无，呜呼哀哉。时值子夜，家人起了哭声，村人纷纷起来，见面皆说："牛过称倒头了！"三个孩子还未真正成人，哭叫着分头去众亲广戚发丧，见人就磕头。有男人就去帮设灵堂，卸门扇支寿床，几家女人开始烧艾叶水为其净身漱口，剃头刮须。漆油灯碗燃起指粗的两根芯子。

天明，灵堂下铺了厚厚的一层麦草，孝子们坐在那里长哭，用铜钱打过的麻纸一沓一沓地烧，烧得满屋空气烫灼灼的。院子里，木匠开始打制棺材，打墓的帮工一会儿跑回来取石灰，一会儿跑回来说砖瓦不够了，牛过称的老婆就一边长声长调地哭，一边到楼板缝里摸出钱夹来点钱让去购买。院子里的响“器”开场，其律哀婉，听之催人泪下，院子角的一张八仙桌上，一戴镜先生蘸金粉在丈二丝绢上书写铭旌。写一句，念一句，征询众人意见，尽是古言古语：“绍祖宗一脉真传克勤克俭，教子孙两行正路惟读惟耕。”“心作良田百世耕之不尽，善为至宝一生用而有余。”“落花流水渺然去，白云青天不再来”。旁边人说：“这词太文太古了，我们没什么文墨，牛过称也文墨不深，你这么写谁晓得什么。”先生就驻笔，说：“那乡邻说说，说说他一生的功德。”一人说：“他生前是过称的，谁吃的粮也经他的手，写上他为人忠厚，有公无私，过称准确，以后每一年分粮就会念起他了。”一人说：“他过称真个准确？是有公无私吗？”立即有人反对：“罢了，人已死了，怪可怜的，还提那些干啥？没他人了，想着也难受，他毕竟辛苦一生，是个好人，愿他坤德不朽！”

这边书写铭旌的议论，被牛过称的老婆听在耳中，不禁勾起诸多心思，泪水肆流，大骂丈夫死得早，还不到该死的时候。“你去了，撇下我母子不管了，这个家怎么支撑呀！你哪怕患重病，就是痴了，傻了，我给你端吃端喝，接屎接尿，可我也算有个主心骨呀！你今不在，我再刚强毕竟是没主儿的女人啊！”娘一哭，儿子哭得更惨，娘就让儿子多烧纸，说丈夫在阴间多有钱花，多享阴福。三个儿子将纸全烧了，又打发人去购买。主持的人见状，也大受感动，将三个儿子叫到一边，说：“你们都是孝子，如今你爹死了，你们就成了大人，恐怕不久便要分家另灶，趁今日说定：头七、二七、三七你们集体为老人过事。到了周年、二周年、三周年，就得各人筹办一次，你们有什么意见？”三个儿子说：“这没意见，只是过周年、二周年、三周年时要写祭文，我们都不会写，趁先生今日在，你去说说，能否今日一并先替我们写好了。”主持人说：“这不难。”遂去请求先生，先生也写了三张，开首都是：“维公元一九××年岁次××不孝之男××谨以蜡烛之明，香烟之绕，酒浆之奠，纸钱之化，制祭于恩父之灵前曰：……”

其时，牛过称的魂灵并未走远，他在冥冥之中，看见阴路漫漫，小鬼往来穿梭。全是拿了他家的阴钱，前为引导，后为拥簇。而家人哭声喊声化为一种韶乐，绕耳而过，飘然远方，甚感欣慰，顿消寂寞。接着，一鬼手捧了铭旌、祭文匆匆走过，边走边看边说：“写得好，写得好！”牛过称看时，此鬼正是瘪家沟的前贫协主席，他已死十年，没想在阴间还任了这等职务，便充胆叫道：“主席，你认识我吗？”那鬼说：“认识，你过称老给我称得多。”牛过称说：“你能让我看看那铭旌吗？”鬼将铭旌交付他看了，不看则已，看罢泪水流下，说道：“我牛过称一生没白活人啊！村人对我评价这么高，老婆儿子对我如此不舍。这些我以前竟不作理会啊！看来，活人还是有乐趣哩！”那鬼说：“你既然来了，就不必说活人的话，阎王知道可是了不得的。”推牛过称走，牛过称迟迟疑疑，作难半晌道：“主席，你既然记得我，你是不是行个好，让我再去活人？”鬼说：“这怎么行，我敢担这个风险吗？”牛过称说：“你能让我活人，这些阴钱就全归你。”鬼沉吟半天，瞧瞧左右，说：“瞧在你面子上吧。我把这钱一半给无常，托他重去勾一个冒名顶替的。”遂猛地在牛过称的背上推了一掌。

村人正为牛过称入殓，才将他盛入棺内要上盖，他突然身子抽动了一下。村人以为是诈尸，慌忙闪开，再看时，他竟窣窣窸窸爬坐起来，才醒悟牛过称是阴里转阳又活过来了。

牛过称重新活人之后，胭脂河岸传为奇话，每远远看见他走过来，有人就指点讲说。牛过称知道他死后村人对他评价不低，愈觉得当年执称时良心有愧，就竭力在重生之后，要多做善事，以赎罪恶。他常常起得十分早，用扫帚扫净村巷的垃圾。修补田间的便道。而镇上逢集过会，他也去做小买卖的铺前，帮人经营张罗。但他若一拿那称杆，顾客便嚷："你不要过称，你会在称上捣鬼的！"窘得他满脸赤红。且后来得知有人指点他，总是作践道："就是他，过称上遭了孽，人见不得，鬼也见不得，死都死得不直截了当！"牛过称就深感悲哀。心里有火，在家就发脾气，脾气发得多了，老婆嫌，儿子也嫌，斗开嘴，老婆不免说起上次他是装死，倒害得她花了那么多钱！牛过称仰天长叹：人原来活得这般不舒心，真还不如上次死了倒好！就说："恨吧，恨吧，我死了就不恨了！"便当着老婆儿子面搭绳在梁上去吊。自然被救下来。自后，他就以死威胁，动不动就要上吊。如此这般折腾得多了，就习以为常，一日在外又受了指点，回家与老婆又吵，就去上吊，老婆以为他又在威胁，就拿了鞋底坐在院中捶布石上说："你上吊吧，我是怕你上吊？"偏不回屋。牛过称脖子套在绳环后，蹬了凳子，只说老婆会来救的，但老婆没有来，待到要喊叫时，已经喊叫不出来了。

牛过称弄假成真，果真彻底死了。他将绳索没有套好，舌头原本长，就全吐伸出来，死相凶恶。

六

三十三年前，张家媳妇在瘪神庙祈祷，因为一句很坦白又很有趣的话使老贯从庙梁上跌下瘸了腿，很在村里要说了一个时期，但这媳妇毕竟生下个男儿来。到了乙丑年间，这媳妇业已老死，男儿张生林已长大成人，娶烽火台村陆家小女为妻，生育一女，聪颖乖巧。原本这是一户极平和之家，张生林分到二亩责任田后，日起上山劳作，夕晚回家睡觉。饭虽然粗淡，但饱肠饱肚，妻虽然丑陋，但铺床暖脚。生林没有嗜好，不酗酒，不赌钱，喜欢抽烟，专辟二分地栽植烟草，老婆会用稻草辫了烟叶，晾干，晒焦，揉了末子，还拌上香油。不想这一年村里许多人出外跑生意，赚了好多钱，生林眼也热了，他寻思跑生意没有资本，却见外地来人喜欢收购桐树苗子，就在半亩地上种桐树。桐树长到一握粗，卖了好价，很是刺激了一番，就又谋算在一亩地里育葡萄苗。结果，深翻土地时，竟又挖了几百斤桐树根，灵机一动，全截成一尺长短，出售桐树种根，又落了二百元。第二年出售葡萄苗，县城来了车，一并包买，再收入一千二百元。以后三年，如此育种果苗，倒发了大财，张生林就再不种烟草，开始抽一角钱一包的“羊群”香烟。在村口碰着张德仁，说：“张场长，到家坐呀！”

张德仁说：“忙哩，改日吧。”

张生林说：“那吃根烟吧！”

张德仁问：“什么烟？”

张生林将“羊群”烟盒亮亮，抽出一根，说：“香烟！”

张德仁接烟看了，说：“兄弟，发财了还抽这烟？吃我的一根吧！”丢过来的是“金丝猴”。

“金丝猴”香烟一包六角五分。张生林脸很红，自惭形秽。自此，更加努力，将果树苗所赚的钱全部带在身上，去省城做生意。张生林到底是张生林，一肚子聪明，一旦挖掘出来，精明得全不像个乡下人。他先在一家建筑工地帮小工，后硬是打听找到石夫生前的那个未婚妻杨珺的，杨珺念其是石夫的乡亲，介绍他去一家书画店推销书刊。此时社会正兴流行歌曲，他带有一本流行歌曲汇编，竟一下子售出十万册，分红了一笔相当可观的票子。张生林从省城回来时，他是穿了皮鞋的，在县城又买了一辆自行车骑着回瘪家沟村的。虽然从胭脂河渡口到瘪家沟村路骑不成车，车骑在他肩上，村里人都跑出来看稀罕。

晚上，有许多人来，老婆烧了开水让喝，生林说：“白开水怎么喝？我提包里有茶！”老婆从柜里取了“羊群”烟一根一根给来客散，生林说：“那烟烧嘴，抽这个吧！”拿出的是“金丝猴”，还带着海绵嘴儿。

张生林在家待了一月，一月里只和老婆到一块儿有五次，他觉得老婆脸太黑，头发总粘在头皮上，走路不会走一条线，叹息：咱山里，女子是墩墩，婆娘是黑黑，核桃是格格，柿子是涩涩。老婆说：“就我这黑黑，你那阵三番五次托人说情娶下的，你那时眼瞎了？你一走几个月，回来不睡一个枕头，我是给你守活寡啊？！”生林夜里就到老婆那一头去，却将一本流行歌曲的封面贴在枕头后的墙上。封面上是十二个美如艳雪的女歌星。

张生林一月后又去了省城，一去半年，再回来就跟老婆离了婚，重结婚的是给大官人做过保姆的西贝。大官人死后，西贝回了瘪家沟，现已二十岁。因在大官人家做过保姆，经见了世面，养得心比天高，好多媒人说亲皆未同意，生林托人求婚时，寻思年纪相差大是大些，但此角色出怪，混得已不像个农民，就应允了。一个是过来的男人，一个是有经见的女子，婚后两人床上功夫颇高，如鱼戏水，畅美无比。蜜月罢，西贝闭经，呕吐思酸，肚里开始有了胎儿，生林就又进了省城。又是数月，捎回几百元，西贝将钱交付西王庄建筑队，新盖了一院房子，待生林回来，两口就搬进去，大摆席宴，欢庆了一番。接着，西贝坐月，生林就没有再往省城里去。

画匠老贯已经多年不作画了，闲得无聊，就到这家来坐，听生林说外边世事。久而久之，村里的老少都来，生林家成了穷聊点。聊得夜深，西贝和孩子上炕去睡了，生林越发将一说二，将二说四，讲得一口白沫，讲说到最后，却长叹数声，情绪甚为低落。

听讲的人说：“生林，你有什么不如意的，住的新瓦房，睡的是花一样的西贝，又得一子，又见了世面，又发了财，你还叹什么息？”

生林说：“我比谁心里都难过呢！”

听讲的人说：“心里还难过？”觉得生林说笑话。

生林说：“我现在才理会了林彪当年为什么要害毛主席。那时批判，咱还文化浅，听文件上说林彪披着马列主义和毛泽东思想的外衣，就发言说：林彪太不像话，他官那么大，什么没有，还要偷马列和毛主席的衣服穿？”

大家都笑起来，笑着那一阵荒唐。

生林说：“我现在日子过得是不错了，可到省城看看，咱活的还不是人呢！人家吃什么烟？都是‘三五牌’，一根就值二三角钱的。人家的老婆是什么样？现在讲究线条、风度！乡里的女子长得再好，可一到城里，你会一眼看出是个乡下人，那味儿不同哩！”

听讲的人并没有引起反应，他们还达不到张生林的层次，只是那么笑笑，说：“生林心是没底洞啊！”

冬天里，张生林在县城开办了一家杂货店，买卖兴隆。他将西贝母子接来住了几日，就又送回瘪家沟村去，只自个在那守店。店旁边住有一户工人，夫妇皆南方人，那女人个头不高，皮肉却十分细腻，眼睛细细的，似乎还向下弯。生林看惯了西贝的大眼睛，便见这细小眼睛更有味。这女人到店里来买东西，次数多了，靠在柜台上同生林说话。问：“生林，你这么有钱，老婆一定漂亮哩！”生林说：

“瞧我这丑样，漂亮的女人谁看得上！”女人说：“你是前崖颅后马勺的，可女人眼里的男人是论本事的。”生林说：“我有本事？”女人说：“你是深山的鹰鹞！”生林给了她许多洗衣粉、洗头膏，把钱记账着。

记得账多了，女人没有还，生林也没要。一日女人来说：“生林，晚上有空来家看电视呀！”生林去了，那丈夫并没在家，女人说：“电视也没甚看的，你会跳舞吗？”生林遗憾自己不会跳舞，那女人就自跳起来。这一跳，城里女人的风度就跳出来了，他前一个老婆没有这点，西贝也没有这点。生林看得呆呆的。

这一夜，生林没有回杂货店里。他将女人欠款的账一笔勾销。多少天里，他感到一种胜利的愉快，这愉快犹如他与西贝结婚时的情绪。但是，之后他就是更加的痛苦。在和西贝结婚后，他知道仅仅是一个农村女人代替了一个农村女人，而现在第一次享受了一个城市女人，而县城的女人这么多，何况省城的，他感到自己太可怜。

生林渐渐不愿回到瘪家沟去，他又相好上了另一个县城的女护士，就在一个中午急急在女护士的宿舍里交乐的时候，他听到了门外有一声咳嗽，极像女护士的那个丈夫，他慌忙起身就走。虽然那并不是女护士的丈夫，声音是走廊中一个无意人的无意咳嗽，但生林回来就病倒了。此病延续了半年，转为肝硬化，当他拿到化验单后，他一下子软瘫了，他极度地怕死，将杂货店撤回后，整日唠叨他要死了，死了，就不耐烦，骂西贝，骂儿子，骂瘪家沟的人，也骂城市里的人，要吃好的。

七月十五日起，张生林突然安静下来，其时已经腹水，他对西贝说：“死就死吧，我总算享过福了！死有什么怕的？我不在乎，我对死看淡了！”他要求西贝能领他到省城去，他还没有坐过飞机，他想像鸟儿一样在空中飞飞。西贝答应了他，开始变卖那些货物，筹集巨款。但是，生林的病转入疼痛期，昼夜呻吟，他忍受不了，喝了安眠药自杀了。

张生林到底没有坐上飞机。

七

寿星老贯无后。其弟有个独儿，独儿生了独孙，独孙又生下独曾孙，正应了三代传一。且这一支人的寿命极短，孙子手里先生了三个孩子，胖乎乎的惹人心疼，却一生下来叫几声就死了。作家石夫曾经在《我的故乡》一书中写过这件事，感叹说：生的层次导致自我超越，死的层次导致自我丧失，每一次生的超越都向死的层次逼近。石夫的文墨深，可以这般说，但连他也不明白既然一生下来就死，何必苦苦酝酿十个月到人世呢？村人解释：这是谎花。哪条瓜蔓上不开几个谎花呢？这一支人是单传，循环得快，生者顶着死者，孩子一生下来，做娘的就死。寿星老贯总觉得这其中有蹊跷，在侄孙媳妇，即周寿娃那个小老婆，生下三子未成后，便发现前院的屋顶上居住了一窝大蝎子，黑黄焦亮，凶相毕露，且发现母蝎怀孕后，背自裂，子生出，子爬下背就将其母嚼食。老贯认为这是蝎精所致，遂购买三斤重的大白公鸡，放在屋顶灭了祸害，后果然家宅平安，侄孙媳妇再生第四子时，安然无恙，而侄孙媳妇活了十五年后方死。这后代为鸡所救，起名鸡保。鸡保却是个傻子。

傻子长大，父母就过了世，老贯一直抚养。但傻子到二十四岁上依旧娶不下媳妇。新院有一赵家，穷，其父死时，没钱埋葬，老贯将自己备用的一具棺木借去用了。这赵家感激涕零，却无力偿还，后就将女儿赵玫许嫁于傻子。赵玫读过小学，与田王庄的田大京是同学，关系友好，但拗不过爹娘，哭了三天三夜，还是应允嫁了傻子。娘说："鸡保是欠些成色，可家底好。听人说，患傻病的人一结婚就好了的。"赵玫盼望娘的话灵验。

婚后，傻子还是傻子，竟傻到不会安排赵玫。赵玫当然不是为那事要求强烈的人，可夫妻不像夫妻，赵玫夜里常咬着被角哭。老贯看出了问题，托茂林娘去开导。

自后，鸡保懂得了事体，尝到了美妙，却不管黑天白日，一有空就缠着赵玫。赵玫原先恨他不懂，如今又恨他没够数，伤心透顶，趴在炕上尽是哭。哭过了她就想田大京。想得厉害了就跑到县城去找田大京。田大京已当了工人，在县建筑公司，盖四层楼、六层楼。她给大京哭，大京也陪她哭，哭罢心里舒坦了，她又回到瘪家沟村。

一日，瘪家沟过瘪神庙会，人一溜带串的，赵玫引了鸡保也去庙上烧香，鸡保突然冲动，嚷道要雀儿进窝，赵玫粉脸羞红，不言一声和他返回，一进院关了门，劈手就打了鸡保一耳光。鸡保打人却是无师自通，当下起怒，一脚踹在赵玫心胸，当下就吐了一口血。夜里，天转阴，晒在屋顶瓦槽上的红苕干儿要收拾，赵玫让鸡保上去，鸡保在上边收拾好了，要下梯子，赵玫在下用脚蹬了梯子一下，鸡保就跌下来，正好头朝下跌在台阶上，脑袋就裂了，五颜六色的脑浆喷了一地。

鸡保一死，村人叹息了几声，说这一支人阳寿都短，也就不追究死因，草草葬埋罢了。赵玫又惊又怕，之后暗暗有一种喜。一月后，她就去县城找田大京，才在大京的宿舍坐了一会儿，一个女的推门进来，大京介绍说："赵玫，这是我的未婚妻，你俩也交个朋友吧！"赵玫当下如雷轰顶，看那女的，天生风流，花枝招展，相比之下，自己一派委琐，强装欢颜，起身让座。那女的则伸手过来要握，她唰地脸红，手却藏在身后，说："咱农民不兴这个的。"相坐片刻，赵玫瞟见人家目挑眉语，便看也不是，不看也不是。那女的说："大京，约好不是要出去照相吗？"田大京说："赵玫，咱一块去吧。"赵玫知道自己在这里不能久待了，就推辞着先走了。

走到街上，已昏昏如痴，仇恨田大京竟无意于她。恨过了，又觉得不能恨，便又骂那女的是妖，是魔，是狐狸精，占了她的好事。恰此日县城开公判大会，宣判了五名罪犯死刑，当刑车从街上驶过开往城南河滩执行时，赵玫在人群里看见了死刑车上有一个女的。那女的极美丽，白净皮肉，一头秀发，围观者先是看呆了，再是遗憾，再是感叹女人比男人更凶残。一打问，原来这女的因奸杀夫。赵玫当下眼前发黑，叫了一声："鸡保！"就瘫在地上。

赵玫在县城的刑车下瘫软，且叫了一声"鸡保"，正好让瘪家沟的一个人在那里看见，回来后就说知了寿星老贯。寿星老贯在侄曾孙死后，也多少怀疑死得奇怪，听了这话，就又查看了当时放梯子的地形，又将回家后痴痴呆呆的赵玫叫去询问当时跌下来的情况。赵玫心慌意乱，半夜里悄悄就逃离了家，限天亮赶到县城。她要再见一面田大京，当面提出要他娶她的要求。但是，田大京不在宿舍，隔壁人讲，大京昨晚去未婚妻家去，一直没回来。赵玫披头散发开始在县城大街上走，她也不知道她要往哪儿去，这么走着又要干什么。后来，竟瞧见寿星老贯和几个瘪家沟的人在十字路口，她明白一定是事情败露，他们来追寻她了。

一不做，二不休，慌乱中赵玫突然冷静了，她决定投案自首，到公安局去。公安局的大楼在街西头，是田大京他们才盖起的全县城最高建筑。赵玫从大门进去，上了二楼，已经看见写有“刑事科”的门牌了，她却在心里叫道：我有什么罪？我有什么罪？！咚咚又上了三楼，又上了四楼，又上了五楼，她爬上了楼顶。

一分钟后，她从楼顶跳下去了。

当赵玫尸体运回瘪家沟，瘪家沟村人全惊呆了。

已经多少年不再流泪的寿星老贯也热泪纵横。他们不明白赵玫为什么竟会死在远远的县城里。村人将她埋在鸡保的墓旁。

八

赵玫死后，瘪家沟村人一直认为是谜，后来张德仁的老婆发高烧，昏迷不醒，突然口气大变，说她是赵玫，进行了一番“通说”（鬼魂附身后借他人之口的说话），讲了事情的原原本本，村人才恍然大悟，说了赵玫的是，也说了赵玫的不是。

这就让腰院的张治五心里忐忑不安了。

治五女儿多，四十岁上得子，疼爱得如宝贝一般。等到六十三岁上，给儿子娶一房妻，日夜指望在有生之年抱上孙子。但儿子结婚三年，儿媳仍没有身孕，老少夫妇不知在瘪神庙里烧了多少香，磕了多少头，也无济于事。儿子读过书，信了科学，让媳妇上县医院去检查，诊断无病。儿子就惊慌了，自己又去检查，原来问题出在他身上，他只有一个睾丸！悄悄回来对爹说了，治五道："儿呀，这事万万不可声张，也绝口不向你媳妇提说一字！你要装作无事一般，脸上不要哭丧，笑笑的。"治五这般叮咛儿子，自己却愁得吃睡不宁。自己又跑到县医院，询问医生此病能不能治。医生说：能治，就要接补一个睾丸。治五作难了，到哪儿去找睾丸？总不能杀一条狗吧！蹲在医院门口抹眼泪。后来便又找到医生，说："接补一个什么人的睾丸才行？"医生说："只要是人的睾丸都行。"治五说："罢了，罢了……"要说什么却没再说出来。

治五想到的是摘除他的给儿子，话到口边，思想县城地方小，这事传出去，瘪家沟村的人少不得知道，就住口了。回家和儿子商量，说要到省城去做手术，儿子不愿意，认为不能让爹干那事。治五说："那谁肯呢？就是肯了，不走漏风声吗？爹年纪大了，再说摘掉一个又要不了爹的命！"父子俩瞒着村人和家人，扬言去省城跑生意，就走了。

在省城医院做手术，住院费很昂贵，所带钱不够，治五想来想去，找到炳本。炳本是木匠炳根的哥哥，属瘪家沟除石夫以外又一名上过大学校的知识人。石夫死后，他就是一帮年轻人中的骄傲了。他学的是理工科，毕业后分到一家研究所，研究得入痴入迷，甚至神神经经，娶妻生子后就极少再回瘪家沟村去。治五找着炳本，说是医院看病，前来借钱，炳本十分热情，交付了三百元，又招待一桌饭菜，又问要住哪个医院，手术后他要来探视呀！治五本不想告诉，见他热心热肠，方说了医院名称。

手术做得很成功。儿子到底年轻，伤口恢复得快，治五多比儿子住了半个月医院。因为时间长了，花销也大，治五不让儿子服侍自己，打发他先回家去了。这期间，炳本来探视了几次，几次询问治五治的啥病，治五搪塞过去。但炳本是搞研究的，与此医院大夫熟，一次偶尔碰着，又说起研究的课题，大夫说，“有个新鲜事哩”，将治五父子的事说了。这炳本搞科研入了迷，遂即来就对治五说：“治五伯，你给儿子摘睾丸，怎么不给我说呢？”治五当下老脸赤红，无以言对。炳本说：“你真了不起的，能想到这一点啊！这事对我启发大哩！治五伯，你就是没受过高级教育，要不你能当科学家的！”治五说：“炳本，甭提了，让外人知道笑话的。这事咱那儿谁也不知道，你要能替伯守了这个口，伯让儿儿孙孙将来塑了你的像敬哩！”炳本说：“我不企望你家塑我个泥胎，我的科研要是成功了，国家怕要塑我个金像哩！”

论起科研，炳本就激动，这一夜也未回去，说他从事的研究是怎样将世上的伟人，比如政治家、科学家、文学家、艺术家，凡一切脑袋瓜极端聪明的人永远保留下来。他说人的矛盾就是生与死的矛盾，生怎样战胜死，长生不老是不可能的，灵丹妙药也是没有的，但他设想要将伟人的脑细胞如何提取出来而培养，而储存，然后移植于一个新生儿身上，使这个新生儿或许长得与某一伟人一模一样，或许不一样，但大脑一样。他说，这种科研成功了，世界将为之改观，没有愚昧，没有文盲，没有落后。伟人群居，创造的社会财富将一日等于现在的一百年。

治五几乎没有听进去炳本的辉煌研究课题，他核桃一般的脸舒展开来，觉得自己干的并不是一件丢人的事体，看眼前的炳本是好人，有知识和没知识到底不同，他不会像还住在瘪家沟村的那些人说长道短的。

这一年夏天，治五在田里给水稻施肥，天热得厉害，施完肥后他就在胭脂河里洗身子，没想前一年的手术伤口因潮气却发炎了。发炎了却不好对人讲，也不好去镇上求医敷药，那阴囊感染，病沉重得奄奄一息了。

儿媳并不知爹患的甚病，请医生爹又不允，就日夜端吃端喝。其间她已怀孕，在爹床边说话，不时吐唾沫，想呕吐。治五让儿媳去歇了，将儿子叫来问：“媳妇是有了吗？”儿子说：“有了。爹。”治五笑了笑，头一摆，眼睛闭上睡着了。治五这一睡着，再没有醒，脸上还是笑笑的。

治五的孙子生下来了，体质不佳，村里人说，长得又像其父，又像其爷。

搞科研的炳本到底还没有研究成功，当弟弟炳根有了对象，领着去省城旅游结婚时，向哥哥说起村里的变化。炳本问："治五伯好吧？"炳根说："夏天就没了。"炳本问："他得了孙子了？"炳根说："有了，他儿媳开怀迟。治五伯是四十得子，到儿子辈，还比他早，二十七就得了子。"炳本喃喃地说："治五伯是好人、善人、能人，能复制出他来让他物质精神不死就好了……"炳根说："哥哥说梦话，是人能不死？"炳本说："我说的是科研……你不懂的……"弟弟当然不懂科研，炳根就不言语了。

九

村上稍上些年纪的人相续都死了，不死的是老贯。

作家石夫在他的最后一部书稿——《我的故乡》之中，很多篇幅都写到了这位老寿星："十五年前，我还在瘪家沟当农民的时候，父亲还在。他那阵身体很不好，冬天里犯气管炎，一口痰咯不出来，身子就揪缩得球一样，问过老贯爷的养生之道，回答是：一要饭后百步走，二要每晚一口酒，三要心里不记仇，四要老婆长得丑。爹说，老贯爷的老婆——我该是叫老婆的——确实长得丑，一对黑豆小眼，一对榔头脚。老贯爷讲的时候，描述道：她鼻涕流到前心，袜子溜到脚心，脑油腻到后心，见了恶心，出门放心。但这位丑老婆活到五十二岁死了，老贯爷整整三年每顿饭都要在她的灵牌前献上一碗，且端端正正摆好竹木筷子。爹还说，他小小的时候，看见老贯爷是这个样子，他活老了，老贯爷还是这个样子。这又是多少年过去了，老贯爷还是我十五年前见到的样子，简直如瘪家沟大椭圆上的古槐，永远看不出它老！所以老贯爷在村口见到我，一会儿叫我的名字，一会儿又叫我爹的名字，我同他说话，也似乎不知道了我是我，我还是我爹。"

老寿星不仅将石夫与石夫的爹分不清，他几乎把死人和活人都混淆了。他夜里走到巷口，远远瞧见有人提着灯笼过来，说："是阿宝吗？"阿宝是张过称的儿子，说："是我，爷。"爷说："就你一个？黑天黑地的哪儿去？你爹在后边吗？"阿宝说："我爹？"张过称已经死了，阿宝疑惑地说。爷说："你爹见我和你说话，躲在那墙后了。张过称，我是老虎，不敢见我吗？"吓得阿宝夺路就跑，蜡烛倒下来将灯笼也烧着了。

恐怕是在人生的旅途中跋涉得太久，经见得太多，时间的概念已经完全没有了。村中人常常为某某事过了多少年，争吵不休，就说："问咱活先人去！"问他，他说："月亮垭原先站在院子中能看到的，现在站在屋檐下台阶上才能看到。风把月亮垭刮低了。”前五年，县文化馆的一位文物干部到胭脂河调查、收集古董，结果一件清代瓷瓶也没搞到，却意外发现了他，称他是活文物，写了一篇文章在省报上登了。这事为胭脂河一带争了荣光，也为县争了光彩，县政协的人送他一块表。表是马蹄表，老贯不识字，让小学生指着表上的数字教他。但他老是记不住，末了说：“不学了，我已经知道，那个短针走一圈就是一天的。”学生说：“一天是二十四个小时。”他说：“一圈等于一个白天，再一圈等于一个黑天。”学生说：“按爷的说法，一年就是七百三十个圈了？”他说：“你们学过习，算算，爷一辈子是多少个圈圈？”在他的观念里，表是天的浓缩，是天的平面图，长针是月亮，短针是太阳，月亮和太阳在转着，人将生出，人将老去。学生们看着他，想起课本上的古诗：洞中方一日，世上已千年。或许老贯爷已经成了人精了，是站在白天和黑夜之间的人，是站在生与死的界线上。或许他已经不是人了。

对于表的解释，使他看什么都是圈。治五死后，其孙子生出，他说：“这孩子比他爷爷大。”治五的儿子不解，他又说：“治五死了，要托生还早哩，说不准下一世，又会在这家托生，该叫孙子是爷爷的。”所以，他自己有时感到自己活得太老，有时倒又认为自己是全村最小的人。有一年石夫在报上发了一首诗，村里人传着看，他让念给他听，诗中写道：“离开了家乡我向北行，我越走越远，沉沉地背着乡愁。”他说：“怎么是越走越远？孩子们在学校学习，说地球是个圆的，石夫他一直向北走，转一圈不是就走回来了吗？”

村人都说他这是老了，说话与正常人不一样了。可他年轻时，却是精明的一个。他是画匠，会画万字图，会画流水纹，画鱼画鸟，瘪神庙几乎是过十年就重新彩绘一次，到八十岁左右还能上高爬低地作画。自张家那一个媳妇在庙里祈祷说出有趣的话而使他跌下瘸了腿，才收拾了笔，不画了。

停止了画业，他养过一头种猪，远近的人都来为自家的母猪配种。配一次，收五升苞谷，两升喂了种猪，三升留给他享用，以此为生。他所分得的那一份地，什么也不种，单栽瓜秧，收北瓜冬瓜，用瓜种绿豆做一种“懒饭”，每顿吃两大碗，竟吃得脸上很有颜色。常常做饭时，门口来了配种的，他要一边骂着来得不是时候，一边就牵起种猪来配，种猪总是先寻不着那母猪的某一部位，将精液射偏，他就用手去稳住那鞭杆，弄得一手脏东西。配完了，手不洗又去做饭，饭的第一碗必是慰劳种猪的。有了马蹄表后，邻家的孩子可以来查看去学校上课的时间了，再一个功能就是被种猪派用上了。他说：“来配种的多，这一家的母猪刚配过了，那一家的又来，猪哪儿架得住？现在是走半圈才许配一次的。我有表啊！”

不管怎么说，老贯总不死。他不止一次笑话过大官人，何必用气功呢？也耻辱过牛过称。村里谁死都见过，见过就全大瞧不起。搞科研的炳本在多年的惨淡经营中一无收获，只得暂时停下工作，回来要研究研究老贯长寿的秘密，怀疑起世上会不会真有了永不死的人。老贯热情待他，领着去看了自己的墓，墓是早年拱打的，如今已坍了。看了放在楼上的棺木，老贯说，这是制的第三副了，一副给了赵玫的爷爷用去，制了第二副又放朽了。炳本谈得兴趣，夜里就睡在老贯家。这前院的房子是翻修了三次的，屋内很暗，四壁漆黑，窗子极小，冬夏不曾糊纸，门挺大，没有门关。等炳本在炕上呼呼睡觉了，不知什么时候醒来，月光明晃晃地从门缝泻进，在门道处闪一个惨惨的白三角，他恍惚间觉得炕角坐着一个人，很是一惊。看时，是老贯，盘脚搭手坐在那儿睡得正香。炳本忙摇醒他，说：“爷，是我占了你的炕，你没能睡好，现在你睡吧，我坐一会儿，天就亮了。”老贯说：“我这不是睡得好好的吗？”炳本说：“坐下瞌睡不解乏的。”老贯说：“睡好了。你要没有瞌睡，咱再聊吧。”自此，炳本才知道老贯睡觉从来都是坐着睡的。两人就又聊开来。到了第二天饭辰，老贯又一定要让炳本吃饭，照旧在锅里熬了一个北瓜，又烧了一个白菜汤。他切白菜不用刀，双手一扭就煮了，讲究原形原质。

炳本一边吃着，一边说：“爷，你就这样生活，怎么身子还如此好？”

老贯说：“我也说不清，你瞧瞧我这头发，今春以来又变黑了。这一嘴牙已经是换了三次了。”

炳本突然问：“爷，你老真是奇迹，永不会死吗？”

老贯说：“我还是不知道。”

炳本突然问：“那，你老想没想到死？”

老贯呵呵大笑起来，说：“想怎么着，不想怎么着？你这孩子……”

猪圈里那头种猪嗷嗷地叫起来了。

老贯说：“它肚子也饥了！”遂将碗端出去，将剩北瓜倒在槽里。炳本也跟出来。

老贯说：“我眼看着村里的人一批批老了，死了，我先前也觉得我活得太长了。为什么叫我不死呢？人说阎王爷有个花名册，每天翻着用朱笔点，点到谁谁就死了，我疑心是不是阎王爷把我的名字写在装订线外边了，一直未发现？可看得人死得多了，我倒不在乎我活得是长是短哩。你瞧瞧，这门外的杨树、柳树、柏树，这花花草草，这屋顶瓦楞上的草，这石头，这猪、鸡，连地上的蚂蚁，身上的虱子，它们到这世上和人有什么不一样的？都一样的。天让你活个什么，你就活个什么，让你活多久，就活多久，是不是？就为这，我琢磨通了，生也没高兴的，死也没苦痛的。那大官人，你越想活，你越苦痛，那赵玫，想死不想活，你也苦痛。是不是这个理儿，炳本？你是有文墨的人，你倒来问我，我知道什么，你偏还要问我！你要问我是什么的话，爷倒问你，你能说这树，这草，这石头，这天上的太阳、月亮都是什么？”

炳本一肚子学问，能言善语，这会却回答不上来了。

但一心想将来获得诺贝尔奖的，想将来人类给他塑个金像的科研工作者炳本，似乎又明白了什么，他突然萌生一个念头，回城后要写篇论文发表。

这当儿，恰有人去瘪家沟内的瘪神庙里烧香祈祷用木槌撞击那一口铁钟，其律悠悠。

十

又是一年过去了。瘪家沟似乎极平静，太阳照例每日从烽火台那儿出山，黄昏从月亮垭那儿坠下。人们白日劳作，夜里在不点灯的土炕上悄悄做享受的动作。到了清明时节，正是地气上升，春情勃发的佳期，寿星老贯家的生意极好，前来为母猪配种的人家排了队，老贯每日熬三大锅玉米粥，分七次为种猪进食。这种猪愈是配种，情欲愈强烈，前来受配的母猪，或许去年已经来配过，或许是去年配过的母猪所生下的女儿，或许竟也是受配后的母猪女儿的女儿。它们不计较它们的父亲和爷爷，受了孕，就怀大肚子，生六个七个崽儿，甚至是十个十二个。老贯看着种猪，真担心它承受不了，可一见种猪对母猪那么冲动，而母猪的主人又言语那么诚恳迫切，他只好再不以马蹄表为限制，一日配一次，一日配几次。

一个春天过去了，种猪却倒地死了。

种猪死得很惨，是从一头母猪背上跌下来死的。老贯还以为种猪方位没找准，去帮忙时，见种猪一口白沫，眼睛已经闭上了。

老贯当时感觉头脑上被什么击了一下，就叫了一声，也昏过去。醒来，满脸泪水，骂受配的母猪，骂母猪的主人，当母猪的主人慌忙放下五升玉米要逃走时，他是将玉米像泼水一样泼在那主人身上的。

他没有宰杀种猪，而为它做了棺材，自己背着到门前的榆树下掘坑葬埋了。此后，老贯得了一病，这病十分奇特，要睡就睡，要醒就醒，一睡竟睡半年，身子僵硬，气息活动，要醒则又是半年不睡，日日吃了饭就坐着，坐着饥了就做饭吃。先是村人都来照看独鳏老人，到后来也慢慢怠了，似乎觉得他活着也是死，死了也是活，就一日日淡忘去。

几乎与此同时，中国西部最大的城市里，科研工作者炳本，夜以继日地待在工作室里苦思冥想。他的那篇论文写了老贯长寿的秘密，却极瞧不起老贯，认为那是一种“惰性的活”。“人是万物之灵，人是创造的，人能征服这个世界和这个世界的一切”，他这么坚信着自己的信念，却终没有完成自己辉煌的科研项目，又从工作室走出来，到一些集会上，到街头，甚至游走全省各县，回到瘪家沟，讲演自己的设想。这讲演先是极吸引人，听众颇多，一片喝彩，至后人一见他就哗地散去，怀疑他讲演得激动了，会用针管将自己的脑细胞抽出。

瘪家沟的人最后一次看到炳本的时候，他是独自一人往胭脂河后的仙山上去了。

而瘪家沟的瘪神庙里依旧香火缭绕，村中的人开始在神庙的左右开设了旅馆、饭店、纸铺，大做生意，皆大发财。

一年一度，石夫的前未婚妻，杨珺，携着现在的丈夫坐船到胭脂河渡口，再往石夫的坟上祭奠，依旧忘不了带有石夫的遗著《我的故乡》。这一年，见胭脂河渡口船已是机动船，岸上又建了八角飞檐的休息亭，又有了个体摄影户，大发感慨。进了瘪家沟村，新房幢幢，老少穿着新鲜，甚为惊讶，问村中人缘故，回答说：“现在是富了嘛！”杨珺说：“是大官人生前拨款照顾的结果吧？”村人无语，却用手遥指烽火台、月亮垭以及仙山。远近并没有一棵成材的树，亦没有成片的梢林。那人却拂手远去了。夫妇俩好生疑惑，遂听见钟声飘来，鞭炮作响，寻思那瘪神庙还在，香火还盛，便前去观看，几乎被庙前庙后的小吃小卖摊铺惊昏！杨珺蹲在一家瓜子摊前买瓜子，摊主就是西贝，收拾得头光脸净，杨珺是认识的。

杨珺说:“西贝，你也做买卖了？”

西贝说:“都做买卖呀！”

杨珺说:“买卖还好？”

西贝说:“行。我是小打小闹，亏了人多。”

杨珺拿了一包瓜子边吃边走，吃到最后，要丢掉包装纸时，突然目光盯在纸上，立定不动了。她看见这包装纸正是石夫的遗著上拆开的一页。

火纸

丑丑砸了几年的竹，制成了百张、千张万张的火纸，为别家的亡人烧化，没想到最后的也是最多的火纸是为自己的亡灵所化。

一

崖畔上长着竹，皆瘦，死死地咬着岩缝繁衍绿，一少年将竹捆五个六个地掀下崖底乱石丛里了，砍刀就静落草中，明亮亮的，像失遗的一柄弯月。现在是汉江垂暮时分，半天劳作可以暂作歇息，少年便从一石板下取出三块浆粑糕来啃，一边茫然地望着崖下江面。浆粑糕是用槲叶包蒸的，形如粽子，剥开，槲叶的脉络就清晰地印在糕上。正待吃，乌鸦旋即在头顶上飞，乌鸦没有发现石板下的藏物，却不放过少年吃嚼时掉下来的糕渣，甚至从他手中衔下一小块倏然飞去。江面上恰好有一只梭子船滑过，船走得飞快，锯齿般的崖，这一齿才看见了船尾，那一齿又见着船首。船首上是站着持篙的人，狼一样的嗓子在唱歌：

你拉我的手，

我就要亲你的口，

拉手手，

亲口口，

咱们两个山屹崂里走……

这是沿江送人去北山密林割漆的船，朝从两河关出发，夜到葫芦镇停泊，葫芦镇上有孙二娘的茶社；据说水上人乏乏的了，一摊散肉躺在竹椅上，茗茶，抽烟，看看孙二娘弹着琵琶软软地唱山歌。歌听得多了，回忆常在心上，一囊一船在水上漂了，唱这些没皮没脸的骚歌，享想象中的福。少年想，爹就是坐着这船到北山密林里割漆的，百里千刀一斤漆，爹的衣裳破成絮絮，在一握粗的漆树上开人字刀，插贝壳片。漆树是苦命的树，一年春秋两季挨刀，粗处的皮挨得不能再挨了，向细处挨，直到将皮割完，将汁流干了，树死了，爹也死了。爹是中漆毒死的，爹虽不怕漆，每次开刀时说："你是七（漆），我是八！"但漆汁溅在衣裳上洗不掉，溅在手上脸上也洗不掉，手脸便烂起来，烂得像漆树一样也没有好皮，就死了。

崖畔下有人在喊，其声尖锐，后来就骂："狗子阿季，你在山上又跑阳了吗？！"阿季是少年的名，是小名，大号姓刘名季，狗子是七里坪火纸坊王麻子家的狗，狗常随着王麻子的女儿丑丑，同伙们就作践阿季，说阿季二十多了没见过女人，不如狗子福分大。阿季就往崖下走，一面看夕阳从汉江下游处照上来，在一面石壁上印一个圆圆的淡红，便发现自己在竹林里形影俱清，肌发也为绿了。

河滩上，同伙们已经缚好了柴筏子，将砍下的竹捆垒上去，末了就帮阿季缚筏子，运了气一口吹跑了两个拉车轮内胎系在筏下，竹捆也垒上去了。

“阿季，你见着王七了吗？”

“没有。”

“他坐在梭子船上，割了三十斤漆，他又发了！”

“他发肿了，我也不去割漆！”

“凭这砍竹，你能见女人的腥吗？你不给你爹生个孙子，你就不是好儿子！”

“回吧，天不早啦。”

阿季跳上竹筏，篙一点，筏倏忽冲到江心，一横，顺水而去。同伙们的竹筏也撵上来，七张八张筏头尾相接列成“一”字，行至七里坪，天已经彻底黑了，看得见村口的火纸作坊，窗口红得像血，咯吱，咯吱，缓慢的、沉重的水轮声匝地过来，沉沉地又落在江水里。阿季无由地打一个冷颤，一听见这水轮声他就激动，偏磨磨蹭蹭不往前边走。

“阿季，你不交竹了吗？”

“你们先走，我就来。”

七八个人负重了湿竹走在作坊前的土场上，眼睛全朝砸竹坊门口看，砸竹坊梁上吊一盏油灯，光圈红灼，如一轮太阳，那水轮立旋，带动了一搂粗的方形木榫，丑丑就坐在木榫那边拨竹绒。木榫升起，露出她小小的身形和白白的脸，木榫落降，不见了小小的身形和白白的脸，阿季真担心丑丑一时走了神，或者打了盹，那木榫要把她也砸成肉茸的。当然阿季是多余的担心，丑丑在作坊里拨了两年竹绒，一次皮毛也没伤过。那只狗子便从作坊里蹿出来，大声咬，直向阿季进攻，不会说人话的狗子偏咬说人话的狗子，同伙们就很乐。

“丑丑，你的狗子要咬死阿季了，你也不管吗？”

砸竹坊里的水轮声大，丑丑没听见，火纸坊里的王麻子却出来，凶声恶气地说：“叫什么呀？不来过秤，今日我就不收了！”

阿季在心里直骂：“十个麻子九个怪，一个不死都是害！”

二

麻子最不放心的是砍竹的这帮少年，但又不能太得罪，因为火纸坊是他私人开办的，火纸的原料青竹是砍竹人卖给他的。他对于他们，见不得，离不得，所以他的人缘难处，活得很累。

说实话，麻子还算不上是坏人。公社化时期，他任过职，是七里坪的贫协主席，秉性所限，职位所制，生活极尽严肃。别人趁机能捞的全捞到了，他依旧是三间石板房、石桌子，石臼子舂米，门前一棵弯身子石榴树。人常说：人旺财不旺，财旺人不旺，他什么都不缺，就是缺钱，什么都没有，就是老婆有病，病过三年竟死了。老婆死时女儿才两岁，他再不续妻，也不偷鸡摸狗，一心拉扯丑丑长大。丑丑是他的作品，他精心塑造，开会时背上，他不准她哭闹，她也不哭闹；村里人家分家另灶，他去住持，不准丑丑吃别人的东西，丑丑馋死也不吃。丑丑长大了，长到十六，一切都成熟，恰公社取消，乡政府代替，土地由各家各户经营，父女俩在山坡上刨地，一株桃花在地边开得妖妖的艳，丑丑折一枝插在头上，他说："快取下来。妖精似的难看！"村里的少年子走汉江，到葫芦镇，下白河县，走襄阳市，回来穿的裤子腰身紧了，裤管宽了，人一下子修长了许多，楚楚可人。丑丑也将自已裤腿往小里缝，他黑了脸："成精作怪！"硬要恢复原样。麻子老爹最欢迎土地承包，却一天一天怨恨世风沉沦，人心不古，在家里对丑丑说："你瞧瞧，人到底是私虫虫，公社化的时候，在地里都磨洋工，现各人种各人地了，就干疯了！疯了也便疯了，这还像个农民，倒又都出去跑生意、做商业，自古无商不奸啊！那些年，村里一家盖房，哪一家不去帮忙，挖个厕所，都会来五个六个帮工的，现在都盯在钱上，没钱不帮工，人都成乌眼鸡了！这政策是还得变一变的！"

但是，农村没有了贫协机构，麻子的话说了白说；政策依旧没有变，变的倒是麻子威信下降，人缘衰败，手头拮据日月困顿。他只好也开办了火纸坊，没钱你寸步难行啊！火纸坊是在三间石板房的基础上改做的，麻子会做纸浆，捞纸匠请的是丑丑的大舅，一个嘴只吃饭不能说话的老头，丑丑的工作就是在门前土场上挖下三个大坑，将收来的竹捆压一层，铺一层石灰，再用稻草盖了，以水灌了，铲土埋了，两月三月之后竹捆腐烂，掘开摊晒，就一天到黑坐在那个一搂粗的方形木榫下经营砸绒了。

水轮转动的时候，砸竹坊里似乎什么也不复在，咯吱，咯吱，咚咣，咚咣，丑丑先是一声响动心肠就扭翻一下，后来耳朵就听不见这响动，她听到的只是胸口里的一颗心在跳，手腕子的脉搏在跳。

她常常想：世上事真怪，火纸是火，青竹是水，水竟能成为火，而她造纸不就是在做这种水火交融和转化吗？丑丑的文墨少，好多事想不到，想到了又解不开。在水轮木轴上润油的时候，她就走出砸竹坊吸新空气，看见对面山上那棵独独的树，树顶上那片孤孤的云，后来就看见汉江上烟雾迷惘，有竹筏子悠悠下来。

竹筏上坐的是砍竹少年，一帮一伙，光头大耳，一走近火纸坊前看见了丑丑，那话就多起来了，叫道："丑丑，你来给我们的竹捆过秤吧！"

丑丑先是笑着，太阳照在脸上，刺得她眼睛睁不开。

“丑丑，你爱吃蘑菇吗？这一把蘑菇不是狗尿苔，肥得流水水哩！”

丑丑就跑过来，她的腰身很好，衣服却太长，一边跑一边将衣服往上揪，砍竹少年子说一句“丑丑让衣服穿坏了”，丑丑就脸红。

麻子将这些看在眼里，自然就催丑丑去砸竹，自然在过秤时极不耐烦，偏将秤撅得老高，以毛竹、水竹、苦竹分类，以粗细分等，和少年子讨价还价，论高论低。

“掌柜的，你这不是勒刻人吗？”

“谁勒刻你了？啥人啥对付，我也学着来哩！”

“你没丑丑好。”

“好你娘去！”

丑丑见爹和少年子吵起来，过来说：“爹！”麻子一脸深红浅红，吼道：“砸你的竹去！”少年子快快地领钱走了，丑丑并没有再去砸竹，坐到水渠沿上去抹眼泪，爹叫也不理。

麻子见丑丑哭了，心也软下来，拿了烟袋蹲在丑丑身边吸，吸进去一口，喷出来三股，说：“丑丑，你还生你爹气吗？爹不是怨你多事，爹害怕现在的人心复杂引坏了你。咱是正经人家，虽说办了这个作坊，但不做亏心事，活个干干净净，到时候政府的政策变了，谁也说不上咱一句闲话。”

丑丑听着爹的话，心里却想着娘。娘的记忆是模糊的，涌上来的是十多年爹的形象。爹的话或许是对的，世界上还有谁最疼爱自己呢？但丑丑错在哪里？哪处不够检点，失了女儿体态？丑丑的心里乱糟糟的，坐在水渠上没有动，看渠水活活地流。直到后来，砸竹坊的水轮又响了，木榫沉重地砸起来，丑丑就不忍心了，走进坊里去，站在拨竹绒的爹身后。爹站起来，她蹴下去，一下一下将竹绒拨到木榫下。听见爹说了一句：“我丑丑到底懂事！”

从此，砸竹坊的门口卧了一条狗子，一身雪白，双目却生黑圈。不知怎么，丑丑一看见那狗子，就想到那些光着头的砍竹少年子，但砍竹的少年子交竹来了，狗子就在坊门口汪汪叫，声巨如豹。

一日，阿季勇敢地向砸竹坊走，狗子就扑上去吠，阿季胆包了天，不怕狗子，龇牙咧嘴地比狗子还凶。丑丑就站起来说：“阿季，那狗子会真咬的！你有事吗？”

阿季说：“丑丑，你不会到外边转转吗？”

丑丑说：“我要砸竹。”

阿季说：“你爹老不死的，使你太苦！”

阿季骂爹，丑丑没有回骂，心里却不悦。狗子真的咬住了阿季的后脚，阿季叫一声“丑丑”，丢过来一颗黄黄的山杏儿，狗子却也将阿季的一只鞋叼了过来。丑丑接住了山杏，将鞋丢过来，爹就来了。丑丑将山杏塞在口里，低头只是拨竹绒，山杏太熟了，牙一嗑在口里就烂了，甜甜的，酸酸的，甜酸甜酸的。

阿季走到汉江边，大骂麻子老东西，说：“我要有钱了，一定娶丑丑！”同帮同伙的就笑阿季说天话，戏谑之后却叹息，叹息了坐着竹筏回各自村里去，江面上就驶过了那些往葫芦镇去的梭子船，持篙人又在自情自爱地唱歌：

对门打伞就是她，
提个冷罐去烧茶。
冷罐烧茶茶不滚，
把我哄到南岭北岭西岭象牙床上
鸳鸯枕上席子面上铺盖底下去探花，
一身白肉当细茶。

三

阿季家也是石板房，下雨不漏水，日头出来却满屋光点。阿季躺在炕上看那吊下来的光绳子，绳子里有万物，活活飞动，就想着怎样去挣钱，挣了钱就好了，满口袋人民币，走到火纸坊去，说，麻子，你的火纸我全买了！麻子一定高兴，就不会待他恶声败气了。他就提出要娶丑丑，叫他一声老泰山！可是，怎样挣钱呢？靠砍竹，一斤竹一分钱，山上、水上苦一天挣三元钱，仅够上自己吃喝花用。去割漆吧，死也不走那条路了。阿季想，要挣钱还得去砍竹，砍竹挣钱少也只有砍竹才能挣钱。麻子，麻子，你死不着的，你古板了一辈子你也要丑丑和你一样！瞧着吧，我娶了丑丑，领着丑丑去逛大世界，你死了也不理，没人给你摔孝子盆，你造火纸，到头来却没有给你坟头上烧！

阿季想得好，一到火纸坊，还是怯麻子、怯狗。再到崖畔上砍竹子，砍得心烦手困，就做了一支竹箫儿吹，汉江边上的人不识乐谱，一代一代却传下来会吹箫，吹的是孝歌，呜呜咽咽，苦竹丛里人就觉得更飕飕地冷。同伙说："阿季，阿季，你别吹了！"阿季还是吹，同伙就叹息："阿季真让丑丑勾了魂了！"先前戏谑阿季是狗子，那是为了开心，阿季当真爱上丑丑，同伙们就正经地替阿季想办法。小逛山们不想办法则已，一想办法就绝。

"阿季，你是真心娶丑丑，还是赌气娶丑丑？"

"真心也娶，赌气也娶！"

"你个小情种！我们给你想办法，你去找丑丑，你给丑丑个生米做熟饭！麻子当然恨你，但他好脸皮，也只好包住事情挨个肚子疼，事情就成了，你敢？"

阿季却摇头。

但同伙们还是要帮阿季，当去交竹时，几个人围着麻子到纸浆坊去算账，几个人用一块猪骨头引狗子到土场外，阿季真的从水轮后闪进砸竹坊去见丑丑。

丑丑好慌，说:“你死胆儿，狗一咬，我爹要来骂我的。”

阿季说:“你那么怕你爹？！你爹七十了，你才十八！”

丑丑说：“我爹信不过你们，你们在外边跑的人，心都不正哩。”

阿季说:“你爹胡说，我心正哩！”

两个人站在木榫前，木榫升起，与他们平肩，木榫落下，脚下的地就咚地一颤。木榫空起空落，响声空洞，丑丑嘴里说着什么，传到阿季耳朵里却听不清音。阿季一时不知说什么了，将腰带上的箫送丑丑。丑丑笑，说：“我不会吹。”阿季说:“我给你教，好学得很哩！”就搭在嘴皮上吹起来，吹得像水声，比水还柔。和谐到了水轮木轴的“咯吱”声中，和谐到木榫的“空咚”声中。阿季的一双眼看见了石板屋顶的木橼上蜘蛛结编的一个雨帽般的大网，看见了水轮轴杆上生就一层绿色的苔藓，看见了丑丑的白白脸和宽大的粗布衫子下依然能看出的凸起的胸部。丑丑也听呆了，眼里一会儿放光，一会儿又暗淡，头低下去，惊奇阿季的嘴怎么比夜莺还巧妙。

麻子却出现在了坊门口，吼了一声:“吹你娘的脚！”一竹棍磕在阿季的腿上，竹箫落下去，正在木榫下，立即粉碎。阿季跑出砸竹坊，听见麻子打丑丑，直声喊:“要打来打我，打丑丑不算有本事！”狗子闻声扑上来，将阿季腿咬了一口，阿季跑了。

麻子在土场上指着远去的阿季骂：“阿季，你这坏坯子，火纸坊再收你的竹子，除非你砍了我这脑袋！”

阿季挣钱的门路因此也就绝了。他在家里躺过三天，心灰意懒，无事可做，同帮同伙们少了阿季，生活也寡了味，提了酒来阿季家喝，话又退一步说着劝慰。酒是消愁的，酒却添了愁，阿季第一次醉了，口口声声念叨丑丑。醉醒了，倒一脸羞愧，第三天里，当江面上驶过去葫芦镇的梭子船时，搭上走了。

阿季到了葫芦镇，镇上人来人往，阿季认不得一个人，阿季也没个地方去待。汉江上顺行的逆行的船在葫芦镇都要停，停了，船夫们就上孙二娘茶社去，阿季也跟了去。茶社是三间房，房里没隔墙，四根光柱子，左一排右一排竹躺椅，人人一边茗茶，一边听孙二娘弹琵琶唱。孙二娘是真名实姓，还是称号，反正人不老，说有三十，小了一点，说有四十，老了一点，白脸，光头发，衣服里涌动着两个胖奶子。她唱的是好嗓子：

郎撑船儿下汉江，
姐在房中烧报香。
报香插在香炉内，

一望二望七十二望南京土地
北京城隍院观音老母送子娘娘，
保佑我郎早回乡，
免得我一心挂两肠。

阿季听着听着，倒想起火纸坊里的丑丑，眼角湿起。后来就迷糊起来，竟在竹躺椅上睡着了。待到孙二娘喊："这少年子，这里是你的炕吗？"睁眼看，茶社里已没了人，慌忙走出茶社，到街上寻栖身的地方去。

四

葫芦镇是个古镇，有三百年事，是汉江岸上最繁华热闹的地方。北岸山势形如龙，忽于此细若蜂腰，单单地突结一个葫芦状的岗峦为镇。洵水从秦岭来，绕镇三面而入汉江，其中屋宇参差，楼台层叠，宛如画图。阿季小时随父到过镇上，记忆早已模糊，如今最惊奇的是镇街。镇街说起来是五条，实则是一条，从渡口的石级上进入，走过人声嘈杂的河街，街便绕到后镇右崖边，"之"字斜向而上，又绕到左岸边，如此盘绕，直到岗顶，岗顶上是一高楼为区政府所在。在这盘绕街上，又直上有四条小巷，一律石阶，阿季不知此巷名，自作聪明称"好汉巷"。就在这纵纵横横弯弯绕绕的镇街上，屋舍建筑十分奇特，正面没有一家类似一家，入深也是一家大来一家小。旧社会，葫芦镇是大码头，栈多、店多、馆多、铺多，有钱的人房子雕梁画栋，门楼五脊六兽，因为居势而筑，结构又以山赋形，极尽曲折。当今这批旧屋人分而住之，残壁断垣，却新式水泥楼阁立锥地而拔起，墙或长或方，或仄或圆，镇上没有一辆自行车，人人口袋里却都装有手电，阿季闲得无聊，走遍镇上每一个角落，看了穿蓑衣戴毡帽的人，也看了戴墨镜披长发的人，新旧混杂，俊丑相处，阿季不免大发感慨，悔之自己以前未能常来，也惋惜丑丑一次未来过。“丑丑要是来过一次，她也不会听她爹的话了！”阿季这般思想，肚子就咕咕响起来，看着那随处都是商店货铺的柜台上的糕点，两耳下的部位不停闪出小坑。人总是想着活下来的门路，阿季脑瓜灵，寻到了挣钱的好门路：他在渡口上打问那些从城里来游玩的人，介绍要住到岗上的国营旅社去，走镇街太绕，走镇巷太陡，他可以当脚夫，把所带的大包小兜背上去。城里人有的是钱，少的是力，自然阿季日有收入，竟有几次，一些娇嫩的女子一下渡船，望着山镇噢噢直叫，阿季就让其面后坐在背夹上，他背着上“好汉巷”。女子在背夹上观镇景，乐得大呼小叫，说这里的旧式建筑像迷宫，说这里的新式楼房前看有六层，后看是两层，说这里的四合院好小，四面房顶是四个三角组合的正方形，中间的天井应叫漏斗，后来就兴奋地唱歌。阿季虽然爬惯了山，背惯了竹，但背夹上活人活动，八十斤也似有百二十斤，累得气喘咻咻。安慰他的，使他多少忘了疲倦的是女子的歌声，和女子身上散发的一种说不出的什么香水味，怪香怪香。

阿季有了钱，就吃饱肚子了坐到岗腰的河神庙门口去，庙门口一奇石，高数丈，石面上附有花藻，如雕刻，石上竟一古木蜷曲，霜叶新染，石下更有一泉，寒冽异常，里边投有一层银银的小分币，这都是船工们投的，为的是祈求好运，再便到庙里去，给河神烧整捆整捆的火纸。一看见火纸烧焚，黑灰片飘飞如鹫，阿季就要想起丑丑，无限惆怅，遥看汉江自远处迤逦而来，曲崖回湍，半隐半现，出没于云山沙渚之间。

这当儿，阿季就到河街上的孙二娘茶社去，混于船夫之中，别人说茶好，他也说茶好，别人为二娘歌声喝彩，他也喝彩。这般去得多了，二娘就认识了阿季，问年龄，问籍贯，问家世婚姻，二娘就乐了，一把拧了阿季的脸，说道："你还是个小光棍？！"阿季猜不透她的话意，但他装傻，取人以悦，只是憨笑，又眼活手快，帮二娘去茶炉上添煤，替二娘给船夫续水。二娘喜欢他了，让他夜里睡在茶炉边，却警告说："你要是小偷，我就会剥了你的皮的！你跑到哪里，只要在汉江上，船夫们也会抓你来送我的！夜里静静睡，楼上有什么动静你不要嚷！”

阿季夜里有了安身窝，熟睡如猪一般，几日之后，却睡不着，成半夜听见楼上脚步走，桌椅动，有话声笑声。阿季就想：二娘在楼上住，是她和丈夫说话吗？但从未见过她的丈夫，也不见孩子！心下疑惑，有一次茶社没人，他说：“二娘，伯伯是在外做生意吗？”

“死了。”

“死了？那你也没孩子吗？”

“有你这儿子！”

阿季噎住话，不可回答。二娘却问：“阿季，你夜里听见什么了？”

“听见你和人说话声。”

“用驴毛塞了你耳朵！”

阿季想：二娘是寡妇，是不是夜里有野汉？话却不敢问。观察来茶社的每一个船夫，似乎都不是二娘的野汉，又似乎人人都对二娘亲近，进门有送木耳的，有送核桃的，有送头巾的，说话出格，甚至粗俗，但二娘好时百般伺候，恶时横眉竖眼，骂船夫如骂儿子。阿季便不觉得二娘不是，倒视她如姐，如娘，如观音菩萨，夜里睡下，竟也想到她的那一对涌动着衣服的大奶子！

一日，阿季当脚夫，在“好汉巷”里，上去腿软，下去腿酸，回到茶社卸了帽子朝下搔，脱了袜子朝上搔，二娘说："阿季，你年轻轻的要当一辈子脚夫？"

阿季说："我没事可做呀。"

二娘说："你要有本钱，我介绍你到一个船上去跑生意，可你没本钱，船夫不会收你，你怎不去深山割漆去？"

阿季说："啥事都可干，就是不割漆！"

二娘说："那你就回去好生种地，将来也好混个老婆跟你过活。"

阿季说："我要娶丑丑！"

说罢，大觉失口。二娘就问："丑丑是谁？好难听的名字。"

阿季瞒不过二娘，如实说了与丑丑的关系，二娘脸色黯然，叹息道："好可怜的丑丑！你阿季要做男子汉，你应该就去娶丑丑！"阿季苦愁自己一没本事，二没本钱，不知将做什么好。二娘说："听说河神庙门口有个驼子能拆字，你让他去拆拆，看你做什么合适。迷信不可全信，也不可不信呢。"

阿季到了河神庙门口，奇石清泉右侧，正有一古碑，一驼子就在碑下，不是为人拆字爻卦，而在推拿行医。一老汉腹内绞痛，被人背来，驼子当下在患者腹部揉摩，但老汉痛不能支，驼子说："也好，也好。"伸指按动腰部一穴，捻之，老汉即死，重复缓缓揉腹部，痞积即散，再按腰部一穴捻之，老汉复生，疾亦霍然，众人赞道："真是神医！"

旁边一人说："先生起死回生这还不罢了，拆字爻卦，更能预知后事！"当下阿季上前乞求拆字，爻卜命运，驼子问："你拆个什么字？"阿季脱口说道："我名叫季，就拆'季'字！"驼子沉吟片刻，合掌说道："你这命好，眼下困顿，但天人吉相，好事将至！"阿季半信半疑，紧问他将去哪儿做什么为好。驼子说："'季'字上头一撇，这是青龙抬头，中间为木，下部为子，子属水，水在木下，木有水茂，这是一个绝好的字。所以，你宜于向东西北干事，忌讳向南，南属火，木见火焚。"阿季不懂阴阳五地，但听明白他遇水则生，遇火则克，不觉想起砍竹之事。旋即又想：麻子恶我，他不收我的竹子，我有何奈？不禁又郁郁愁闷，抬头又见三三五五船夫进庙，都在庙门口货摊上购买火纸，灵机一动，拔脚就赶回茶社，对二娘说："二娘，我有事可干了！"二娘问要干什么事体。阿季说："我还要回七里坪的火纸坊去，我去买了麻子的火纸，来河神庙门口卖，这一倒手，利也是不少的！"二娘也为阿季高兴，当下说了许多鼓励话，不提。

自此，阿季走动于七里坪和葫芦镇，麻子见阿季是来买纸的，也不再提及前仇，将纸售他。阿季先是三捆五捆买，再后十捆八捆，生意越大，本钱越大，本钱越大，生意越大，麻子的火纸坊销路一直不好，阿季几乎承包了他三分之一货量，麻子也可以允许他在火纸坊里多停留，听他天高地阔说些葫芦镇的人情世态，奇谈怪论。这期间，他也偷偷与丑丑交往。

一次丑丑说："阿季，你越发不像以前了，嘴好能说！"

阿季说："我这算什么，葫芦镇上人肚里全是新闻，话说得才多哩！"

丑丑说："葫芦镇真好！"

阿季说："你去不去，我领你走一趟。"

丑丑却说："我才不去。"

阿季就拿出一瓶"雪花霜"给丑丑，丑丑闻了闻，说："好香！"却还给阿季。阿季说："你怎么不要？我特意给你买的！"塞在丑丑的手里就走了。

丑丑重新坐下拨竹绒，心慌得跳，将"雪花霜"擦一点在脸上，总怕擦不匀，被爹瞧见，对着水渠里的水照看里，听见江面上阿季唱歌子：

这山望见那山高，
望见一树好仙桃。
长棍短棍打不到，
脱了鞋儿上树摇。
左一摇来右一摇，
摇得仙桃遍坡跑。
过路君子捡个尝，

不害相思也害痨。

郎害相思犹小可。

姐害相思命难逃。

五

阿季在河神庙门口卖火纸，卖得出了名，索性将纸摊摆在茶社卖。有买主来，阿季卖纸，没买主来，阿季就帮二娘侍船夫。阿季腰不疼，腿不困，一张嘴也能说会道，啥人啥对待，事体处理得滴水不漏。二娘弹琵琶唱歌时，他也吹箫，弦竹和谐。船夫说："二娘，你这徒弟精灵哩！"二娘说："他是我的干儿啊！"阿季也甘心充干儿，并不避讳，越发精明乖觉。入夜，阿季还睡在茶炉边，二娘从楼上下来，一边烫了一壶水酒慢慢地喝，问阿季：

"前三日去火纸坊，给丑丑说透心思了？"

"说了。"

"丑丑怎么说。"

"她脸红，羞着就走了。"

"你没看她的眼睛吗？她眼里会说出话的。"

"我看不出来。她走到坊门口，只说了一句：你不怕我爹？"

"这就是七成八成同意了！阿季，你给干娘说，你没有拉过她的手吗？”

“干娘怎么说这个！”

“阿季还羞口！你要拉手哩，事情到了一定的时候，那就不羞了，干娘问你就想知道事情到什么火候上。”

阿季记着二娘的话，他真的要试试丑丑待他的心意。再去火纸坊，天赐良机，麻子竟不在，丑丑的哑巴舅在纸浆坊里捞纸，阿季从水轮后进去，狗子没发现，正在土场上啃骨头，丑丑又惊又喜，让阿季站到墙角来说话，木榫还在起落，起落了白起落。遮掩着墙角的两人说话外边听不着。阿季问丑丑：上次他提说的事，怎么考虑？丑丑说：爹是不同意。阿季问：怎么不同意？火纸坊的销路几乎他包了，还能不同意？丑丑说：爹信不过阿季，说阿季越发在外边跑动了，越发染有坏毛病，这号人钱越多，越靠不住，将来没个好落脚！阿季说：他好死板，世事都到什么时候了，他还这么看人？问丑丑：那你的主意呢？丑丑不说，阿季就瞅着丑丑脸，脸子好白嫩。阿季心就热，伸手去拉丑丑手，丑丑挣了挣，挣不脱，让阿季握住了，像握一团棉絮，越握越小。阿季也糊涂了，丑丑也糊涂了。糊糊涂涂之中，两个人头尾相接，两人做了一个人。等醒来，都出了一身汗，吓得痴痴呆呆，丑丑竟呜呜地哭了。阿季慌手慌脚，不知所措，劝也不是，不劝也不是，倒拿巴掌打自己，求丑丑饶了他。丑丑不哭了，说：“爹说你是坏人，你真是坏，你快走吧！”

阿季听丑丑这么说，心又咯噔咯噔发凉，他不走，又要问：“丑丑，你真的看我是坏人吗？”

“你走！”

“你不饶我，你要不答应我娶你吗？”

“已经……我还能不让你娶吗？叫你走，你就快走！”

一块石头落下地，阿季就走了。在葫芦镇里，阿季痛定思痛，想起砸竹坊里的事，又惊又怕，到后来却全化作喜。孙二娘问他情况，他说丑丑同意了，绝口不提别的事。

日光荏苒，转眼半月过去，茶社里来了一位紫阳船夫，茗茶间论起茶道，说汉江二百里外的上游紫阳镇新生产了一种高山云雾茶，清心明目，防癌降压，且价格便宜，孙二娘心便动摇，欲搭那船去紫阳进货。阿季说：“干娘身体不好，水上行几日，风大浪急，必是太累，不如我去采购好了。”二娘说：“有你这一句话，我死了也心甘，就是某年某日我死了，留下茶社交你，我也闭得下目！可你毕竟出门少，又不识茶，还是我去的好。我去三天五天，你好生经营茶社，船上的人辛苦，能到茶社，是瞧得上咱，你只能嘴甜腿快，百般服侍，别瞧不起这些下苦人，坏了茶社名声！”阿季说：“这是自然，干娘放心好了！”黎明，送孙二娘上船，其时晨雾锁江，但见渡口旁江崖上古木参天，老干苍藤与秀石清泉相映，却有一只乌鸦聒噪。孙二娘又给阿季叮咛了一番茶社的事，船便一路上水而去。

阿季在茶社里手脚勤快，态度热情，里外接应，大方自如。如此过了五日，孙二娘却不见转回，每天早起开茶社大门，扫除卫生，就持帚眺望汉江上游，江上却平阔一片，荡荡浩流，两岸诸峰罗列，一痕苍青，碧宇空悬一弯残月，明迷之光铺洒身前身后，他突然觉得身冷，连连打过几个喷嚏，转身进茶社起炉生火，烧水泡茶，茶客们就三三两两来了。那些早起的船夫，喝惯了一天的第一杯茶，直嚷道："阿季，冲酽点，清早这一壶喝了，一天头不疼的！你家干娘还没回来吗？"

阿季说："没回家，也到回来的时候了，说不定这杯茶你未喝完，她就回来了！"

此语言中，孙二娘回来了。孙二娘回来的不是活人，尸首被席卷着抬了回来！先是孙二娘买好了三百斤新茶，依旧搭了那条船返回，在江上行了一天一夜，不想在日月滩，江风顿起，波光摇曳，船一时把握不住，斜冲向一堆屋般大的乱石，便人船俱翻了。船夫识水性，却脑袋被撞成一半，再没浮起，孙二娘不善水，双手去攀浪头，浪头将她打入江底，远远的别的船上知道此船上坐有孙二娘，见船翻后，一片惊叫，当下船划过来，却没见了孙二娘踪影。这船呼叫那船，船队全停泊靠岸，人扑进江里打捞孙二娘，打捞上来，孙二娘却死了。

孙二娘之死，震惊了葫芦镇，满镇人人惋惜，所有的船夫全到茶社来哭，他们联合集资，为孙二娘购买了一副上等棺木，又去商店给孙二娘买了毛料葬衣，剥开席包入殓时，阿季见干娘双目紧闭，却面润如生，哇地就哭昏在棺下，众船夫用清水泼醒阿季，说：“阿季，你干娘死了，她在镇上无亲无故，无夫无子，你就是她的儿子，你万不要哭坏身子，还要给你干娘摔孝子盆，照料丧事啊！”一句话提醒了阿季，阿季似乎一下子长大了许多，将孙二娘的钱柜打开，吩咐几个船夫：去拱墓，去请鬼子班，去买米买面招呼了来人用膳。

第二天中午，送葬队出发，阿季披孝，泪水涟涟，将孝子盆摔在孙二娘棺前，棺木就被八人抬起。从茶社出发，前边是五十余名各路船夫每人持着花圈，再是鬼子班咿咿咽咽吹打，又再是一船夫举了八串鞭炮，沿路鸣放，后是阿季，抱了孙二娘遗像，又后是八抬棺木，再后是随行的船夫和镇上的各行各业男女老少。送葬队慢慢走过河街，就沿盘绕街而上，鞭炮声中，唢呐调中，八个船夫抬了棺木前走三步，左摆三步，右摆三步，后退一步，他们为孙二娘摇船一样，鬼路上走得那么缓，那么难，一走三徘徊，一步一回头，围观的人全都伤心感动得哭了。送葬队上到岗顶，然后从葫芦岗把几处的窄道上通后，就直立立地登上镇外的大山尖去。抬棺的艰难了，所有送葬人全去扶棺，棺材像立栽了一般，在白花花的人头上运上去，孙二娘被埋葬在高高的山上。

阿季在坟头上培下最后一锨土，回头看见河神庙门口的拆字驼子也来了，他是前一天买了阿季的火纸的，跪在那里烧焚，焚毕，交给阿季一截挽幛，六尺白绸，上有墨迹。阿季看时，题为：过去画船虽有迹，飞来彩鹢却无形；舟行莫向葫芦镇，到此还须棹一停。

阿季继承了茶社家业，但实际上只仅仅是三间茶社房，六七十张竹躺椅，一套水壶茶具。孙二娘多年的积存，除购买了三百斤紫阳茶覆没江水外，其余全在埋葬她时一花而光。阿季有心想离开这里，却每每见船夫照样来茗茶，于心不忍，强留住下。既然做了社主，招牌依旧是“孙二娘茶社”，阿季就要一心使这茶社长存葫芦镇，长驻船夫们的心！他早起晚睡，重新经营，船夫到来，就弹起孙二娘操过的琵琶，学唱着那些歌子。唱着唱着，阿季泪下来，船夫泪也下来。船夫泪下来了，阿季就不唱了，说：“各位伯伯叔叔，我干娘在世时唱歌让大伙解乏，我唱了你们落泪，我干娘要知道了也是不允的。既然她死了，死了就不能活来，咱们还是行船的行船，卖茶的卖茶，唱一个‘还阳’歌吧！”

阿季就唱起来：

还了阳，还了阳。

桑叶子短柳叶子长。

还了阳，还了阳。

亡者归阴我们归阳。

亡人归阴到阴曹地，

我们归阳阳满堂。

船夫们就一起唱开来。

如此忙过三个月，阿季为了茶社兴旺，也没有时间再往七里坪去，没有去买麻子的火纸，没有去见那砸竹坊里拨竹绒的丑丑。

六

过罢四个月，茶社又兴旺起来，汉江上下的船只，洵河往复的筏子，凡到葫芦镇，没有不停泊靠岸，来茶社茗茶的。但是阿季却发现镇子上的闲人，常常待他不恭起来，在街上碰着了，就说："阿季，生意红火啊！"

阿季笑着说："托大家凑红！"

那人就又说："二娘一死，这下你可以娶个媳妇了！"

阿季还是笑了笑，立即觉得不对，不明白这人这话的含义，问一句："你说什么？"

“你总算把她陪终了，你好本事，想得长远！”

阿季愤愤起来，回到茶社气还不匀，他知道了镇上的人忌恨了他，要说他的坏话，也要说孙二娘的坏话。但阿季清清白白，堂堂正正，气上来，偏要决心把茶社办发，越发勤苦，越发精明经营。又新盘了一台炉灶，置了二十把躺椅，添了烟糖果品买卖，生意更为红盛。他有心要在镇上再雇一名服务员，便物色了河街一个老婆婆的女儿。这女儿脸子平平，腰身却俏，手脚麻利，性情柔和，且也是唱歌子的好手。干过一星期，不想镇子上风声鹊起，议论汤沸，说是阿季和这女子乱来，又说到孙二娘在世之时，就有这风气，老婆婆的女儿羞辱不过，不告而辞了。女子一走，更落了口实，阿季上街，背后就遭人所指，茶社声誉顿跌，阿季扑在孙二娘遗像前号啕大哭，痛恨自己使茶社受累。

茶社的门暂时关闭了，阿季到镇子政府去诉委屈，要求调查落实，清白声誉。镇政府领导去查问老婆婆的女儿，一口否定，提出可以到医院体检，去调查说闲话的人，又都是你听我说，我听你说，结果不知所云。镇政府领导对阿季说：一切都是造谣，你办你的茶社吧！平反是平反了，一人手却捂不住万人口，阿季忙不过来，再去重金雇用服务员，则无一人响应。阿季到了此时，方明白麻子的话，世风真是日下，人心越来越不通啊！阿季恨的是那些丑恶，阿季却同时被麻子所恨。阿季这时候，只觉得火纸坊的丑丑好，他迫切地想去见丑丑，要想办法娶了丑丑，领丑丑到葫芦镇，小两口就可以平平和和幸幸福福来开茶社了。

茶社的门又一次关闭，阿季离开了葫芦镇，带上了全部的积蓄，往七里坪去。搭船到了七里坪渡口，阿季跳上石岸，却看见了村中的水渠折流而下。这水渠是麻子引了沟里的溪水去转动砸竹坊的水轮的，然后废水从村旁洼地里流下汉江的。如今水直漫村前，在石板层上一曲三折，平石上织一层无数细密的倒写的“人”字，侧石上翻一堆滚雪。阿季生疑，遥看火纸纺，石墙石顶依旧存在，却听不见了那沉重的难听的水轮轴咯吱声和木榫的起落咚咣声。

“麻子不办火纸坊了？！”

阿季心里一股冲动：火纸坊不办了，丑丑就不整日整日坐在木榫下拨竹绒了，他就更容易领走她去葫芦镇了！

土场上，万籁俱寂，阿季却突然害怕起来，觉得是那样空。砸竹坊里蹿出了狗子，直向他扑来，阿季已经从地上摸起一块石头了，但狗子并没有咬，也未吠。四个多月未见，狗子也温顺了！他叫着狗子：“狗子，狗子，丑丑呢？”狗子却霎时惊恐起来，大声吠叫，森煞可惧。阿季骇绝，定睛看，看见了纸浆坊的门口，石礅子上坐了麻子和哑巴老舅，一个左，一个右，默默地用绳子扎捆晾干的火纸，听见狗子狂吠，抬起头来，木然地看着阿季走过来，一直走到面前了，又低下头去扎捆火纸。

麻子的不热情，阿季是习惯的，但麻子的不恨不怒，阿季预感到这里的异变！

“老伯，木榫怎么不砸竹了？”

“不砸了。”

“丑丑呢？”

“死了。”

“死了？！”

“死了！”

阿季被铁锤击了一下，木在那里，立即奔向砸竹坊，水槽子垮了，水轮空静，轮板干袭，一搂粗的方形木榫立竖在原地，榫底下还是一堆未被砸好的竹绒，阿季又疯了一般冲过来，对麻子吼：“丑丑死了？！丑丑怎么死的？！”

麻子却突然扬起拳，直打在阿季的心口上，阿季倒在了地上。麻子又平平静静恢复了原状，说：“你安静下。丑丑真的死了，三七都过了。”

阿季真的被这一拳打醒了，他坐在地上，哽咽着问丑丑怎么死的，为什么死的。麻子还是一边扎捆火纸，一边低了头，慢慢地说开来，讲的好像是一宗很古很古的事情。先是麻子发觉丑丑好几日神色不安，后来就老是躲避爹，一个人到茅房去吐。麻子以为丑丑病了，让去看医生，丑丑却不去。也就在这天夜里，麻子听见丑丑在她的卧屋里低声呻吟，麻子问怎么啦，丑丑说肚子有点疼，不要紧的，后来就到茅房去。麻子以为丑丑拉肚子，并未在意，便又瞌睡了，第二天一早，起来喊丑丑去砸竹绒，连喊数声不应。到了她卧屋，炕头上放了一个碗，碗里是瓷和玻璃碴沫汤，已经所剩无几了。麻子心就毛起来，他知道喝这东西，是打胎的，就往茅房跑，丑丑就死在茅房口，口里吐血，下身出血。听完了，阿季哇哇地哭叫不绝。

麻子说："丑丑死了，我也顾不及羞辱了，你说说，是哪个贼东西勾引了丑丑，使她干出这种丑事？！都怪我啊，我为什么开这个火纸坊，让那些不三不四的人来我这里，我没管好丑丑啊！"

阿季说："你没管好丑丑？丑丑还不是让你管死的？！"

麻子说："放屁！丑丑死了，死了也好，她要不死，怎么活人？她要不死，我也不会清醒我活该办这个火纸坊！我不办了，再也不办了，卖掉了这几百斤火纸，我什么也不办了！谁要那水轮谁拿去，谁要那木榫谁拿去，我一分钱也不要了！"

阿季说："我要！"

麻子说："还要什么？还买这火纸吗？"

阿季说："我买！"

麻子说："买多少？"

阿季说：“我全买！”

一沓一沓钱从怀里掏出来，放在地上，就进去将一捆一捆的火纸提出来，放在了那水渠旁边，又拿了板斧走进了砸竹坊，嘁哩喀喳劈碎了水轮，劈碎了木榫，抱上火纸堆。阿季跪在那里，一根火柴将火纸点燃了。水养出的竹，竹制作的纸，真有火性，顿时黑烟冲起，火光燎天。丑丑砸了几年的竹，制成了百张、千张万张的火纸，为别家的亡人烧化，没想到最后的也是最多的火纸是为自己的亡灵所化。

阿季被火燎焦了头发，燎焦了眉毛，跪在那里是一桩木头、一蹲石头。麻子和哑巴大舅完全被这一切惊呆，看着满天飞舞的纸灰片，落下来，黑了一地，黑了一头一身，突然干涸的眼睛里泪水肆流。

汉江的水面上，正过着一排竹筏，竹筏上垒的还是竹捆，撑筏的又是一帮一伙少年子。他们是到另一村的另一新建的火纸坊去交竹了，看见了七里坪的黑烟明火，唱起来一首古老的汉江号子：

吆噢——噢嗬噢——哎咳——

吆哎——吆——

噢——哎咳吆——

噢——哎咳哎——哎——咳——哎——

天狗

把式死了，把式死得可怜，也死得明白。四口之家，井把式为天狗腾了路，把手艺交给了天狗，把家交给了天狗，把什么都交给了天狗。

井

如果要做旅行家，什么茶饭皆能下咽，什么店铺皆能睡卧，又不怕蛇，不怕狼，有冒险的勇敢，可望沿丹江往东南，走四天，去看一处不规不则的堡子，了解堡子里一些不伦不类的人物，那趣味儿绝不会比游览任何名山胜地来得平淡。

《旅行指南》上常写：某某地“美丽富饶”。其实这是骗局，虽然动机良善可人。这一路的经验是，该词儿不能连缀在一起：美丽的地方，并不如何富饶，富饶的地方，又不见得怎么美丽，而美丽和富饶皆见之平平的，倒是最普遍的也是最真实可信的。这堡子的情形便是如此。

之所以称作堡不称作村，是因早年这一带土匪多，为避祸乱，孤零零雄踞在江边的土疙瘩塬上。人事沧桑，古堡围墙早就废了，堡门洞边的荒草里仅留有一碑，字迹斑驳。暮色里夕阳照着，看得清是“万夫莫开”四字。居家为二百余户，皆秦地祖籍，众宗广族却遗憾没有一个寺庙祠堂。虽然仍有一条街，商业经营乏于传统，故不逢集，一早一晚安安静静，倘有狗吠，则声巨如豹。堡子后是贯通东西的官道，现改作由省城去县城的公路，车辆有时在此停留，有时又不停留，权力完全由司机的一时兴致决定。

路北半里为虎山，无虎，石头巉巉。石头又不是能燃烧的煤，所生梢林全砍了作炭作柴，连树根也刨出来劈了，在冬天长夜里的火塘中燃烧。生生死死枯枯荣荣的是一种叫黄麦菅的草，窝藏野兔，飞溅蚂蚱，七月的黄昏孩子们去捕捉，狼常会支着身坐在某一处，样子极尽温柔，以为是狗，“哟，哟，哟”作唤狗的招呼，它就趋步而来；若立即看见那扫帚一般大的拖地长尾，喊一声“是狼！”这野兽一经识破，即撒腿逃去。

丹江依堡子南壁下哗哗地流，说来似乎荒唐，守着江，吃水却很艰难。挑水要从堡门洞处直下三百七十二个台阶，再走半里地的河滩。故一到落雨季节，家家屋檐下要摆木桶、瓷盆，叮叮当当，沉淀了清的人喝，浊的喂牛。于是这二年兴起打井，至少十丈深，多则三十丈。有井的人家辘轳吱扭扭搅动，没井的人家听着心里就空空得慌。

有井的都是富裕户。富裕的都是手艺人家，或者木匠，或者石匠。本来人和人差异是不大的，所以他们说不上是聪慧，也不能说是蠢笨，一切见之平平的堡子既没有得天独厚的条件发展经济，又没有财源茂盛通达四海的副业可做，身怀薄艺倒是个发家致富之道。打井，成了新兴的手艺人阶层的标志，是利市，是显富，是一项伟大的事业。

打井的李正由此应运，数年光景，竟成就了专有的手艺，为别人的富裕劳作而带来了自己的富裕，井把式日渐口大气粗，视自己的手艺如命符。又曾几何，故作高深，弥布神秘，宣布水井三不打：不请阴阳先生察看方位者不打；不是黄道吉日不打；茶饭不好、工钱低贱、小瞧打井把式的不打。俨然是受命于天、降恩泽世的真人一般神圣。

堡子里的人没有不对他热羡的，眼见着他打井如挖金窖，好多父母提了四色重礼，领着孩子拜师为徒，这把式，却断然拒绝。

“这饭不是什么人都可吃的！”

“孩子是笨，可下苦好。”

“这仅仅是下苦的事吗？”

把式说这话，拜师者就噎住了，再要乞求，把式就说一句“我家是有个五兴的”作结。五兴是把式的独子，现在还在上中学，那意思很明白，手艺是不外传的。

把式的女人看不惯把式这样不讲情面。男人可以在外一意孤行，女人则是屋里人，三百六十五天要和街坊邻居打交道，想得就周全，担心这家人缘会倒，每日用软言软语劝丈夫，也不同意五兴废了课业来“子袭父职”。劝说多了，把式就收了天狗做徒，但有言在先：只仅仅做下苦帮手，四六分钱，技术是不授的。

天狗是穷途末路之人，三十六岁，赚不来钱娶妻成家，拜人为师，自然言听计从。此角色白脸，发际高而额角饱满，平日无所事事，无人管束，就养兔逮兔、钓鱼、玩蚂蚱的嗜好，天生的不该是农民的长相和德行，偏就做了万事不如人的农民。

六月初六，不翻历书也是个好日子，师徒二人往堡子东头胡家打井。头天晚上，女人就点了一支蜡烛在中堂，蜡烛燃尽，突又绣出一个小小的烛花胎柄，心里兴奋，清早送师徒出门，却又放心不下，叮咛一番，说话间，眼泪就扑簌簌流出来了。

天狗看见师娘落泪，心里就怦然作跳，默念这是一尊菩萨。三十六年来他虽是童男身子，什么事理心上却也知晓，明白这女人的眼泪一半为丈夫洒的，一半却是为他。师娘待他总是认作没有成人的人，一只小狗。他就圆满着师娘的看法，偏也就装出一脸混混沌沌天地不醒的憨相。

果然师娘说："天狗，你是'门坎年'呢……"

没事的，天狗说他腰里系有红裤带，百事无忌。"师傅是福人，跟了他天地神鬼不撞的。"

在胡家，师徒坐在土漆染过的八仙桌边，主人立即捧上茗茶，两人适意品尝，院子里的气氛就庄严起来。一位着黄袍的阴阳师，头戴纸帽，手端罗盘，双脚并着蹦跳，样子十分滑稽。天狗想笑，看师傅却一脸正经，笑声就化作痰咯出来。阴阳师定了方位，便口噙清水，噗地喷上柳叶刀刃，闭目念起“敕水咒”来。咒很长，主人在咒语的声乐里洒奠土地神位，师傅就直着身子过去，阴阳师问：“有水没？”师傅答：“有了水。”再问一句：“什么水？”再答一句：“长江水。”哐的一声，师傅的镢头在灰撒的十字线上挖出一坑。天狗寻思，堡子就在江边，什么地方挖不出水？！心里直想笑。

以十字灰线画出直径二尺的圆圈，挖出半人深，这叫起井，不能大，不能小，圆中见手艺，由师傅完成，完成了，师傅跳上来在躺椅上平身，喝茶吸烟，天狗就下去按师傅的尺码掘进。天狗手脚长，收缩得弓弓的，握一柄小镢，活动的余地太小，成百成千次用力使镢，很不得劲，是一项窝囊的劳作。越往深去，人越失去自由，像是一只已吐完丝的蚕，慢慢要将自身裹住气绝作蛹。下深到三丈五丈，世界为之黑暗，点一盏煤油灯在井壁窝里，天狗的眼睛渐渐变成猫的眼睛，瞳孔扩大，发绿的光色，后来就全凭感觉活着。

洞上的院子里，四邻的人来看打井。把式交识的人广，就十分忙，忙着喝茶吃烟；忙着讲地里的粮食收得够吃，要感激风调雨顺，感激现今政府的现今政策；忙着论说水井的好处，哪个木匠的井是十五丈，哪个石匠的井是二十丈，滚珠轱辘，钢丝井绳；忙着和妇女说趣话，逗一位小妇人怀里的婴儿，夸道婴儿脸白目亮，博取小妇人的欢悦。总之，有天狗这个出苦力的徒弟，师傅的工作除去起井和收井的技术活外，井台上他是有极过剩的时间和热情来放纵得意的。

天狗在井洞里做死囚的生活，耳朵失去了用处，嘴巴失去了用处；为了不使自己变得麻木，脑子里便作各种虫鸟鸣叫的幻觉来享受。虫鸟给他唱着生命的歌，欢乐的歌，天狗才不感到寂寞和孤独。企望着师傅在井口唤他，上边的却并不体谅下边的，只是在井口忙着得意的营生，师傅待天狗不苟言笑，用得苦，天狗少不得骂师傅一句“魔王”。停下来歇歇，看头顶上是一个亮的圆片，太阳强烈的时分，光在激射，乍长乍短，有一柱直垂下来，细得像一根井绳，天狗看见许多细微的东西在那“绳”里活泼泼地飞。他真想抓着这“绳”也飞上去。天狗突然逮到了一种声音，就从地穴里叫道：

“五兴，五兴！”

五兴是从县城中学回来的。学校里要举办游泳比赛。这小子浮水好，却没有游泳裤衩，赶回来向爹讨要，打井的把式却将他骂了一顿，说耍水还穿什么裤子，真是会想着法子花钱！“念不进书就回来打井挣钱！”五兴在娘面前可以逞能，单单怕爹。当下不作声，蹲在一边嘤嘤地哭。

天狗的声沉沉地从井洞里出来，把式就吼了一声："尿水子再流？！"自个下井去换徒弟，又嚷道井筒子不直。

天狗从井洞里出来，像一具四脚兽，一个丑八怪，一个从地狱里提审出的黑鬼。五兴一见他的样子，眼泪挂在腮上就笑了。

"五兴，你作什么哭，你是男子汉哩！"

"我爹不给我买裤衩，要我停学回来打井。"

"你爹是说气话呢。"

"爹说啥就是啥，他说过几次了。你给我爹说说，天狗哥。"

"叫我什么？我是你叔哩！"

五兴很别扭地叫了一声"天狗叔"。

大娃头满足地笑了。一抬头看见矮墙头的葫芦架上，跳上来一只绿翼蝈蝈，鼓动着触器嘶嘶地叫。一时旧瘾复发，蹑脚过去猛地捉了，给五兴玩去。把式的儿子也是顽皮伙里的领袖，抓逗蚂蚱、蝈蝈之类的班头，当下破涕为笑，回家向娘告老子的状去了。

师傅又爬出井，天狗又换下去。后来井口上就安了辘轳吊土。土是潮潮的，有着酸臭的汗味。天黑时分拉上一筐来，里面不是土，是天狗坐在筐里。一出来就闭了眼睛，大口吸着空气，赤赤的前胸陷进一个大坑，肋条历历可数。

一口井打过三天，师傅照样多在井上，而徒弟多在井下。师傅照样是忙，多了一层骂老婆和骂儿子的话。骂到难听处，胡家的媳妇说："让儿子念书到底是正事，韩玄子家两个儿子都写一笔好字，在县上干国家事哩。"把式说："念书也和这打井一样，好事是好事，可不是什么人都能干的，即使书念成了，有了国家事干，那三个月的工资倒没一个井钱多哩。"胡家媳妇说："那是长远事呀！"把式再说："有了手艺，还不是一辈子吃喝？！"说完就嘿嘿地笑，奚落那媳妇看不清当今社会的形势和堡子的实际。

胡家媳妇以和为贵，也不去论曲直是非，收拾好了井台，打出一桶清亮亮的水喝了半瓢，把一百二十元的工钱交给了李正。回转身看天狗，天狗却早走了。天狗听说五兴还没到学校去，就惦记着家里那几笼红脊背的蝈蝈，要拿给五兴显夸。

天狗的家门朝西，晚霞正照射在墙檐上。编织得玲珑精巧的六个蝈蝈笼——四个是竹篾的，两个是麦秆的——一起在黄昏的烦嚣里嘶鸣。天狗喜欢这类小生命，也精于饲养，没学打井之前，他干完地里活就在家闲得无事，口也寡淡，耳也寡淡，这蝈蝈之声就启示着他自得其乐的独身生活观念。如今打井归来，舒展展地在炕上伸一个硬挺，听一曲自然界的生命之音，便深感到很受活。这实在有诗的味道，可惜天狗文化太浅，并不知道诗为世间何物。

不用找，五兴倒寻上门了。这小子学习上不长进，玩起来倒会折腾，看见六个笼里的蝈蝈唱六部散曲，心热眼馋，忘记了自己的烦恼，竟将所有的蝈蝈集中到一个竹笼里，欣赏动物界的联合演出，果然就热闹非凡，声响比先前大了几倍。

“天狗叔，”徒弟的徒弟说，“这么多蝈蝈，你能说清哪一只是母的吗？”

天狗说：“能的。”

“是哪一只？”

“你去取个镜子放在那里，跳上镜面的就是母的，其余的就是公的。”

五兴乐得直叫。这时节，就听得堡子的南头有人喊“五兴”，五兴才想起要执行的任务，说：“天狗叔，我娘是让我来叫你吃饭的。”天狗说：“你个耍嘴的猴精，你娘哪里是在喊我？”五兴就急了，发咒说：“谁哄你叫上不成学！”天狗就换了衣服跟着去了。

到了师傅的门口，那女人果然一见儿子就骂：“牛吃草让羊去撵，羊也就不回来了？！”

天狗说：“五兴就迷我那蝈蝈。”

女人拿指头点天狗的圆额角，说：“你什么时候才活大呀，三十六的人了，跟娃娃伙玩那个！”

天狗在这女人面前，体会最深的是“骂是爱”三个字，自拜师在这家门下，关系一熟，就放肆，但这种放肆全在心上，表现出来却是温顺得如只猫儿，用手一扑索就四蹄儿卧倒。也似乎甘愿做她的孩子，有几分撒娇的腼腆，其实他比这菩萨仅仅小三岁。当下心里说：“你怎么不给我物色一个呢，有了女人我就长大了。”

饭桌上，师傅吃得狼吞虎咽。这把式是硬汉子，在妻子、徒弟面前自尊自大，一边剥脱了上衣很响地嚼着菜，一边将桌上的两沓钱，一沓推给天狗，一沓推给女人，说：“给，把这收下！”口气漫不经心，眉眼里却充满了了不起的神气。女人就把钱捏在手里。五兴给娘说：“娘，这么多钱，给我买个游泳裤吧。”做老子的就瞪了眼：“算了算了，指望你还能成龙变凤，你瞧瞧，天狗跟我三天，四十八元钱也就到手了。”女人叹了一口气，给儿子拨了一些菜，打发到院里去吃。

天狗觉得没了意思，饭也吃着不香，虚汗湿了满脸。女人让天狗把衫子脱了，天狗不肯，女人就说：“这么热的天，是焐蛆呀？”硬要他脱下不可。

做丈夫的生了气，说：“你这人才怪！不脱就不热晦，哪儿有你这样的人！”说罢也不看天狗。

女人尴尬，天狗更尴尬，三个人默默吃了一阵。女人直担心天狗要放下碗，就把菜往天狗的碗里拨，天狗忙起身说吃好了，和师傅说话。

“师傅，堡子南头来顺家的井几时去打呀？”

“人家没口信。”

“我夜里去问问。”

“罢了，他找上门再说。你回去，到时我来叫你。”

天狗起身走了，女人送到院门口，说：“早早歇着。”天狗说：“嗯。”女人又说：“没事了，就过来坐。”天狗还是“嗯”。走出很远回头一看，女人还站在门口。

天狗回到家里，夜里没有睡稳。无论如何，他是很感激这一家人的。师傅给了他赚钱的出路，师傅的女人又给了他体贴。对于一个健全的男人，天狗不免常会想着世上女人的好处，但一切皆缥缈，是怎么个好，好到如何程度，他缺少活生生的感受。到了现在，天狗急切切需要一个女人在他身边了，虽然他已经过了生理最容易冲动的饥饿年龄。

人一旦被精神所驱使，就忘却饥饿，忘却寒暑，忘却疲劳和瞌睡。这时的天狗就达到了这种境界。他的心、脑、血液和四肢都不肯安静，就从屋里走出来，提了他的蝈蝈笼子，走到街上，要做一种是悠闲也是无聊的夜游。

街上站着许多人，清一色的妇女。妇女是这个堡子最辛劳的人，往往在服侍了男人和孩子睡眠之后，她们还要纺织浆洗，收拾柴火，或者去江边挑水。但现在好多人家有了水井用不着再去挑水。这些妇女手里又没有什么活计，却都拿了擀面杖往堡下的江边去。天狗猛地明醒了什么，拉住一个妇女问道:“要月蚀了吗?”

回答是肯定的:“可不,天狗要吞了月亮!”

“天狗吞月”,这在当今城镇里的人眼里,只不过是平淡无奇的天文现象,这堡子里的人也多少知晓。但是,传统的民间活动,已经超越了事件本身的范畴而成为一种象征的仪式。这一现象并未失去神秘的色彩,从上古的时候起,堡子里的人都认为天狗吞掉了月亮,出门在外的人就会遭到不吉。于是妇女们就要在月亮快被吞掉之时,以擀面杖去江水里搅动,唱一种歌子,一直到月亮的复出。如今堡子的男人已不再为躲债而背井离乡,也不再逃匪乱远走高飞,但手艺人皆纷纷出去挣钱,家里的女人照例很注重这一天晚上的活动。

天狗看见了几乎所有手艺人的女人。

“师娘也在这人群中间吗?”天狗想着,看着妇女们走下堡子门洞,三百七十二个台阶上人影幢幢,天狗分辨不出。

门洞上的墙垣废了,荒草里有一块长条青石,天狗在上面坐下。三十六年前,堡子里一个男人出外逃丁,九月十二日夜正逢着今夜一样的月蚀,堡子里的活寡女人都去江边祈祷,那逃丁去了的妻子才到江边,肚子就剧疼,在沙滩上生下一个婴儿。这婴儿,就是现在的天狗。爹娘死后,差不多已经有了好多次月蚀出现,天狗每每看着女人的举动，只觉得好笑。今夜里，手艺人的女人们又去江边祈祷，保佑丈夫吉祥，已经做了打井徒弟的天狗，陡然间一种伤感袭上心头。

他死眼儿看着月亮。

月亮还是满满圆圆。月亮是天上的玉盘，是夜的眼，是一张丰盈多情的女人的脸。天狗突然想起了他心中的那个菩萨。

江边倏忽唱起了一阵歌声。歌声是低沉的，不易听清每一句的词儿，却音律美妙。天狗觉得这歌声是从天上降下来的，从水皮子上走过来的，心中好笑的念头消失去，充满了神圣的庄严的庙堂气氛。月亮开始慢慢地蚀亏，然后天地间光亮暗淡，以致完全坠入黑暗的深渊，唯有古老的乞月的歌声，和着江水缓缓地流。

天狗默默地坐在石条上，闭住了呼吸，笼子里的蝈蝈也停止了清音。

一个人，站在了门洞下的石阶上，因为月亮的消失，她看不清走到江边的路；天狗也认不清失了路途的人的面目。这人在轻轻地唱着：

天上的月儿一面锣哟，

锣里坐了个女嫦娥，

有你看得清世上路哟，

没你掉进了老鸦窝，

天狗瞎家伙哟。

声调是那么柔润，从天狗的心上电一般酥酥通过。当她第二遍唱到“没你掉进了老鸦窝”，夜空里果然再不黑得浓重，明明亮亮的月亮又露出了一角，那人就轻轻地笑了一下。

“师娘！”天狗看清了这女人，颤颤地叫一声。女人似乎也吃了一惊，抬头看见了天狗，说：“天狗，你怎么在这儿？”

“我来看你乞月的。”天狗也学会了说巧话，说过倒慌了，补一句，“师娘，你唱得中听哩！”女人骂道：“天狗，你别说傻话！”

天狗看见这女人有些愠怒，而且还要再往江边去，就说：“师娘，月亮已经出来了，你还去吗？”女人迟钝地站住了。

江边的歌声渐渐大起来，台阶上的女人又和着那歌声反复唱，天狗一时便觉得女人很美。今夜心里太受活，见了师娘越发不能自控，竟使起小小的聪明，认为这些女人万不该到江边水里去乞月看月出，手艺人家里都打了新井的，井水里看月复出，那不是更有意思吗？也就接口唱道：

天上的月儿一面锣哟，

锣里坐了个女嫦娥，

天狗不是瞎家伙哟，

井里他把月藏着，

井有多深你问我哟。

台阶上的那个就不唱了，说：“天狗，天狗，你要烂舌头的！”石条上的说：“师娘，我也需要一个月亮呢。”下边的那个就走上来，站在石条边：“天狗，你可不敢胡唱，这是什么时候？你没有月亮我知道，我就是来给你师傅求的，也是给你求的。”天狗说：“师娘说的可是真话？”女人说：“说假话，让天狗把我也吞了！”说天上的天狗却与地上的天狗名字同了，女人觉得失口，不自在地说：“我都急糊涂了！”

天狗却被冲动得完全忘却了在这女人面前的腼腆，又唱道：

天上的月儿一面锣哟，

锣里坐了个女嫦娥，

天狗心昏才吞月哟，

心照明了好受活，

天狗他没罪过哟。

“天狗，你是疯了？”

“师娘说天狗疯了，天狗就疯了！”

女人立时正经起来，不理天狗，天狗就软了，恢复了驯服腼腆的样子。女人见天狗老实了，就把一些重要事托付给他。

“天狗，你师傅近日有些异样了。”

“怎么个异样？为甚事吗？”

“他心重得很。先前没钱，钱支配着他，现在有钱了，钱还是支配着他。夜里回家常唠叨，挣上九十九，还要想法儿借一个，凑个整数，就嚷道不让五兴念书……你是他徒弟，你也好好劝说劝说你师傅。”

“五兴的游泳裤还没买吗？他已经几天没去学校了？”

“没有。五兴刚才睡时还在哭，你师傅又骂了他一顿。”

“我给师傅说说。”

“你快回去歇着吧，打了几天井，也不乏？月亮已经圆了，我要走了。”

女人说罢，悄没声地走了，她汇在了江边乞月归来的妇人群里，不可辨认了。街道上一阵人声嘈乱后，堡子里又沉沉静静。天狗并没有听从师娘的话，他不回去，守着那天上的月亮，慢慢地在长条石上睡着了。

菩萨脸一样的月亮照着。笼子里的蝈蝈得了夜的潮润，鸣叫清音，天狗没有听到。

黄麦菅

“五兴，五兴！”

天狗一上堡子门洞，就看见五兴在前面街道上走，走得懒懒的，叫一声，这孩子瞄见是天狗，竟不作答，转身钻到小巷去再不出来。天狗觉得奇怪，偏是个好事的鬼头，追进巷里，五兴面壁而站，拿指甲划墙。

“五兴，犯什么病，叔叫你也不理！”天狗拿手去扳五兴的头，五兴却把天狗的手推开，说：“天狗叔，你不要叫我，叫我我就要哭哩！”天狗就笑了：“你这没出息的男子汉，还是为你爹不给买游泳裤生气吗？你瞧瞧，叔拿的什么？”天狗手里亮的是一件艳红的游泳裤。

五兴却并不显得激动，抬脚就走，天狗一把扯住，知道一定有了什么事故，连声追问。五兴说：“这裤衩用不着了，我爹让我打井哩。”

天狗听了，就给五兴道着不是，怨怪自己还没有来得及完成师娘的重托，这井把式就专横独断了。“五兴，我给师傅说去，我和他打井能忙得过来，用不着叫你回来！”

五兴说：“我爹不会见你。”

天狗说：“这你甭管，师傅在家吗？”

五兴说：“爹不让我说给你。”

五兴虽小，却有他娘的德行，看着天狗，眼泪就流下来，天狗骂他“流尿水儿”。这孩子却说：“天狗叔，你以后还让我去你家玩蝈蝈吗？”天狗点了点头，取笑这小东西尽说多余话，五兴却跑出巷再喊也不回头了。

天狗一脸疑惑，来到师傅的家门口，菩萨女人脸色有些浮肿，出来招呼他，当下心里着实慌了。说起五兴的事，女人长长出了一口气，一脸苦相。

“师傅呢？他怎么真的就不让五兴念书了？”

“他在来顺家打井，一早就走了。”

“师傅不是说要等来顺家请吗？”

“……”

“怎么没给我吭一声？”

女人看着天狗，说：“天狗，你一点还不知道？”

“出了什么事？”

“他现在不是你的师傅了。他说他好不容易学了打井这手艺，不愿意让外人和他在一个碗里扒饭，要挣囫囵钱，就让五兴替了你……”

“这是真的？”

女人说：“……昨日一早到今天，我就盼着你来，又害怕你来……”

天狗站在那里没有说话。他的眼睛避开了女人的脸，从口袋里摸出烟来点上，发现太阳光的照射下，落在地上的烟缕竟红得像蚯蚓的血。

矮墙那边的邻家院子，媳妇在井上吊水，辘轳把儿发出吱扭扭的呻吟。

“你把那裤子退了吧，天狗，你也再不要来见他，你墙高的大人，有志气，也不是离了他就没得吃喝的……”

天狗看着女人的痛苦，反倒不感到自己受了什么沉重的打击，越发懂得了这女人的好心肠，就沉沉静静地对女人笑笑，说：“师娘，这没啥，师傅这什么做，我想得开，我不恨他。他毕竟还领了我一年时间。现在我要离开他了，只是担心让五兴停学去打井，这终不是妥事。五兴还小，总恋着这裤子，就留给他，我还是要常常来这边呢。”

女人很感激地送天狗出来，过门坎的时候，掉了几滴眼泪。槐树上的一只鹁鸪在叫，女人说：“天狗，这鸟儿叫得真晦气，你将它撵了去。”天狗最后一次听师娘的吩咐，一石子将鹁鸪打飞了。鹁鸪飞在他头上的时候，撒下一粒屎来，落在他的肩上。女人一边替他拍去，一边说：“你再找找别的什么事干干，男子汉要有志气，要发狠地挣钱，几时有了钱物色了女的了，过来给我说一句，我给你料理。”

天狗苦笑笑就走过了，但他并没有回去，却极快地走到了街道，他害怕街道上的人看出他的异样，信步出了堡子，一直上了后山，睡倒在密密的黄麦菅草丛里。天狗长久地不动，想心思。

山梁上有割草的人，拉长着声调在唱花鼓：

出门一把锁喂，
进门一把火喂，
单身汉子我好不下作喂。

床上摸一摸嘞，
摸出个老鼠窝嘞，
单身汉子我好不下作嘞。

锅洞里捅一捅哟，
捅出个大长虫哟，
单身汉子我有谁心疼哟。

天狗想，这单身汉子真恓惶，我天狗离了师傅，没有了惦我牵我的师娘；先前也是糊糊涂涂过了，好容易得到了一点女人的疼怜，从此失去，往后的日子怎么过呢？

山坡上起了风，风在草丛里旋转，天狗被黄麦菅埋着。草原来并不纷乱，根根纵横却来路清楚，像织就的一张网，网朝下是套住了他天狗，网朝上又套住了天。黄麦菅在风里大部倒伏之后，天狗就显现出来，他又在作想："钱真是个坏东西，没它的时候，它让人狼狈不堪；有了它，它又这么无情地害人。"想着，心里闷闷的，天狗不是有愁睡不着的人，恰巧相反，越愁闷越瞌睡，竟睡着了。

远处的天边有了沉沉的雷声。

但雨并没有落下来，天狗一觉醒来，听见了一片快乐的清音。原来，他的腿上、胳膊上、整个胸膛上都爬满了绿翼红肚的蝈蝈。蝈蝈是不生分他的。顺手捉了几只，装在口袋里。天狗静静立了一会，突然获得了一种豁达的心境，就自己给自己那么笑笑，完全又是一个往日的天狗了。

在天狗的屋子里，天狗是不缺吃的，也不缺喝的，他只是缺钱没能娶个女人。天狗虽然没读过小说，但小说作者编造的那些故事，也有些能在天狗的生活里发生。比如，当他在蚊帐里躺着，喷出一口烟去，蚊帐顶上的蚊子在烟里翻动，天狗也会把蚊子看作仙鹤，消受那翩翩飞翔的乐趣。这时候，他就想起许多事，甚至骂过师傅，虽然师傅已不是他的师傅，但天狗惦念的却是师娘。故隔三隔四，天狗仍要去那个家的。

天狗有一件宝贝越来越不能离身，这就是蝈蝈笼子。每每一到这家门口，就戳弄得蝈蝈嘶嘶地叫，喊“五兴，五兴”。喊的是“五兴”，跑出来的却是另一个人。

“天狗，又是什么好蝈蝈？”

“师娘又忙甚事了？”

师娘说：“天狗，玩蝈蝈可不是大人的事，你不会干点儿别的赚钱营生吗？”

天狗又总是腼腆地笑笑，心里却说：“蝈蝈不是大人玩的，有做了孩子娘的却爱看嘛！”

“师娘，你要我干什么营生呢？”

“你是男人，你倒问我？！你攒不下钱，就是攒下了，这么浪荡上了心，看哪个女的嫁你，女人最小瞧浪子呢！”

这话说得正经八板，天狗就不言语了。

天狗十天里再没到师傅家来，他睡在自家的土炕上，百无聊赖，唱堡子里流传了几代的一首情歌：

庭当门上一树椒吔，
繁得股股儿弯了腰，
我去摘花椒。

长棍短棍打不到吔，
脱了草鞋上树摇，
刺把脚扎了。

叫声姐儿来把刺挑吔，
狠心的拿来锥子刨，
实实痛死了。

这歌子不能说是给师娘唱的，但也不能说不是给师娘唱的，反正天狗下了决心，要正经地干一样营生。他去拜木匠为师，木匠拒绝了；去拜泥瓦匠，泥瓦匠也不收他。匠人们有自己的儿子和女婿。在现今的农村，他们要保护和巩固他们自家长久得以富裕的手艺。于是，天狗索性带了全部积存，上省城去了。

在堡子里，天狗是能人，能说能道能玩；到城里，天狗则不行。街道宽宽的，天狗却贴墙根走，街上谁也不认识他，他也眼睛羞羞地不敢看别人。师娘老说他是白脸子，在这里，天狗的脸就算不得白了。在城里人的眼光里，天狗是个十足的“稼娃”。

当然，这一切袭来的惊恐和羞耻，主要来自他天狗自身。他也意识到了自己来到这个地方，首要的是自己得战胜自己。天狗可不是一名哲人，这种思考却大有哲学意味。

“城里的女人都是仙人。”天狗夜里睡在旅馆，脑子里充满了白天的见闻。“师娘才是一个女人。”这鬼念头一占据头脑，天狗就有天狗的逻辑。“仙人是在天上的，供人敬的拜的，女人才是地上的，是水，是空气，是五谷粮食。”天狗需要的是师娘这样的女人。

那一张菩萨脸是他心上的月亮，他走到哪里，月亮就一直照着他。第三天里，他看见许多人都在一家商店抢购一种衬衣，衬衣极其便宜，他便想到若买一批回去，一件加二元钱，堡子里的人也会一抢而空。天狗凭着山里人的力气，挤到了柜台前，但掏钱的时候，才发现钱被人偷去了。

天狗痴了，坐在车站独自流泪。无钱做营生，无钱买返回的车票，而且肚子饥得前腔贴了后腔。饥不择食，天狗沦落到去附近的食堂吃人剩饭。食堂服务员恶语相赶，他道了原委，一个女服务员才同情了他。

“那你怎么回去呀？”

“我不知道。”

“你愿意在这里帮忙刷碗吗？一天付你二元钱。”

天狗的命好，又遇到了菩萨女人，他于是做了临时工。

天狗干活是不偷懒的。但刷洗用的是抹布，连个刷子也没有。问起女服务员，回答说，城里什么都有，就是缺这玩意儿。天狗就笑笑，认为城里还是有不如山里的地方——那堡子后边的山上，满是黄麦菅草，将草根扎成一束，他们世世代代就用它刷洗锅碗。但天狗没说出口，怕人家笑话。夜晚，食堂关门，别人下班，天狗就睡在车站候车室椅子上。

这天食堂关门之前，天狗以挣得的钱买了酒喝，喝醉了，趴在桌上成了烂泥。店里的人都怨怪这山里人。那女服务员则一一劝说，末了一个人守着店门等他醒来，因为让一个临时帮小工的夜宿店里，店规是不允许的。

天狗醒来，已是半夜，他已躺在了三个长凳拼成的床上，床边坐着一个娇小的女人。

“师娘！”天狗叫。

“还没醒吗？又说醉话！”

天狗立即就全醒了，从床上坐起来，悔恨交加，不敢看女服务员。

“这下醒了吗？”

“真对不住你……”

“醒了就好，你到候车室去吧，我也该回去了。”

女服务员锁了门。对于她的温柔、宽容、同情，天狗非常感激，同时也感到自己作为一个男子汉的无能、龌龊、羞耻。

“我明日该回去了。”天狗说。

“车钱够了吗？”

“够了。”

“回去也好，你往后寻个事干吧，喝什么酒呢，你走吧。”

天狗却并没有走，木木讷讷地要说什么，却说不出来，天狗突然拙口了。女服务员已经走远，他才发急地叫了一声：“我还想来的！”女服务员回头说：“还来？”他说：“你不是说城里缺锅刷吗？我们那儿满山都是黄麦菅，用根做刷子好使着哩，我回去做一担来卖，行吗？”女服务员眼里放光了：“这倒是门路，光城里饭店就需要得多了，天狗寻着钱路啦。”

天狗回到堡子，当真就在后山上挖黄麦菅。山上的草窝是养天狗的心的。他可以打滚，可以赤着身子唱，还有在他身前身后飞溅鸣叫的蚂蚱、蝈蝈。

一担刷子，果然在城里卖了好价钱，城里人不知这是什么原料做的，问天狗，天狗不说。再一次回到堡子，又是在后山上刨草根。

山上来了好多孩子捉蝈蝈，五兴也来了，他当了小小的手艺人，说："天狗叔，你好久不去我家了。""我进城了。""进城要花钱，你有钱了？""我也是手艺人。""什么手艺？""编刷子。一个卖二角钱。""天狗叔有钱了，就不到我家去了。"

天狗听了，心里就隐隐作痛，问道："五兴，你娘好吗？"五兴没听见，跑到一座坟头上嚷叫发现了一只红蝈蝈。

天狗突然很想五兴的娘，是这菩萨的话，才促使他天狗到城里寻了活路。当他再一次从城里返回时，就去了师傅家。

井把式并没有不好意思，因为天狗现在也是手艺人了，也挣了钱，做师傅的心里也就不存在内疚不内疚。女人是喜欢的，多少显出些轻狂，待天狗如贵宾，吃罢饭锅也不洗，坐在炕沿上和天狗说话：

"天狗，城里是什么鬼地方，烂草根也能卖了钱！"

"师娘，明日你也去刨黄麦菅根吧。"

“我的爷，你好不容易寻了一个钱缝，我就挤一条腿去？”

“山上有的是草，城里需要得又多，我还怕你夺了我的饭碗？”

把式脸上就不自在了，喊五兴去打井水给他擦身，五兴趴在炕上正看一本书，听见了装着不理会。天狗说：“师傅，五兴这孩子是个慧种，我还是我那老话，让他去念书的好。”

把式说：“已经停学这段时间了，还念什么书？你瞧瞧，你现在也成了手艺人，钱挣那么多，我父子俩怕也顶不住你，还敢剩下我一个人？”

女人见天狗也说不通男人，就问城里的孩子都干什么，末了说：“五兴脑子是灵，只是有些慌，孩子或许将来能干个大事，现在只好在地里打窟窿了。”

把式是听不得作践打井手艺的，何况在一个新发财的外人、自己原先的徒弟面前，就骂女人：“打窟窿咋啦？就这打窟窿可以打一辈子，是给五兴留的铁打一样的饭碗！”骂过了，不屑地对天狗说，“天狗，你说是不？我这手艺长久，还是你那生意可靠？”

天狗说：“当然师傅的长久，我这是抓个便宜现钱。可我也是没了办法，要是我天狗有文化，我肯定去育蘑菇了。你听说过吗？东寨子的王家育鲜蘑菇，存了三万元了。人家就是高中生，他弟弟又是医学院毕业的，提供技术，搞的是科学研究哩。”

井把式就不再吱声，吸了一阵烟，跄蹴到院中的捶布石上想心事去了。

女人极快地给天狗挤挤眼，天狗懂得这女人眼里的话，也就到院里，把五兴叫出，说：“五兴，你说想上学还是不想上学？”五兴说：“想。”井把式却冷冷地说：“我知道了。你去吧，咱家的井水浅了，下去淘一淘，淘出沙我在井上吊，水不到腿根，你不要上来。”

女人的脸都变了颜色，说：“你是疯了，他一个人能淘了井？”井把式瞪了一眼，只是对五兴说：“下去！”五兴不敢不下去。

这家人地处居高，井是深到二十二米才见水的，固井底是响沙石，水浸沙涌，水就不比先时旺。五兴脱了衣服，只留下裤衩，手脚分开，沿湿漉漉的井壁台窝下去，就像被吞食在一个巨兽的口里。三个大人站在井台，望着那地穴中的一潭水亮，看黑蜘蛛一般的孩子站在水里，一切都处于幽幽的神秘中。水声，吭哧声，即从那里传了上来。

辘轳将井绳垂下去，拉得直直的，它在颤抖中变硬，井把式把一筐沙石吊上来，井绳再垂下去。一筐，二筐……十筐，二十筐。井下的喊：“爹，有一块大石头。”井上的说：“淘出来！”“石头太大，我装不到筐里。”“装不进也要装！”“爹，我手撞破了。”“手离心远着哩。”井上的还说，“好好淘，把嘴闭上！”“我闭上了。”“闭上了还说话？！”

做娘的不忍心了，扳住辘轳说：“你要失塌了五兴？”男人把她推开了。

井台边已吊上了老大一堆沙石，把式的腿也站酸了，胳膊摇辘轳也乏了，坐下来吸烟。五兴还在井下干着，井壁上一块沙土掉下去，正好砸在他的腿上，五兴终于受不了，在下边呜呜地哭起来。天狗说：“师傅，让我下去淘吧？”把式没言语，黑封了脸，让五兴上来，上来的五兴成了怪胎，坐在那里是一丘泥堆。

井把式说：“五兴，知道了吧，打井不是容易的事，你要念书，你就去把墨水狠狠往肚里倒，若念不好，你就一辈子吃这碗饭！”

女人背过身抹了眼里的泪水，就钻进厦房的锅台上去刷碗。刚跨进那门坎，就听她锐声喊天狗来厦房地窖里舀苞谷酒。天狗跑进去，见女人满脸生辉，就说：“要喝庆贺酒啦，是谢师傅，还是谢我？”女人说：“你说呢？”天狗揭了窖盖，要下去了，女人点着灯交给他，说：“你瞧瞧，你这师傅，要说坏他也坏，要说好他也好。”天狗说：“师傅是坏好人。”一缩身，钻进窖里去了。

秋 天

九月三日，是天狗的生日。天狗属鼠，十二属相之首。三十六岁的门坎年里，却仍是一种忌讳影子般摆脱不掉，干什么事都提心吊胆。

去年的九月三日前几天，大姨就早早提醒着他。

说起来，天狗在这事上够可怜的。王家的里亲外戚，人口不旺，正人也不多，爹娘下世后，大半就断绝了来往，小半的偶有走动，也下眼看天狗不是个能成的人物，情义上也淡得如水。他是舅家门上最大的外甥，舅死的时候，他哭得最伤心，可给舅写铭旌，做第一外甥的天狗，名字却排不上。已经死去的三姨的儿子在县银行当主任，有头有脸有妻有子，竟替换了天狗，天狗那时很生气，人没了本事，辈数也就低了。于是又跪倒在舅的坟前哭了一场。从此只和大姨感情笃。

大姨是天狗娘的姊妹里唯一幸存者，该老的人了，没老，她说是“牵挂天狗”的原因。牵挂天狗，最牵挂的是天狗的婚姻。眼看着天狗三十五岁上婚姻未动，就更恐慌三十六岁这门坎年，便反复叮咛这一年事事小心，时时小心。并一定要天狗在生日这天大过，以喜冲凶，消灾免祸。

给天狗过生日的，不是别人，却是师娘。她前三天就不让师徒二人去打井，九月初三里七碟子八碗摆了酒席。

席间，大姨从江对岸过来。她先去天狗家里未找到天狗，来这里看着席面，倒说了许多感恩戴德的话。当时就将所带的挂面、面鱼放在柜上，又将一件衫子、一个红绸肚兜、一条红裤带交给天狗。这种以婴儿过岁的讲究对待三十六岁的天狗，天狗当场就笑得没死没活。大姨一走，他就要将这些东西让给五兴，师娘恼了脸，非叫他穿上不可。那神色是严肃的，天狗就遵命了。

现在，危险的一年即将完结，大姨又从江对岸过来，见天狗四肢强健，气血红润，念佛一般喜欢，说："看来你是个命壮的人，门坎年里没出大事，往后就更好了。"大姨说到快活处，就唠叨这王家总算没有灭绝，想起早死的姊妹，眼圈就红了。

"天狗，生日一过，就要动动你的婚姻了。阎王留姨在人世，姨不看着你成亲，姨就不得死去。你给姨说，这一年里，还没有物色着一个吗？"

天狗说："没有。"

姨说："姨给你瞅下了一个，是个二婚，人倒体体面面，又带一个三岁娃娃，是春天离的婚，不知你可中意？"

天狗说："姨也糊涂了！我还见都没见过这人，怎么好说愿意不愿意？"

姨说："那你说说，你要啥样的女人？"

天狗支吾了半天，还是说不出口。大姨就拧了他的耳朵："这羞什么口。三十六七的人了，提说女人还脸红，心窍不开！"天狗在心里直笑大姨，天狗有什么不知道的！但听了大姨的话，却越发做出不好意思的样子，表明天狗是心实的人。不想弄巧成拙，大姨倒长吁短叹，再不问他。天狗终于耐不住了，说："姨，有五兴娘好吗？"说完就屏住了气。

大姨说："没五兴娘的性儿软，却比五兴娘要年轻呢。天狗，你不懂女人，栽红薯要越大越好，讨女人是越小的越金贵哩。"

天狗做出没听懂的样子。

大姨就扳过天狗的肩，发现肩背的衣服裂了一个口子，拿针缝着，说："那寡妇有个娃，有娃也好，不是亲养的也不见得对咱不孝。我对那寡妇提说了你，人家倒愿意，只是说她娘家有个老娘和一个小兄弟，平日靠她养活。她要再嫁，得给娘家出些钱。你现在手里攒了多少？"天狗说："有三百。"大姨说："那是老虎嘴里的一个蝇子！你还要好好攒钱哩。"天狗心就凉了，说："既是这样，也就算了。"大姨倚老卖老，说："算什么着？这事你要不失主意！你是不吃糖不知糖甜，女人好处多哩，白日给你做饭，夜里给你暖脚，给你做伴说话，生儿育女，你敢再打马虎？几时我来领你去相看人家，把人先订下，钱你慢慢攒。"

三天后，天狗去见了那寡妇，人虽不是大姨说的光彩照人，却也整头平脸。回来将这事说给五兴娘，菩萨欢喜异常，说：“这总算有了着落，天狗，你咬着牙，这几个月多出些力，手头把自己吃喝刻苦些，好生攒钱。”天狗说：“那女的就是心太重，她不是为着找男人，倒是寻债主的。”女人说：“哎，做妇道的，就是眼窝浅；可也难怪，啥事妇道人家都得前前后后地想得实在啊。”天狗说：“师娘就不是这样！”师娘就笑了，骂一声“天狗贫嘴”。天狗是贫嘴，天狗不会文绉绉说甜蜜话，冷丁就冒一句“酸话”，冒过了龇着白厉厉的牙笑。天狗又说：“我跟她怎么总热火不起来？”女人瞧他说得认真，用白眼窝瞪着天狗：“你嫌人家是寡妇？”“这我倒不嫌弃。师娘，就是有比她再大的，只要人好，我还愿意哩！”话一出口，女人变了脸，天狗也觉得说漏了，两个人很是一阵别扭。女人就说她要去后山割黄麦菅晒柴，天狗也便起身走了。

临出门，女人叫住天狗，说：“天狗，夜里你擦黑就来，我给你擀长面吃。”

天狗说：“哟，日子真是过富裕了，晚上也吃长面？”

女人说：“不光长面，还有红鸡蛋呢！你想想，明日是什么日子？”

天狗猛地记起明日是自己的生日，脸就红了，说：“师娘，我天狗没爹没娘，只有你记着我的生日，天狗不知怎么谢你呢！”

女人说："瞧瞧，贫嘴又来了，天狗学会了不实在！"

天狗说："我说的没一句不是心上来的。师娘，只要有你这一句话，天狗什么都够了。天狗能活九十九！至于过生日嘛，我看算了，现在既然已经不是师傅的徒弟了，还要你操心？"

女人说："哟，媳妇八字还没一撇，就跟我说起外人话来了？怕也是我给你过的最后一个生日，等你成了家，明年我清清净净去你家吃那妹子擀的长面哩！今日无论如何要来，门坎年完了，也给你贺一贺！"

女人说着，眼里就媚媚的动人。没出息的天狗最爱见这眼光，也最害怕，他是一块冰做的，光一照就要化水儿了。

天狗回到家里，情绪很高。在屋檐下站着看了一阵嘶鸣的蝈蝈，就想着师娘的许多善良。想到热处，心里说，这女人必是菩萨托生，每个人来到世上都是有作用的，木匠的作用于木，石匠的作用于石；他师傅生来是作用于井，我天狗生来是作用于黄麦菅，而这女人则是为了美，为了善，恩泽这个社会而生的。天狗如此一番的见地，自己觉得很满意。忽然又想，菩萨现时要到山后去割草晒柴，那么细脚嫩手的人，能割倒多少柴火？我怎么不去帮她？就拿了镰往后山走去。

后山上的草遍地皆是，将近深秋，草叶全黄了。黄麦菅一成熟，就变得僵硬，黄里又透了金的重色，风里沙沙沙作响。天狗站在草丛中，四面看看，却没见那女人出现，就弯腰砍割了一气，把三个草捆子扎起来立栽在那里了，他想等女人走来，出其不意地从草捆后冒出来，吓一吓她。

可是菩萨没有来。

天狗就拿了镰，走到一个洼子里的小泉边磨。水浅浅的，冲动着泉边的小草颤颤地抖，几只蚰蜒八脚分开划在水面，天狗的手已经接近了，它们还沉着稳健不动，但才要去捉，它们却影子一般倏忽而去。天狗用镰在水里砍了几砍，就倒在泉边的草窝里。看着一面干干净净的天，想着丹江对岸那个白脸子小寡妇，想着耸着奶子正在家擀长寿面的菩萨，心里就又一阵美，像是坐了金銮殿充皇帝老儿。天狗这些年里有了爱唱的德行，这阵心里便涌涌地想唱，便唱了：

想姐想得不耐烦呐，
四两灯草也难担呐，
隔墙听见姐说知话哋，
我一连能翻九重山呐。

天狗唱完，兴致未尽，就又作想：这歌声谁能听到？于是就想起另一位，拟着口气唱道：

郎在对门喊山歌，
姐在房中织绫罗，
我把你发瘟死的早不死的
唱得这样好哟，
唱得奴家脚跛腿软腿软脚跛，
踩不动云板听山歌。

唱过了，天狗也累了，一边拿眼看山下的路，路上果然跑上来一个人，天狗认出那是师娘，偏不起身，只是拿歌子牵她过来，那女人也就发现了他，立着大喊：“天狗，天狗！”

声音有些异样，天狗就站起来了。

女人也看见了天狗，就用哭腔喊叫：“天狗，快来呀，你师傅出事啦！”

天狗立时停了歌声，也停了笑，拔脚跑下去，女人说：“你怎么到山上来了。到处找不着你！你师傅打井，井塌了，一块大石头把他压在下边，人都没办法救，你是打过井的，你快去救他啊，他毕竟做过你的师傅，天狗！”

天狗的血轰地上了头，扭身往堡子跑。女人却瘫在地上不能起来。天狗又过来架着她，飞一样到了刘家。刘家的院子里拥满了人，原来井打到二十五丈，出现一块巨石，师傅用凿子凿了眼，装炸药炸了，二次返下井去，石头是裂了，却掏不出那一块大的，便从旁边挖土，土挖开了，只说那石头还是不动，就在下边用撬杠橇，不想石头塌下去，将他半个身子压住了。井上的人都慌了，下去又不敢撬石头，害怕石头错位伤了把式的性命，消息报给五兴娘，女人就四处找天狗。

天狗当即下井，师傅已经昏死过去了，石块还压在下身。他一边喊着“师傅”，一边刨师傅身下的土，又急，又累，又害怕稍不小心石头再压下来，好不容易把师傅拉出来，血淋淋地背在身上爬上井台。

几天几夜的抢救，井把式的命是保住了，保不住的却是他腰以下的神经。一个刚强的打井手艺人，从此瘫在了炕上，成了废人。

做农民的，什么都不怕缺，就怕缺钱；什么都应该有，就是不敢有病。天狗的师傅英英武武打了几年井，如今打到这一步，这家人就完全垮了。女人在医院侍候了丈夫三个月，伤心落泪，眼睛肿烂，口舌生疮。天狗没有吃上那生日的长寿面，在后山上割倒的黄麦菅柴火也让谁家的孩子背走了。他再没有上山刨黄麦菅根，当然也再没有进省城。为了师傅的伤病，天狗和师娘背了把式住国营的医院，也找了民间的郎中。井把式还是站不起来。师傅的心也灰了，在炕上老牛似的哭，拿头往墙上撞。好说好劝，这要强心重的汉子才没有自尽，却日夜伤心悲观，把脑子也搞坏了，显得痴痴呆呆的。

几个月的折腾，女人就失去了往常的光彩，形容憔悴，气力不支，蹲下干一阵活起来，眼前就悠悠地浮一片黑云。更使她备受折磨的是家里的积蓄流水似的花去，日渐空虚，又不敢对丈夫半句高声，常在没人处哭。

天狗看着，心里如刀扎，想自己不能代替了师傅。师傅是有长久手艺的人，能代替他瘫在炕上，这个家就不会这般受罪；看着师娘如此可怜，比天狗自己瘫在炕上还要难受。可天狗不是这家的人，只能在炕头劝说师傅，在院里安慰女人。帮着种地、喂猪、出圈粪；出外请医生抓药，就拿自己的钱来支应。

一场事故，把人囫囵地改变了性格。井把式褪了专横，女人变得刚强，天狗说过“有了女人就长大了”，现在没个伴他的女人，天狗也长大了。

这天，天狗又割了几斤肉和豆腐提来，女人说：“天狗，你要总是这样，我也就恼了！这家里成了无底的黑窟窿，你有多少积存能填得满？！”天狗说：“师娘，现在就不要说这些话，我一个人毕竟好将就。”

女人说：“你也不是有金山银山，这么长时间也没去做刷子卖，你是另有什么手艺不成？你把钱花光了，那江对岸的女的怎么娶得回来？”

天狗没有给师娘说明。前天夜里，大姨又过江来找了他，说是那小寡妇有了话，问这边钱筹得怎样，若月底还是拿不出一千元，她就不再等了，有钱的几个光棍都在托媒了。天狗生了气，说：“看谁钱多让她给谁去。我有一千元，一千元我天狗可以买十头猪给师傅补身子哩！”话说得难听，大姨好生骂了一顿，问他想不想要个儿子。天狗说得更粗野：“我一千元放在那里，生的也是钱儿子！”大姨气得脸色煞白，吵了一夜，不欢而散。

师娘当然不知道这件事，还是说：“天狗，眼看就是三月三乡会了，女婿都走丈人，你虽说没结婚，却也该到对岸那家去。这肉既然买回来，咱就不要吃，我夜里再蒸二十个馍，你明日提前去走走吧。”

天狗听了，一时心火上攻，竟忘记了自己是在这苦难的菩萨面前，焦躁地说：“我不去！”

女人说：“你敢胡说！”

瘫了的师傅在上屋土炕上全听见了，就敲着炕沿叫天狗，天狗进去，师傅说：“你怎能不去？你想老死了做绝鬼？！”说罢拉天狗坐下，缓了口气又说：“师傅现在是没用的人，别的话你可以不听，只要你听一句，明日乖乖去江对岸，这身上衣服也成油匠穿的了，夜里让你师娘洗一把，唵！”

天狗这才说了实话：“人家早不成啦！”

说完也不再解释，走出门，一直从院子里走出去了。

井把式和女人倒一时愣了，末了女人就哭出声来。

夜里师娘来到天狗的家里，问清了原委，知道一切因自家的拖累所致，就连连叫“造孽！”骂天狗不该为她家花了积存，又骂小寡妇认钱不认人，下贱坯子。天狗见女人骂自己，越发觉得这女人贤惠可敬。女人骂着骂着，就骂了自己，哭泣不止。

天狗立在那里倒真像个手足无措的孩子。

女人说：“天狗，是我家害了你，这我和五兴爹一辈子有赎不完的罪。事情落到这田地，我家里是空了，你也空了，即使你天狗还有分文，我也不让你再往我家里贴赔。可这个家，有出的没入的，啥事都要钱，我思谋了，还是让五兴回来干干别的事吧。”

天狗说：“师娘，这使不得。五兴先头耽误了几天学习，好不容易让他复了学，就是再穷再苦，也不敢误了五兴的学业。”

女人怎不明晓这层道理。可妇道人家是一副软心肠，经天狗一番道理之后，同意了不让五兴停学。可回到家里，一进屋，眼看着狼狈不堪的丈夫，一颗心又转了。这对中年夫妇一夜没有睡好，一会儿决定让五兴停学，说停学好；一会儿又不让停学，说不停学好。拉屎撒尿做不了主，井把式就大声吸着鼻子，哭了：“这都是我害了你们娘儿，害了人家天狗，我怎么就不死呢！你给我买包老鼠药来，让我喝了，反正活着没用，也不花钱吃药了！”女人听了这话，两股眼泪流下，说道：“他爹，你别说这话，家里人嫌弃你了吗？你就是睡在这里任事不干，你也是这一家的定心骨。你要再说这话就是拿刀子杀我。你是还嫌我心没伤透吗？”男人就再不作声。

夫妇俩自结婚以来说了这最多的一场话，才各自深深体会到对方的温暖；生活的苦绳拴住了一对蹦跶的蚂蚱，他们谁也离不得谁。夜深了，油灯在界墙的灯窝里叭叭地响过一阵，油尽灯灭，女人重要点灯，男人说：“算了。”为了省下一根火柴和一盅油，黑夜里泪眼在闪着光。男人被平放着睡下了，失去了知觉的双腿日渐萎缩，女人在被窝里为他揉搓，活动血脉，在扳着下身为男人翻了几次身后，女人就脱得光光的猫儿似的偎在丈夫的身边睡着了。睡到四更，女人突然被男人摇醒，她叫道：“你咋没瞌睡？”男人说：“我睡不着，我有一件事想给你说哩。”女人就坐起来，拥着被子，被子的一角湿漉漉的，是男人流下的眼泪。月光从窗棂里昏昏地照进来，女人看着丈夫一张被痛苦扭歪的脸。

男人说：“我好强了一辈子，也自私了一辈子。和你做夫妻了十几年，我没有好好待你，这是我现在一想起来就心愧的事。我现在是完了，到死也离不了这面土炕了。人常说‘病人心事多’，我是终日在想，啥事都想过了，想过死。你骂了我，你骂是对的，我也没脸面再去死，我就活着吧。可咱家里，总不能这样下去啊，五兴他娘！因此上我就思想，你可以不离开我，我还是你的男人，但世上都是男人养活女人，女人怎能养活了男人？那南北二山就有‘招夫养夫’的……”

女人静静地听男人叙说，越听越有些害怕，听到最后，一把将井把式的口捂住了，说：“我不听，我不听，你睡在炕上胡想了些什么呀！”眼泪叭叭地掉在被面上。

招夫养夫，深山里是有这种习俗的。平日里菩萨女人也听说过这种事例，只当是一种新闻、一种趣谈。现在丈夫竟要她充当这事例中的角色，她浑身痉挛，抖得像筛糠。

男人见女人如此悲凄，自己也裂心断肠，长吁短叹，说：“我这样说，是我这男人的羞耻。可你不让我死，又不这样，你是让我睡在这里看你受苦受难，我不死在绳上药上，也会用心杀了我自己！”

女人就扑在男人身上，泣不成声：“只要为了你，我什么都可以做得，可你让我招夫，我到哪儿去招？哪个单身男子肯进咱的门？就是有人来，好了还罢，若是个坏的，待你不好，那我哭都没眼泪了！”

夫妇俩抱头哭到天明。天明的时辰，听见远远的后山上有狼的嚎声，犹如人在呼号。

清早，女人又要去后山割草、晒柴，男人叮咛说到阳坡割，不要去阴洼，若遇见什么狗了，先“狼，狼！”叫喊试探，以防中了狼的伪装；若不慎惊撞了马蜂，万不要跑，用草遮了头脸就地装死。女人一一记在心上，走了。男人见女人一走，就在家大放了悲声，惊动了街坊。有人进来，他就求人去把天狗找来，说他有话要叙说。

天狗苦苦闷闷窝在家里，什么事也慌得捏不到手里，就无聊地编织起蝈蝈笼子来。三月的蝈蝈还没活跃，没有清音排泄他的烦愁，就痴痴看着空笼出神。他到了师傅的炕边，以为师傅又要说让五兴退学的事，便说：“师傅，有我天狗在，我天狗就永远是你的徒弟，我不是那喂不熟的狗，我天狗是没大本事的，可我不会使师傅这一家败下去，无论如何，五兴要让他好好念书。”

师傅说：“天狗，也怪我先前瞎了眼窝，没让你跟我继续打井。人就是这没出息的，只有出了事，才会明白，可明白了又什么也来不及了。你给师傅说，江对岸那小寡妇真的吹了？”

天狗说：“吹了，那号女人只盯着钱！甭说她不愿意了，就是她那德行，十七、十八的开的是一朵花，我走过去拾一片瓦盖了理也不理。你想想，要是师娘也是那样人，她不知早离开你多长日子了。”

师傅说：“唉，你师娘是软性子，受了我半辈子气，可她心善啊，逢着这样的老婆，我李正什么也就满足了。可如今，她受的苦太重，毕竟是一个妇道人家，地里没劳力，里外没帮手，不让五兴退学吧，要吃要喝又要花钱，还加上侍候我这废人，一想到这，我心就碎了。天狗，我想让她走一条招夫养夫的路，你实话对我说，使得使不得？”

天狗听了，心里不禁一阵疼。伤残使师傅变成了另一个人。作出这般决定，师傅的心里不知流过了多少血？不行，不行，天狗摇着头。可不走这条路，可怜的师娘就跳不出苦海，天狗头又摇起来。天狗没有回天力，只是拿不定主意地摇头。两人沉默了半天，天狗说：“师傅，这事你给师娘说过？”

师傅说：“说不通。可从实际来看，这样好。这又不犯法，别人也说不上笑话。你说呢？”

天狗说：“那有合适的人吗？”

做师傅的却不作回答，为难了许久，拉天狗坐近了，说：“作难啊，天狗，谁能到这里来呢？你师娘一听我说这话，就只是哭。我想，你师娘那心肠你也是知道的，这堡子里也没几个能赶上她的。虽说是快四十的人了，但长相上还看不出来……”说着就直直地看天狗的脸。

天狗并不笨，品得出师傅话里的话，心里别地一跳，将头低下了。

屋子里沉沉静静。

天狗从炕上溜下来，坐在了草蒲团上。院子里，女人背着高高的一背笼柴火进来，在那里咚地放了。院墙的东南角上，积攒的柴草已俨然成山。女人一头一脸的汗，头发湿得贴在额上，才要坐下歇口气，瞧见天狗从堂屋走出来，就叫了一声：“天狗！”

天狗痴痴地从院子里走出去，头都没有转一下。

三天里，丹江岸上的堡子，沉浸在三月三乡会的节日里。农民们在这几天停止一切劳作，或于家享乐，或频繁地串亲戚。未成亲的女婿们皆衣着新鲜，提四色大礼去拜泰山泰水。泰山泰水则第一次表现出他们的大方，允许女儿同这小男人到山上去采蕨菜。三月里好雨水，蕨菜嫩得弹水。采蕨人在崖背洼，在红眼猫灌丛，也采着了熟得流水的爱果。天狗家的后窗正对着山，窗里装了一幅画，就轻轻唱出了往年三月三里要唱的歌：

远望乖姐矮陀陀噢，
背上背个扁挎箩哟，
一来上山去采蕨噢，
二来上山找情哥哟，
找见情哥有话说。

唱完了，天狗就叹一口气，把窗子关上，倒在炕上蒙被子睡了。天狗从来没有这样恍惚过，他不愿意见到任何人，直到夜里人都睡下了，天狗就走到堡子门洞上的长条石上。旧地重至，触景生情，远处是丹江白花花的沙滩，滩上悄然无声。今晚的月亮再也不是天狗要吞食的月亮，但人间的天狗，三十七岁的童男，心里却是万般感想。师傅的女人，师娘，菩萨，月亮，使天狗认识到了一个实实在在的女人。在一年多徒弟生涯里，在十几年一个堡子的邻里生活中，天狗喜欢这女人。女人的一个腰身，一步走势，一个媚眼，都使他触电一样地全身发酥，成百上千次地回忆着而生怕消失。他天狗曾怀疑过和害怕过自己的这种感情，警告过自己不应该有这种非分之想。但天狗惊奇的是，对于这个女人，他只是充满着爱，而爱的每次冲动却绝对地逼退了别的任何邪思歪念。天狗不是圣人，他在这女人面前能羞止，能检点，也算得是圣人了。所以，天狗也敢将这种喜欢和爱，作为自己的生命所需，变成一副受宠的样子，在这菩萨面前要做出孩子般的腼腆和柔顺。

月蚀的夜里，女人在这里为丈夫和另一个小男人祈祷而唱乞月的歌，天狗也为女人唱了两首歌。歌声如果有精灵，是在江水里，还是在草丛里？

"现在要我做她的第二个男人吗？"

说出这话的，不是他天狗，也不是他天狗爱着的师娘，竟是自己的师傅、女人的真正的丈夫！天狗该怎么回答呢？"我愿意，我早就愿意！"天狗应该这么说，却又说不出口。

她是师娘，是天狗敬慕和依赖的母亲般的人物，天狗能说出“我是她的男人”的话吗？天狗呀，天狗，你的聪明不够用了，你的勇敢不够用了，脸红得像裹了红布，不敢看师傅，不敢看师娘，也不敢看自己。面对着屋里的镜，面对着井底的水，面对着今夜头顶上明明亮亮的月亮，不敢看，怕看出天狗是大妖怪。

第四天，是星期天。五兴从学校回来，到江边的沙地上挖甘草根。

天狗看见了，问：“五兴，你掘那甘草作甚？”

五兴说：“给我娘采药。”

天狗慌了：“采药？你娘病了？什么病？”

五兴说：“我从学校回来，娘和爹吵架，娘就睡倒了，说是肚子鼓，心疼。爹让我来采的。”

天狗站在沙地上一阵头晕。

“天狗叔，你怎么啦？”

“太阳烤得有些热。五兴，念书可有了长进？”

“天狗叔，我娘又不让我念了。”

“不是已给她说好不停学了吗？”

“我娘说的，她跪着给我说的，说家里困难，不能老拖累你，要我回来干活。”

天狗默默回到家里，放声大哭了。他收拾了行李，决意到省城去，从这堡子悄悄离开，就像一朵不下雨的云，一片水，走到天外边去。但是天狗走不动。天狗在堡子门洞下的三百七十二台石级上，下去三百台，复上二百台。这时的天狗，若在动物园里，是一头焦躁的笼中狮子；若在电影里，是一位决战前夜地图前的将军。

天狗终于走到了师傅家的门口。

“师娘，我来了，我听师傅的！”

正在门口淘米的女人愣住了，极大的震撼使女人承受不了，无知无觉无思无欲地站在那里，米从手缝里流沙似的落下去，突然面部抽搐，泪水涌出，叫一声：“天狗！”要从门坎里扑过来，却软在门坎上，只没有字音地无声地哭。

堡子里的干部、族中的长老，还有五里外乡政府的文书，集中在井把式的炕上喝酒。几方对面，承认了这特殊的婚姻。赞同了这三个人组成一个特殊的家庭。当三个指头在一张硬纸上按上红印，瘫子让人扶着靠坐在被子上，把酒敬给众人，敬给天狗，敬给女人，也敬自己，咕嘟嘟喝了。

五兴旷了三天学，再一次去上学了。这是天狗的意志，新爹将五兴相送十里，分手了，五兴说：“爹，你回去吧。”天狗说：“叫叔。”五兴顺从了，再叫一声“叔”，天狗对孩子笑笑。

饭桌，别人家都是摆在中堂，井把式家的饭桌却是放在炕上的。原先在炕上，现在还在炕上。两个男人，第一个坐在左边，第二个坐在右边，女人不上桌，在灶火口吃饭，一见谁的碗里完了，就双手接过来盛，盛了再双手送过去。

麦田里要浇水，人日夜忙累在地里，吃饭就不在一块了。女人保证每顿饭给第一个煮一个荷包蛋在碗里，第一个却不吃，偷偷夹放在第二个碗底里。天狗回来了，坐在师傅身边吃，吃着吃着，对坐在灶火口的女人说："饭里怎么有个小虫？"把碗放在了锅台上。女人来吃天狗的剩饭，没有发现什么小虫，小虫子变成了那一个荷包蛋。

茶饭慢慢好起来，三个人脸上都有了红润。

几方代表在家喝酒的那天晚上，第一个男人下午就让女人收拾了厦房，糊了顶棚，扫了灰尘，安了床铺，要女人夜里睡在那里。女人不去。天没黑，第一个男人就将炕上的那个绣了鸳鸯的枕头从窗子丢出去，自个儿裹了被子睡。女人捡了枕头再回来，他举着支窗棍在炕沿上发疯地打。

女人惊惊慌慌睡在了厦房。一夜门没有关。一更里听见了狗咬，起来把门关了；二更里听见院外有走动声，又起来去把门栓抽开，睡在床上睁着眼；三更里夜深沉，只听蛐蛐在墙根鸣叫；四更里迷糊打了个盹；五更里咬着被角无声地哭。天狗他没来。

这天狗，
想当初，
精刚刚，虎赳赳，
一天到晚英武不够。
自从人招来，
今日羞，明日愁，
一下成个泪蜡烛，
蔫得抬不起头。

这女人，
想当年，
话不多，眼不乱，
心里好像一条线。
自从招来人，
今日愁，明日羞，
一下成个烂门扇，
日夜合不严。

日月过得平平淡淡、拘拘谨谨。过去的一日不可留，新来的一日又使人愁。又是一次吃罢晚饭，两个男人在炕上吸烟，屋外淅淅沥沥下雨。下了一个时辰，烟袋里的烟末吃完了，天狗站起来，去取柱子上挂着的蓑衣。为大的就说:“天狗，你……”天狗装糊涂，说:“不早了，你歇下吧，明日一早雨还要下，我给咱叫了自乐班来，咱家热闹热闹。”为大的发了怒，将支窗棍咚地磕在炕沿上，说:“你要那样，我就死在你面前！”天狗木然地立在那里，恭敬得像个儿子，叫道:“师傅……”末了还是默默地走了出去。

雨下得哗哗哗地越发大了。

蝎　子

暑假，五兴从学校回来。近半年的新式家庭生活，孩子也日渐鬼灵地开窍了许多事理。地里的活，天狗一揽子全包了，不让他插手，他就协助着娘忙活家务，忙毕，搬炕桌在把式爹身边坐定，用了心地读书。把式现在有时间，静心看读书人的举动，心里就作美，五兴一抬头，见爹正含笑看他，忙回爹一笑，爹的脸又冷却了。把式养的狗，知道狗的脾性，常冷脸待五兴，不让他轻狂、顺杆子往上爬。天狗锄完苞谷地回来，脚步声谁也没听到，把式就听到了，说:“五兴，给你爹打水去！”

五兴怕亲爹，听见吩咐，就忽地下炕去了。院里并没有小爹的影，吱扭扭把水搅上井，天狗果然进了院，五兴兴冲冲叫一声:“果真是爹！”

做爹的这个并不应，放下锄说:“五兴，书念过了？”

答说："念过了。"便从后腰带上取下两件宝，一件是竹根烟袋，一件是蓖麻叶，烟袋叼在口里吸，蓖麻叶里包着三只绿蝈蝈。说声："给！"蝈蝈却从叶里蹦出来，一只公鸡猛见美食，上前就啄，五兴急得脚踏手拍，三只蝈蝈却跳在鸡背上，嘶嘶地叫。五兴就势捉了，装在竹笼儿里。三只蝈蝈一叫，厦房屋檐下的蝈蝈笼里，一个一个都歌唱起来，满院清音缭绕。

五兴喜欢这个爹，这爹不板脸，脸是白的，发了怒也不觉惧怕，又能和他玩蝈蝈。故叫这个"爹"倒比叫那个"爹"口勤。

家里小的爱蝈蝈，来了个大的也爱蝈蝈，这家人的爱欲也就都转移了。往日五兴去上学，天狗去下地，女人头明搭早出来开鸡棚，蝈蝈笼也就挂在厦房檐头下。天要下雨，炕上的瘫子先听到雨声，就说："他娘，快把蝈蝈笼提进来！"蝈蝈吃的是北瓜花，院墙四角都种了瓜，于是种瓜不为吃瓜，倒为了那花。花开得黄艳艳，嫩闪闪。

地里的苞谷旺旺地长，堡子里的人该闲的就闲下，闲不下的是手艺人，都出去揽生意了。有好几家，造起了一砖到顶的新屋，脊雕五禽六兽，檐涂虫鱼花鸟。有的人家开始做立柜，刷清漆，丑陋肥胖的媳妇手腕上已不戴银镯，换了手表，整个夏天里不穿长袖。看着四周人家日子滋润，天狗心里很是着急。好久没去城里干他那独门的生意了，就和五兴去后山挖了几天黄麦菅根，女人就点灯熬油在家扎刷子。瘫了的人腿不能动，手上有工夫，夜里便让大家都去睡，他来扎刷子。天狗又起身回他的老屋去，为大的就不言语，却要五兴一定跟他睡。五兴要去关院门，把式不让关。

五兴睡着了，把式还坐在炕上扎刷子，扎好了一筐，一夜却听不到院门响，也一夜叹息不止。夜半子时，女人出来小解，听见上屋男人的叹息，跑上来问："哪儿不美？"见这可怜的瘫人却还在扎锅刷，倒气得一把夺了："你真个不要命了！""我白日把觉睡了，我没瞌睡。""……""现在几时了？""正半夜了吧。""他还没来？"女人点着头。"我把这天狗！……"叫起天狗啊，爱你还是恨你。说你是好人还是坏人，害得师傅夜夜睡不着。井把式说过这话，心里一股黑血流过，脸上却强露了笑，女人最怕的就是瘫人的这种笑，恨天狗忠于师傅，忠于师娘，却忠得愚蠢，忠得千不该万不是！瘫人说："五兴娘，这事你让我怎么个说！你，你也该……"瘫人气喘得说不下去。女人一下子附在了男人的身上，泪脸对着泪脸，让他的胡子扎扎她的腮。男人说："你要权当我是死了！"说完，脸转向炕里去。

但天狗太执意，女人也没办法。世上的水太清，水就养不了鱼；完全的黑暗是看不见东西的，完全的光明也是看不见东西的。天狗不知这道理。

天狗领了五兴到省城里，又见到食堂那个女服务员。五兴第一次进城，无知也就无畏，到处钻动，见啥问啥，又一口一声叫“爹”答。女服务员说:“你年纪不大，孩子这么大了？！”天狗应一声，脸就绯红，装着解衣领，说天热。食堂里的锅刷还有积存，天狗让五兴在食堂待着，他挑了担子去叫卖。女服务员就逗五兴说闲话:“叫什么名？”“李五兴。”“你爹姓王，你倒姓李？”“我跟我娘姓。”“你娘多大了？”“四十了。”“你爹才三十七，你娘倒四十？”“我娘是虚岁。”“你长得可不像你爹！”五兴不回答了，装得傻傻的，问食堂要不要蝈蝈，他养有四十只蝈蝈。

半下午，天狗回来了，一担锅刷只卖了五分之一，脸上气色很不好。说:“这生意做不成了，五分钱一个也没人要了。”父子俩当下没了话。天狗看着五兴也知愁，脸上就做出笑来，说:“挣钱不挣钱，先落个肚肚圆，五兴咱去吃一顿！”买饭时，五兴说:“爹，我想吃素面。”爹却偏买了炒肉，肉端上来，天狗吃着吃着就发痴，筷子不动了，定眼看五兴，五兴也不吃。他就又笑着说:“吃呀，多香哩！”自个儿带头大口吃。

从城里回来，天狗什么也没买，只给五兴买了一套课外复习材料，对女人说:“钱难挣了，这门生意做不成了。干脆我再给人打井去。”

一说打井，女人就发神经，嘴脸霎时煞白，说："天狗，什么都可做得，这井万万打不得，这家人就是去喝西北风，我也不放你去干这鬼营生！"

天狗听女人的，也不敢多说，抱脑袋蹴下去。女人看着心疼，就又劝道："钱有什么？挣多了多花，挣少了少花，一个不挣，地里有粮食吃，也不至于把咱能穷逼到绝路上去。"

做男人的本是女人的主事人，天狗却要叫女人来宽慰，天狗这男人做得窝囊。但办法想尽，没个赚钱的路，免不了在家强作笑脸，背过身就冷丁显出一种呆相。

女人敏感，没事睡在炕上的那个更敏感，见天狗一天一天消瘦下去，也不入唱那山歌和花鼓了，两人明里说不得，暗里却想着为天狗解愁。

这一天，天狗一进院，听见师傅在上屋炕上唱花鼓，师傅从来没唱过，天狗就乐了，进来说："师傅行呀，你啥时学会了这一手？"

师傅说："我年轻时扮过社火穗子，学了几句丑丑花鼓。"

难得师傅心绪好，天狗就说："师傅，你再唱一段吧。"

瘫人就唱了：

树不成材枉点地吔，

云不下雨枉占天吔，

单扇面磨磨不成面哟，

一根筷子吃饭难。

瘫子唱毕，女人说：“今日都高兴，我也唱一段。五兴，去把院门关了，别让邻居听见了笑话！”

五兴飞马去将门关了，听娘用低低的声音唱：

日头落山浇黄瓜哎，

墙外有人飘瓦碴，

打下我公花不要紧哎，

打了母花少结瓜。

唱完，瘫人又说：“天狗，把蝈蝈都拿来，让我看看斗蝈蝈，谁个能斗过谁呢！”

只要师傅高兴，师娘快活，天狗干什么都行，就拿蝈蝈上炕，放在一个土罐里斗。一只红头的，脚粗体壮，气度不凡，先后斗败了所有的对手。一家人正笑着看，屋梁上掉下一物，不偏不倚正好落在蝈蝈罐里。一看，是一只蝎子。

蝎子冷丁闯入，蝈蝈吃了一惊不再动，蝎子也吃了一惊不再动。五兴急着去拿火筷来夹，天狗说：“这倒好看，看谁能斗过谁。”看过一袋烟时辰，两物还都惧怕，各守一方。天狗要到地里去干活，说：“五兴，就让它们留在罐里，晚上吃饭时再来看热闹。”说完就盖了罐子放在一边。晚饭后揭盖一看，一家人就傻了眼，英雄不可一世的红头蝈蝈，只剩下一个大头一条大腿，其他的全不见了，蝎子的肚子鼓鼓的，形容好凶恶。

天狗说：“哈，玩蝈蝈倒不如玩蝎子好！五兴，明日咱到苞谷地去，地里有土蝎，捉几只回来，看谁能斗过谁。”第二天果然捉了三只回来。

这蝎子在一块，却并不斗，相拥相抱，亲作一团。五兴的兴趣就转了。将竹笼里的蝈蝈每天投一只来喂，没想玩过十天，蝎子不但未死，其中一只母的，竟在背部裂开，爬出六只小蝎。一家人皆很稀奇，看小蝎一袋烟后下了母背，遂不认母，做张牙舞爪状。从此，家人闲时观蝎消遣，也生了许多欢乐。

这期间，井把式突然觉得肚子鼓胀，先并不声明，后一日不济一日，茶饭大减，才悄悄说知于女人。女人吓得失魂落魄，只告知天狗。天狗忙跑十三里路去深山背来一位老中医看脉，拿了处方去药房抓药，不想药房药不全，正缺蝎子，天狗说：“蝎子好找，我家养的有。”药房人说：“能不能卖几只给我们？一元一只，怎么样？”天狗吃了一惊：“一只蝎子值这么多？”药房人说：“就这还收不下哩。你家要有，有多少我们收多少。”天狗抓了药就往家跑，将此事说给家人，皆觉惊奇。天狗就说：“咱不妨养蝎子，养好了这也是一项大手艺哩！”女人说：“蝎子是恶物，怎么个养，咱知道吗？”炕上的瘫人说：“咱试试吧，这又不摊本，能成就成，不成拉倒，权当是玩的。”于是蝎子就养起来了。

天狗在地里见蝎子就捉，捉了就用树棍夹回来。女人在堡子门洞的旧墙根割草，也捉回来了几只。拢共十多只了，就装在一个土瓦盆里。五兴见天去捉蝈蝈来喂。几乎想不到，这蝎子繁殖很快，不断有小蝎子生出来。

天狗想，这恶物是怎么繁殖的？什么样是公？什么样为母？什么时候交配？若弄清这个，人为地想些办法，不是就可以繁殖得没完没了吗？

五兴上学去了，他让五兴去县城书店买了关于蝎的书回来。书是好东西，上边把什么都写了，天狗就认得了公母，成对成双搭配着分装在大盆小罐里。整整三天，一早起来就将盆罐端在太阳下，看蝎子什么时候交配，如何交配。终在第三天中午，两个蝎子突然相对站定，以触器相接良久，为公的就从腹下排出一个精袋在地，然后猛咬住母的头拉过来，将腹部按在精袋上，又是良久，精袋被生殖腔吸收。这么又观察了三天三夜，就总结出蝎子交配要在正午太阳端时，而且温度要不可太热，也不可太凉。他鬼机灵竟买了个温度计，记下是二十度。天狗大喜，于是将蝎盆蝎罐早端出晚端回，热了遮阳，冷了晒日，果然不长时间，数目翻了几番。

天狗捉了二十只大蝎去药房，第一次获得了二十元。他并没有回家，径直去了江对岸的商店，给师傅买了一盒高价香烟，给女人买了一件咔叽衫子，给五兴买了一双高腰雨鞋，孩子雨天去上学，就用不着套草鞋了。

女人当即将新衣穿上，问炕上的人："穿着合不合体？"炕上的就说："人俏了许多！"女人就又问天狗："这么艳的，我能穿得出去？"天狗说："这又没花，色素哩。"一家四口，三口就都欢心，师傅说："天狗，你给你买了什么？"天狗说："只要蝎子这么养下去，还愁没我穿的花的吗？"

天狗养蝎上了心，就亲自去书店买书来看。天狗喝的墨水没有五兴多，看不懂就让五兴做老师。饲养方法科学了，养蝎的气派也就更大了。院子里高的瓮、低的盆、方的匣、圆的罐，一切皆是蝎，而公的母的大的小的又分等分类，从此，堡子里的人叫天狗，也不再叫名，直呼"蝎子！"

到年底，这家又成了大手艺户，恢复了往日的荣光。一家人吃起香来，穿起光来，又翻修了厦房。县城里一家要养蝎的人，知道了天狗的大名，跑来叫天狗"师傅"，要请教经验。天狗亲授了一个通宵。临走时徒弟要买蝎种，一次买六百只，一只种蝎一元二角，收入了七百多元，天狗把钱交给女人，女人颤巍巍捏着，将钱分十沓，分在十处保藏。

女人是过日子的，没有钱的时候受了恓惶，有了钱就不显山露水，沉住气合理安排，以防人的旦夕祸灾。

下了一场连阴雨，丹江里发了水，整日整夜地呼呼。堡子南头的崖土垮了一角，压死了一个孩子和一头猪。天狗的老屋是爷们在民国年间盖的，木头朽了许多，女人就担心久雨会出什么意外，让天狗过来睡。天狗说没事，睡在那边，一是房子哪儿漏雨可以随时修补，二是防着不正经的人去偷摸东西，女人不依，于是天狗的家产全搬过来，窖里搬不动的一家四口人的红薯、洋芋都存在那里。

雨停了，天又瓦蓝瓦蓝的。女人将蝎子盆罐抱出来在院子里晒太阳，就出门到地里看庄稼去了。天狗也不在家。太阳一照，泡湿了的土院墙就松了，“砰”地倒下来，把三个蝎子瓮砸碎了，又砸倒了鸡棚。井把式听见响声，隔窗一看，吓得半死，连声喊人，没人应，眼见得鸡从棚子里出来，到处啄吃逃散的蝎子。他就大声吓鸡。鸡是不听空叫的，把式就把炕上的所有物什都丢出去撵鸡。末了就往出爬，从炕上掉下来，硬用两只手，支撑着牵引着瘫了的身子爬过中堂，到了门口，总算把鸡打飞出院墙，但一只逃散的蝎子却咬了他的肩，把式“哎呀”一声疼得昏在台阶上。

女人在地里察看庄稼，心里突然慌得厉害，返回一推门，失声锐叫，把男人背上炕，就在院子里四处抓蝎。等天狗回来，一切皆收拾清了，女人坐在门坎上哽咽着哭。

没了院墙，夜里女人睡在厦房觉得旷，给天狗说了，天狗回答道：“我到窑上把砖货已订下了，等这一窑烧出来，咱买回来就垒墙。”女人就不再说什么，把一口唾沫咽了。

蝎子还要每天中午端出来晒晒，天狗不时用手去拨拨，不让恶物纠缠。天狗的手已经习惯了，不怕蜇，要看蝎子就用手捏，吓得别人嗷嗷叫，他却轻松得很。这回趴在蝎罐看了一会儿，瞥见女人坐在厦房门口纳鞋底，金灿灿的太阳光洒落她一身，样子十分中看，天狗心里毛毛的，想和她说说笑话。

“这做的是谁的鞋，师娘？”

“谁是你师娘！”

天狗笑了一下，忙又去看蝎子，心里怦怦直跳，过了一会儿，天狗又忘了一切，满脑子是蝎子了，说：“你快来看呀，这一罐不长时间就要分作两罐啦！”

女人捏着针过来，蹴在蝎罐边，她闻到天狗身上的烟味汗味，说：“哪儿就多了，还不是昨天的数吗？”

天狗说：“原数是原数，可瞧它们正欢呢。”

有三对蝎子，正在罐内面对而趴，触器相接，做爱的挑逗。

女人悄声说："天狗，蝎子是咋啦？"

天狗说："这是交配呀。"

女人说："虫虫都知道……"

女人是明知故问的，女人说完，便脸色绯红，反身看天上的一朵云。天狗能是能，这次却不经心失了口，自己也就又羞又怕，竟也显出那一种呆相。女人回过头来，用针尖扎了天狗的腿，天狗"哎哟"一声，炕上的把式听到了，忙问道："天狗，你怎么啦？"天狗说："蝎子把我手蜇了。"

第五天，院墙修成了砖院墙。天狗又请来了泥水匠，一定要搬倒原先的土门楼，要造个砖柱飞檐的。把式说："天狗，算了吧。"天狗说："师傅，门楼好坏当然顶不了吃穿，可是个面子上的事。咱把它修得高高的，也是让人瞧瞧咱家的滋润！"做师傅的再没阻拦他，却把女人叫到炕上，说："他娘，咱现在手里有多少钱？"女人说："一千三。""数字还真不小。""亏了天狗撑住了这个家。"两个人下来却没了话。过了一会儿，把式说："他娘，现在日子顺了，你也要把自己收拾清净些。你毕竟比我年轻，人也不难看，可三分相貌七分打扮，衣服穿新了，头梳光了……"男人没说下去，女人便低了眼，无声地去做饭了。

女人果然注意了收拾，浑身添了光彩。中午太阳出来她洗头，让天狗提了壶给她头上浇水，又让天狗打碎一块瓷片儿："我要刮刮额头荒毛。"天狗到底是天狗，不是木头，不是石头，看见女人容光美妙，心里生热，但这个时候，天狗就走了，走到蝎子罐前看蝎子。

一个初六的下午，天狗在地里浇麦地二遍水，女人也去了，两人天擦黑回来，院门掩着，堂屋的门却上了锁。女人以为瘫人是爬出去了，隔窗看时，把式正躺在炕上，手里拿着门上的钥匙瞌睡了。才明白可怜的人一定是叫隔壁人来锁了堂屋门，要让天狗和她回来单独在厦房里吃饭……

女人站在那里，把瘫人足足看了一袋烟的时间。

天狗说：“师傅他……”

女人说：“他……”

眼里红红地进了厦房做饭。天狗也坐下抱柴生火。两人没有说话，上面是擀面杖的磕撞声，下面是拉动的风箱声。饭做熟了。天狗盛了一碗，寻钥匙开堂屋门给师傅端。女人说：“他睡着了，钥匙在他手里，叫不醒他的，咱们吃吧。”一个坐在灶火口吃，一个立在锅项后吃。饭毕，天狗说：“你歇着吧，我涮洗。”女人说：“这不是男人干的活。”天狗就站在旁边看了她洗。院墙的外边，有猫叫春，叫了好一会儿，天狗这时是木了，麻了，不知下来该怎么办，为难得要死。女人擦了碗，又去擦盆子，擦缸子，不该擦的都擦了，还是要擦，把手占住，把眼占住，但心占不住，说：“你累了？”天狗说：“累，也不累。”却加一句：“歇下吧。”就要出门，女人把他叫住了。

女人说：“天狗，我有话要给你说呢。”

天狗一脚在门坎里，一脚在门坎外，说：“什么事？”

女人拉过一条凳子让天狗坐了，一边替天狗拍打肩上的土，一边要说话，却也好为难：“天狗，他近日又添病了哩。”

天狗说：“师傅吗？怎么不早对我说，我就发觉他饭吃得少了。”

女人说：“你哥他……”她第一次对天狗称瘫人是“你哥”，不是“师傅”，自己倒再也启不开口了。

天狗说：“明日我去请医生。”

女人就抬起头来，泪眼婆娑：“天狗，你是真的什么都不懂，还是和我打马虎眼？”

天狗有什么不懂的，自进这家门，他就时时预备着女人要说出这样的话来，天狗本性是胆小的。

女人说：“天狗，是不是我人不人，鬼不鬼的……”说着就趴在了床沿上，拿了牙咬嘴唇。

天狗知道糊涂是装不得了，就过去扶起了女人。女人软得像一摊泥，天狗扶她不起，自己也跪下了，说：“我，我……”又急又怕又窘，支吾不清。女人抬起了头，一双抖抖的手，托住了天狗的脸。

“师娘！”

“谁是你师娘？法院让你叫我师娘？街坊四邻让你叫我

师娘？”

“……姐！”

天狗叫出了一个深埋在心底里的“姐”，女人突然软在了天狗的怀里。

外边的夜黑严了，黑透了，不是月蚀的夜，天空却完全成了一个天狗，连月亮、星星，萤火虫都给吞掉了。屋里灯很亮，灶火口的火炭很红。夜色给了这两个人黑色眼睛，两个人都看着亮的灯和红的炭，大声喘气。天狗抱着女人，女人在昏迷状态里战栗。天狗的脑子里的记忆是非凡的，想起了堡子门洞上那一夜的歌声，想起了当年出门打井时女人的叮嘱。过去的天狗拥抱的是幻想，是梦，现在是实实在在的女人，肉乎乎软绵绵的小兽，活的菩萨，在天狗的怀里。天狗怎么处理这女人？曾经是女人面前的孩子的天狗，现在要承担丈夫的责任了吗？天狗昏迷，天狗清白，天狗是一头善心善肠的羊，天狗是一条残酷的狼，他竟在女人头发上亲了一口，把战栗的菩萨轻轻放在了凳子上。

女人在黑暗里睁大了一双秀眼。

“天狗，你还要到老屋去吗？”

“我还是去的好。”

“我知道你的心，天狗，可我对你说，我和他都了解你，你却不了解我，也不了解他。我是老了，我比你大三岁……”

“姐，你不要说，你不要说！”

“你让我把话说完，天狗，这一半年里，咱家是好过了，怎么好的，我也用不着说出来。你既然不这样，我也觉得是委屈了你，我将卖蝎的钱全都攒着，已经攒了一千三了，我要好好托人给你再找一个，让你重新结婚，就是花多花少，把这一院子房卖了，我也要给你找一个小的。兄弟，五兴他爹，我和你哥欠你的债，三生三世也还不完啊！我不知道我怎么才能报答你，看着你夜夜往老屋去，我在厦房里流泪，你哥在堂屋里流泪……他爹，你怎么都可以，可你听我一句话，你今夜就不要过去，我是丑人，是比你大，你让我尽一夜我做老婆的身份吧。”

“姐，姐！”

天狗痛哭失声，突然扑倒在了尘土地上，给女人磕了三个响头，即疯了一般从门里跑出去了。

第三天里，打井的把式死在了炕上。

把式是自杀的。天狗和女人夜里的事情，他在堂屋的炕上一一听得明白，他就哭了，产生了这种念头。但把式对死是冷静的，他三天里脸上总是笑着，还说趣话，还唱了丑丑花鼓。但就在天狗和女人出去卖蝎走后，他喊了隔壁的孩子来，说是他要看蝎子，让将一口大蝎瓮移在窗外台上，又说怕瓮掉下，让取了一条麻绳将瓮拴好，绳头他拉在手里。孩子一走，他就把绳从窗棂上掏进来，绳头挽了圈子，套在了自己脖上，然后背过身用手推掉大瓮，绳子就拉紧了。

天狗回来，师傅好像是靠在窗子前要站起来的样子，便叫着“师傅，师傅！”没有回音，再一看，师傅的舌头从口里溜出来，身上也已凉了。

把式死了，把式死得可怜，也死得明白。四口之家，井把式为天狗腾了路，把手艺交给了天狗，把家交给了天狗，把什么都交给了天狗。他死得费劲，临死前说了什么话，谁也不可得知。天狗扑在师傅的身上，哭死了七次，七次被人用凉水泼醒。后悔的是天狗，天狗想做一个对得起师傅的徒弟，可是现在，徒弟对于师傅除了永久的忏悔，别的什么也说不出了。

堡子里的人都大受感动。

埋葬把式的那天，天狗虽不迷信，却高价请了阴阳师来看地穴，天狗就打了一口墓。墓很深。深得如一口井。他钻在里边挥镢挖土，就想起师傅当年的英武，就想起那打井前阴阳师念的“敕水咒”。

堡子里的人都来送葬。这个给堡子打出井水的手艺人，给家家带来了生存不可缺少的恩泽。他应该埋到井一样深的地方，变成地下的清流，浸渗在每一家的井里。

棺木要下墓了，女人突然放声号啕，跳进了墓坑，乞求着埋工说:“让我给他暖暖墓坑，让我给他暖暖啊！”

天狗也跳进去，解开了怀，将胸膛贴在冷土上。

日光荏苒，转眼到了把式的“百日”。这天，堡子里来了许多悼念的人，这一家人又哭了一场，招呼街坊四邻亲戚朋友吃罢饭，天狗就支持不住，先在师傅睡过的炕上去睡了。他做一个梦，梦见了师傅，师傅说:“天狗，这个家就全靠你了！家要过好，就好生养蝎，养蝎是咱家的手艺啊！”天狗说:“我记住的，师傅！”就过去扶师傅，师傅却不见了，面前是一只大得出奇的蝎子，天狗醒来，出了一身汗，梦却记得清清楚楚。翻身坐起，女人正点着灯，在当屋察看着蝎子盆罐。地上还有一批小瓦罐，上边都贴了字条，写着字。

天狗说:“五兴呢？”

女人说:“刚才把这些字条写好，看了一会儿书，到厦屋睡了。”

“蝎种全分好了？”

“好了，每家五只，除过五十家匠人顾不得养外，拢共是七百五十只，你看行吗？”

堡子里的人都热羡着这家养蝎，却碍于这是这家的手艺，便不好意思再来学养。天狗和女人商量了，就各家送些蝎种，希望全堡的人家都成养蝎户，使这美丽而不富裕的地方也两者统一起来。

天狗听女人说后，就轻轻笑笑，说:“明早咱就送去。中午去药房再卖上几斤，五兴再过十天就要高考了，要给他买一身新衣哩。”

女人说:“五兴考得上吗？”

天狗说:“问题不大吧。”

女人揭开那个大瓮，突然说:“天狗，你快来看看，这个蝎子好大！我还没见过这么大的，怎么长得这么大呀！”

天狗走过去，果然看见蝎子很大，一时又想起了师傅，心里怦怦作跳，就坐回炕上大口喘气。

艺术家韩起祥

我以前把你当木墩墩

原来你是个金钟

今后我这土不再埋你

让金钟升在空中

有光有亮

有响有声

从榆林北的横山来到了延安，韩起祥就一直在延河桥头说书。那时的延河桥虽然还是一座木桥，冬天里铺架着，夏季长长的日子里却抽了木板放在小学校的土墩上当课桌，但那儿有一片空场子，有一个河神庙，来往的人多，三六九日又逢着集会。

那个早晨，太阳还暖和，韩起祥就坐在庙门口，他穿得臃臃肿肿，小腿上系着竹板儿，睁着一双瞎眼，拨怀里的三弦。手的拨动和腿的闪动配合着，丝竹一齐价响，嘴里却含混不清地发着肉声，像噙了一颗核桃。韩起祥的声音原本洪亮，吐字也干脆，他的含混是在招惹行人，这如戏开演前的吵台。“铮铮啷铮啷，铮铮啷铮，铮啷铮铮铮铮铮”，节奏愈来愈激越，脚腿有力地踏动，一会儿就尘土飞扬，眉毛胡子都变灰变粗了。一群人遂立定了步看他，有挑担的，有背了筐的，有的赶着羊和驴。羊在主人的胯下温顺安静，驴却掀开厚厚的嘴，在寒气里长声嘶鸣。

韩起祥也扬着脸看着人群，但瞎眼看见的永远是黑暗，他完全陶醉在自己的音乐里了，眼皮眨得飞快，像鸡要产蛋时的屁眼儿。人们担心的是那鼻尖下吊着的一颗清涕，亮晶晶的，就要掉下去，却到底没有掉，大家就松了一口气。

“瞎子瞎子，你弹得好！”

韩起祥听见了叫好声，仍浸淫在音响里不能出来，腿是不动了，竹板安息，手指头还又拨了一下三弦，铮泠泠将一把豆子撒在盘中了，才收住，便仄了耳朵听瓷碗的响声。韩起祥的耳朵非常灵，从碗的声响里逮听出有人丢进去是一枚铜子还是一颗小石子，或者是一张面值多少的纸钞。遗憾的是瓷碗里细微的声音是一只苍蝇起飞的响动。

“瞎子，瞎子，”有人又在叫他，“你是真瞎子还是假瞎子？”

“我是说书的。”

在陕北，说书是盲人的专利，明眼人是不能抢残疾人的饭碗的。韩起祥要证明着自己的正统，把眼皮掰开来，红的眼圈里是一颗白的眼珠，他听见有人说：哟，像煮熟的鱼眼！韩起祥就笑了笑，从怀里取出个油乎乎的硬纸本儿，放在了脚前的地上，说：“我是白云山赛书会上的状元。”

白云山有陕北最大的道观，十年前曾有过千人赛书会。

“莫不是那个小书圣？”

“那时候是小，现在老了。”

“小书圣，小书圣，”人们兴奋起来了，“你给我们说一段，说得好了，晌午管你一顿捞饭！”

“要《封神演义》吗？”

“要短一点的，能抓人的！”

韩起祥摸了摸肚子，他的肚子很大，似乎里面全装了书，想了想，就抿了抿嘴，突然如折竹裂帛一般，弦音和板音一齐炸响，他说唱开了：

红洋布袄袄扣门门开
一对对奶奶滚出来
上身身搂定下身身筛
哎哟
好盛（注：太好了）的妹妹你解不开

好几双的拳头砸在韩起祥的头上。韩起祥的感觉里那是几双棉花锤儿，而且从“太酸了，你瞎子太酸”的骂声中，分辨出这是五个三十出头的婆姨，两个胖点，两个瘦点，一个牙齿稀得缝儿能藏米粒，爱抖胸摇腿。

“妹妹解不开，你一个瞎子就解得开？你混不上碗饭了！”她们说，“听说你会算卦？！”

“瞎子都能算卦。”韩起祥说。

“那你算算我们五个中谁是寡妇。”婆姨们说，“算准了，你摸摸，这枚铜子就归你，算不准了这个瓷碗我们可要拿去喂猫呀！”

韩起祥说：“让我算算。”手指在掐，耳朵却在动。韩起祥的耳朵高过了眼眉，耳尖像兽耳一样往上耸。“谁是寡妇？寡妇的头上有三根白发哩。”

四个婆姨就扭了头往一个婆姨的头上看，韩起祥立即逮听了四个扭头的声响，他指着了一个婆姨，这婆姨“哇”地就叫起来。

从此，这寡妇天天来桥头帮韩起祥哄场子，唾了唾沫，把烟叶在腿面上搓成卷儿让他吸，又把两颗铃铛系在他的探路棍儿上。许多许多的人十年前就风闻过白云山赛书会的“小书圣”，但从未见过，跑来让说《三国》，韩起祥连着说了五天，让说酸曲，韩起祥一段一段能说上百个。他们就将馍馍往他怀里塞，提了米酒给他，说：“毛主席是福星，他一来延安，什么样的能人奇人都来了！可惜是瞎子。”寡妇说：“他银盆大脸的！”众人就取笑寡妇，寡妇捡了驴粪蛋掷多嘴的人，偏对韩起祥说：“我家有孔废了的窑，你住去！”韩起祥只是笑着，叫她是大嫂。韩起祥在延安了多半年，没有人撵他，也没有人拿了麻绳威胁着要抢劫，晚上睡在河神庙的泥塑后，巨大的鼾声从庙门缝中传出很远。

又一个落雨天，韩起祥在庙里说《岳飞传》，三弦紧拨，如一锅的炒豆在蹦，他面前的孩子就越坐越近，越坐越近，仰着的脸被飞溅的唾沫全淋湿了。这时候，一匹马噔噔噔地从桥的那头跑过来。孩子还以为三弦在弹，弹出了马蹄声，待到庙里忽然光线暗下来，一个黑影又正好印在塑像上，金河神变成了黑河神，孩子回过头来，一个穿军装的人站在那里。

“汪东兴！”有人说了一声。

汪东兴是毛主席身边的人，听说书的孩子就见过，毛主席走在杨家岭的小路上，汪东兴常提着一把锨在后面厮跟着。毛主席喜欢在空野里大便，汪东兴就先用锨挖个坑，然后将大便埋掉。但韩起祥认不得汪东兴，他的感觉里，庙里是进来了一个有头有脸的人物，因为有头有脸的人物脚步沉稳，虽然一路驱马奔来，呼吸仍然舒缓。

汪东兴说：“韩先生，毛主席请你去说书。”

“毛主席？！”韩起祥忽地站起来，不敢相信自己的耳朵，“我是个要饭的，毛主席请我？”

汪东兴并没有多说话，转身就往庙门外去，韩起祥拿了三弦也就跟着走，走出庙门了，却顺着庙后的一条斜路朝河边去。汪东兴说：“你往哪儿呀？”韩起祥说：“我洗洗脸。”斜路上他走得一步都不差，径直踩上一块石头，掬水洗脸，然后返上来。汪东兴让韩起祥骑到马上，韩起祥不敢。韩起祥不敢骑马，汪东兴也不敢骑了。延安城的街道上，人们看见汪东兴在前边牵着马，韩起祥拿了三弦跟在马的后边，他们已经知道是毛主席请了韩起祥去说书，又羡慕，又嫉妒，嚷嚷道：水坑！水坑！韩起祥不管了水里泥里，只是往前走。

韩起祥一直被领到杨家岭毛主席住的窑洞前，汪东兴让韩起祥在一棵枣树下站定，就去禀告毛主席，毛主席从窑里走出来，两只手在身后边甩，说："韩先生来了！"让进了窑里坐，韩起祥没有坐，手心已经出了汗。

"你坐嘛。"毛主席说。

韩起祥还是不敢坐。

"立客难待啊！"毛主席说，掏出一支纸烟要吸，但口袋里没装火柴，喊汪东兴把厨房里的火柴拿来，韩起祥说"我这儿有"，从怀里摸出一根火柴，在窑壁上一擦，擦着了，递到毛主席的纸烟前，说："毛主席你要听个啥？"

"不急，不急，"毛主席说，"东兴，给厨房说一下，韩先生中午在这儿吃饭，吃一碗稀饭。"

韩起祥说："不，不。"心里却嘀咕：给我管饭，却只吃一碗稀的？

"不能多吃，"毛主席说，"吃得饱了说不成书了，是不是，韩先生？"

毛主席竟然连说书前不能饱饭都知道，韩起祥就不拘束了，坐在了凳子上。毛主席也是坐在他的对面的，一边吸着纸烟一边问他的话。先问他是哪里人，韩起祥说榆林横山的。问眼睛是生来就坏了还是半路坏的，韩起祥说四岁上患了天花，满脸的痘儿，他抓破了痘，毒水钻进眼里，眼就瞎了。问几时开始说书的，韩起祥说六岁。问师傅是谁个，韩起祥说师傅叫高文旺。再问师傅怎么没来延安，韩起祥说师傅死了，师傅在横山遇到过刘志丹，他把红军的标语藏在三弦里，被民团发现枪毙了，他没有救下师傅，但枪毙的那天，有人用馒头要蘸师傅的脑浆吃，他护住了尸首，买棺材埋了师傅，才来延安的。

毛主席嗞儿嗞儿吸烟，把烟头从窑里扔了出去，说："你来了延安，你觉得延安怎么样？"

"延安好！"韩起祥说，"陕北十年九不雨的，日怪得很，毛主席来了，延安三天两头的雨，沟沟岔岔都涌扎了庄稼。"

毛主席哈哈笑起来，说："韩先生，听说你还会算命，你给我毛泽东也算一算？"

"毛主席不用算，这世界一满都是你的。"

"嗨，话不能这么说，世界是人民的，毛泽东是人民的勤务员嘛！"

饭熟了，毛主席吃了两碗，韩起祥吃了一碗，他拿起三弦就要给毛主席说书，他说："毛主席，我给你说个啥书？"

"随便。"毛主席说。

汪东兴却走过来，抹了抹韩起祥的嘴，嘴角沾着有一粒米。韩起祥就闪电般地眨着瞎眼，开始长声唱起来了：

说一个女子本姓刘
不长个子只长奶头

汪东兴脸色都变了，说：“哎，哎，你怎么说这个？”

毛主席挥了挥手，说：“让韩先生说嘛，韩先生你往下说。”韩起祥被打断，只好从头又说：

说一个女子本姓刘
不长个子只长奶头
一长二长像拳头
三长四长像葫芦
五长六长像皮球
长呀长呀长大啦
赛过了西安的钟鼓楼

毛主席哈哈地大笑了，说：“韩先生，你去过西安的钟鼓楼？”

韩起祥说：“没。”

毛主席说：“革命成功了，你就到钟鼓楼上说书去！”

毛主席让韩起祥继续说，韩起祥又说了三个段子，但不是酸的就是情歌，说毕了，问："毛主席爱听说书？"毛主席说："三弦说书这形式好啊！"韩起祥又问："我说的这些书是不是旧了？"毛主席说："是旧了些，你可以编些新书嘛。"韩起祥说："我不会编新书。"毛主席说："那我让周扬他们帮你编。"韩起祥说："周扬是谁？"汪东兴说："是些文人，他们会找你的。"毛主席就说："三弦说书延安需要呀，韩先生，你就留在延安，我毛泽东把你养活了，你就多说新书，多带徒弟，韩先生不仅是三弦艺人，也要成为三弦战士啊！"

韩起祥从此结束了流浪要饭的生涯，他没有穿灰色的土布军装，但他属于了边区文工队的一员。周扬带了几个作家为他编写新书，却怎么编都不生动，反倒是他们一出新点子，韩起祥很快就以他的话说出一大溜。周扬便说："韩先生真是个天才，你就看着延安的新生活自个编吧。"韩起祥说："我是个瞎子。"周扬说："你这瞎子比明眼人还清亮！"韩起祥开始游走于延安城和延安城的周围村镇，遇见什么新鲜事儿随即编说，他真的就能出口成章，惹得一群娃娃和婆姨总跟着他。跟着韩起祥的娃娃、婆姨伙里，那个寡妇是最积极的，除了给他做饭外，总想弹一弹三弦，但这寡妇手笨，怎么弹都是噪音，只好在韩起祥讲他过去恓惶时做忠实的倾听者。她说："你咋不把你的经历编成书？”韩起祥说：“编我的经历？编出来了算不算新书？”寡妇说：“你到延安是翻身了哇，现身说法怎不是新书？”韩起祥说：“你识字不？”寡妇说：“识不下多少。”韩起祥激动了，伸出了手来握寡妇的手，寡妇塞给他了个大萝卜。韩起祥把萝卜吃了，说：“这萝卜水真大！”

韩起祥在寡妇家废弃的土窑里住了半个月，他说一段，寡妇用炭在窑壁上写一段，然后再念给他，他记住了又往下说。寡妇所在的那个村里人都知道韩起祥是住在了寡妇的窑里，叽叽咕咕地就说他们倒厮配，有好多人借故就跑来了，说：“你家有扫帚吗？借我用用。”寡妇将扫帚取了出来，人却并不拿扫帚就跑走了。或者有人立在窑前喊寡妇，寡妇出去问什么事，来人只是笑了说：“韩起祥眼睛不好，可身体好哇！”韩起祥在窑里听见了，没有言语，当天夜里就又回住到了河神庙。

韩起祥最后在河神庙里完成了他最长的新书，起名就叫《翻身记》，能说六个小时。周扬来听他说了《翻身记》，激动得给韩起祥买了一坛子烧酒，那个晚上，韩起祥是喝醉了，拉着周扬的手，说：“你说《翻身记》好，那你要给我办一件事哩！”

周扬说：“啥事？我办不了，还有毛主席哩！”

“门头沟有个婆姨，是个寡妇……”

“噢，这事我也听说了，你让我做媒人呀？”

“不，不，”韩起祥说，“你去门头沟要给那寡妇洗清白哩，我韩起祥没有碰她，我担了个赖名义。你信不信？你要信的！”

周扬把《翻身记》笔录下来，让毛主席过目，又汇报了韩起祥和寡妇的事，毛主席当场批示了要边区的报纸刊登《翻身记》，就说：“那小寡妇你见过？”周扬说：“没见过。”毛主席说：“让韩起祥娶了她，不就清白了吗？！”

周扬再找韩起祥的时候，韩起祥正在枣园村说他的《翻身记》，黑压压坐了几百夥人。说到经受过的苦，韩起祥没哭，台下的哭成一片。说到了延安的好光景，台下的全站起来，踢踏着脚，拍打着屁股上的土，喊：“毛主席万岁！”呼声和尘土轰得树上的鸟儿都飞了。待说书完毕，周扬拉韩起祥到一边，才要祝贺他说书成功，韩起祥却说他把《翻身记》改了一段，要周扬听听改得如何：

早起馍馍晌午糕
晚上捞起切面刀
头道韭菜二分半
冷调猪头捣辣蒜
轿上来马上去
丫环伙计听使唤

韩起祥说："这是财主家的日子，改得行不行？"周扬说："改得好！"

穷汉穷汉

揽工受难

早上是钱钱饭

晌午黑豆捣两半

晚上滚水把肠子涮几遍

提上篮篮满山转

苦菜根根噎着咽

韩起祥又说了一段，说："这是说穷人的。"

周扬说："改得好！"

这时候了，韩起祥才问周扬："你寻我有事？"周扬说："我告诉你，你可以娶了那个寡妇。"韩起祥生气了，说："你把我韩起祥当什么人了？！"周扬说："这是毛主席说的。"

但是，韩起祥带着毛主席的指示去找寡妇，寡妇却出事了。寡妇没有经受住村里人的闲言碎语，要求参加了民工队，随部队去了南泥湾。她在南泥湾挖一孔窑时，窑塌了，被土埋在了里面。韩起祥赶到了南泥湾，扑倒在寡妇的坟上不起来。陪他的人说："你哭一场吧，哭了心里好受些。"韩起祥没有哭，将探路棍插在坟头，风刮着，棍儿上的两颗铜铃撞得叮叮地响。

从南泥湾返回延安的路上，韩起祥病倒在了双合镇。他歇了八天，却听到了镇上一个婆姨闹离婚的故事。这婆姨先是嫁给了人，却爱上了一个参加了革命的后生，经过了千辛万苦，终于成亲。韩起祥一个晚上编了段说书，就沿途直说到了延安：

对面价沟里拔萸蒿
我男人倒叫狼吃了
先吃上身子后吃上脑
倒把我老奶奶的害除了
黑了吃来半夜里埋
投明做一双坐轿鞋
吃菜要吃白菜心
寻汉我要寻上个八路军

回到了延安，城里城外相当多的人家在办婚礼，数天里总能听到噼里啪啦的爆竹响，倒纳闷：怎么连续着都是好日子？清早起来，韩起祥往南街“马记羊肉店”去吃杂碎汤，一支迎亲队吹吹打打地就过来，他往路边闪了闪，才站到门面房的台阶上，就听见有人喊：“韩先生，韩先生！”韩起祥等候来人说话，却听旁边有婆姨说：“你喊韩先生干啥呀？”那人说：“我那三女子也要结婚的，韩先生会掐算，选个吉日。”婆姨说：“他才从南泥湾回来，你不知道他的事吗？”那人“噢”了一下就不言语了。韩起祥便大声说：“我给你算算，但你得请我吃水盆羊肉！”

在羊肉店里，韩起祥问了生辰年月，一边扳弄着指头在心中默算，一边说：“刚才是谁家结婚？”“油坊老三的儿子。”“老三的儿子不是还小着吗？老三看着别人抱孙子也急啦？”“他儿子这次要去黄河那边的山西去。”“山西去？”韩起祥忙问怎么回事，弄明白了，原来是在延安的部队定期轮换着去各抗日战区，这次山西吕梁山那儿有战事，北边还要攻榆林城，部队上调动的人多，支前队的数量也多，好多人家就都在出发前给孩子办了婚事。韩起祥嘴里噢噢着，说：“这应该，这应该。”仰了脸，把生辰年月又掐算了一遍。

吃毕了饭，韩起祥去了一趟文工队，文工队也酝酿着组织两个小组，准备着去山西和榆林，韩起祥就要求他也要去，队长不同意，说他眼睛不好，韩起祥说：“那我咋从榆林来的？”队长说：“这是随军哩，不是沿途卖艺的。”两人谈不拢，韩起祥便置气走了，走过一条小巷，狗咬得汪汪，他走不过去，旁边一户院门哗啦打开，有人就把他拉进院去，说：“这不是韩起祥吗？”韩起祥说：“我是韩起祥。”便听见上房屋里有嘤嘤哭声。韩起祥便问：“咋有人哭呢？”那人说：“是我新过门的儿媳。”韩起祥说：“才过了门小两口就打架啦？”那人说：“不是的。”上房屋里就走出个后生来，说：“我说吃饱了吃饱了你还是让吃，还没上前线哩倒要我吃死呀？！”后生的爹就骂道：“你给我闭嘴，啥子活呀死呀的话！”后生说：“你来闻闻嘛，出气都是鸡蛋味！”原来新娘子过门了三天，天天三顿煮了鸡蛋让新郎官吃，煮的吃伤了又炒着吃，炒的吃伤了又蘸着辣子蘸着糖吃，为吃鸡蛋小两口置气捣嘴。韩起祥笑了说：“没人吃了，我肚子还饿着哩！”新媳妇给韩起祥端了一碗，韩起祥用筷子搅搅，一碗开水里一颗荷包蛋。他嘴唇咂得生响，瞬间说吃完了，将碗放在窗台上，开门就出去了。

韩起祥一走，新娘子把门就关了，说：“这样好了，好过了瞎子！”去窗台收拾碗时，却发现开水是没了，荷包蛋还在，院门外的巷子里是韩起祥弹着三弦在唱：

老麻子开花结疙瘩
八路军家的老婆守活寡
你当了八路军我守寡
革命成功了再回家

这段新书词，三天里传遍了延安城。毛主席派汪东兴给韩起祥送来了一篮子鸡蛋。韩起祥说：“毛主席怎么给我送鸡蛋？”

汪东兴说：“你不是没吃上鸡蛋吗？毛主席要你饱饱吃一顿！”

韩起祥说：“这事毛主席都知道了？毛主席还说啥了？”

汪东兴说：“毛主席说你是艺术家！”

韩起祥说：“你不要走，我要请你吃荷包蛋！”

这一顿，煮了二十颗鸡蛋，汪东兴吃了六颗，韩起祥吃了十四颗，说：“果真吃多了就不香了！”夜里肚子鼓得睡不着觉，起来绕着房子跑圈圈。

攻打榆林的部队开拔，韩起祥到底还是跟着去了。战士们很热火他，一休息下来就叫嚷着：“来一段！来一段！”但战士们老爱听酸段子，韩起祥先是不说，耐不过死缠硬磨，就让放了哨，不要首长知道，便说开了。到了榆林城外，宣传小组站在行军路边表演节目鼓动士气，韩起祥坐在土峁上，弹着三弦说了一段又一段，战士喊：“编个新的！”韩起祥白花花的瞎眼就激烈地眨动，手指头在三弦上一拨，口里的词随即出来了：

麦叶子黄来竹叶子青

八路军要打榆林城

长枪短枪马拐子枪

胸前还挂个望远镜

一举打下榆林城

一人领一个女学生

师政委骑马刚刚路过，听见了，下了马，把韩起祥叫到一边，骂道："你是谁？"

"我是韩起祥。"

"知道你是韩起祥！你是来卖艺的吗？"

"我是三弦战士。"

"三弦战士有你这样动员的？共产党闹革命是为人民谋福利的，不是为自己抢老婆！"

韩起祥被剥夺了随军的资格，打发着让他走了。韩起祥坐在山峁上被风吹着，就从破棉袄的窟窿里掏棉絮子擦眼泪，掏一疙瘩擦了，再掏一疙瘩擦了，脚下的酸枣丛上白花花一片。半夜里，韩起祥背着三弦下了山峁，顺着无定河岸滩走，走了十里，又返回十里，他不知道该往哪里去，鸡娃叫着天就亮了。

无定河边是韩起祥的故乡。四岁的时候，娘背着瞎了眼的儿子去投靠舅舅，舅舅不收留，还骂了妹子浑全人都难活着你还留这个瞎子干啥，娘背着他在无定河岸上灰沓沓走，天又下了雨，河里起了洪，娘觉得当哥的也骂得对，真不如一死了了，就在雨地里哭了一场，抱着他往河里去，在岸上避雨的苏老泉瞭见了，硬是过来把他们母子救下。这苏老泉认识高文旺，韩起祥才从此跟了高文旺学说书。无定河是韩起祥的救命河，这一回，韩起祥在一个村庄口的麦草垛里睡了一觉醒来，没想到远处竟也传来了一阵三弦声，他走近去，遇见了他的师兄马步云。马步云原本不是瞎子，小时候讨饭让狗咬瘸了一条腿，为了跟高文旺学说书，自己用剪刀剜了自己一只眼，师傅被枪毙后，马步云没有南下，独自在无定河边卖艺。两人见了，抱头痛哭。马步云提议一块去内蒙。韩起祥说："内蒙人稀少，谁个听说书，寻着饿死呀！"马步云说："咱可以算命嘛，大前年我带了一包针，换了二十头羊哩。"韩起祥说："你说天话，一苗针硬换一头羊？"马步云说："那里人就这么质问我哩，我说，这一苗针细是细，却是用铁棒磨出来的，还不值一头羊？他们就信了。"韩起祥没有去，他说他还是回延安去，而且要马步云一块跟他去延安。马步云说："师傅闹红哩，闹死了，说书的就是说书的，我不和官府的、当兵的粘！"韩起祥就二次南下去延安。

一路上，韩起祥当然以说书讨吃喝，弹起了三弦，旧书说着说着就冒出新书来，旁边的人问起延安到底怎么样，韩起祥说延安好，问怎么个好法，韩起祥说有吃的有穿的有毛主席。结果，一大批穷人跟着韩起祥投奔了延安。沿途的人都把韩起祥一段书词又编了歌子唱：

千里雷声万里闪
去了延安红了天
牛走大路虎在崖
不到延安你白活来

毛主席听说了，又接见了韩起祥，说：“韩先生，你可是立了功啊！”韩起祥说：“毛主席，我还立什么功呀，不挨骂就好了！”韩起祥知道骂他的那个政委也在场。政委就说：“韩先生，我以前以为你是个木墩墩，原来你还是个金钟！”

韩起祥第二天再给人说书，开场就加说了毛主席怎样说他是三弦战士，是艺术家，又说了打榆林立下大功的政委也向他道歉哩。

我以前把你当木墩墩
原来你是个金钟
今后我这土不再埋你
让金钟升在空中
有光有亮
有响有声

一九四八年，毛主席离开延安去了西柏坡，韩起祥还在延安留着，住的是毛主席住过的窑洞。窑洞外的那棵枣树结了枣，韩起祥一颗一颗都给毛主席留着。但毛主席再没有回延安来，他进了北京，在天安门城楼上宣告中华人民共和国成立了。韩起祥作为边区的革命干部进驻西安，被任命为西北文联的主任。他的眼睛当然还是瞎的，但已穿上了中山装制服，而且还有一双皮鞋。皮鞋的口沿儿很硬，第一天把脚就磨了水泡，他用棉花垫着。韩起祥上到了西安城中的钟鼓楼上，弹三弦说了一段书。他说："嗨，我真的在钟鼓楼上说书了！"

当上了文联主任，韩起祥就组织西北民间艺人要成立个曲艺团，他打电话到榆林，要求当地政府找着他的师兄马步云，一定得用马让他骑着来西安。一个月没有消息，终于有人给韩起祥捎来一信，信是马步云托人写的，只写着七个字：我有野心去不得。韩起祥说：我这师兄是贱命。

机关的人一上班都说："韩主任！"韩起祥有些不习惯。共产党的会多，韩起祥在会场坐上一半个钟头了，便说："歇一会儿吧。"就休会了。干事们说："来个说书吧！"韩起祥就笑笑地让人去他的办公室拿三弦，仍是在腿上系了竹板儿，一条腿那么踏着打节奏，三弦一响，嘴就张开了。牙齿上黏着一片韭菜叶，秘书过去帮他擦了，说："主任，咱以后不要随便说书了。"韩起祥说："为啥？"秘书说："什么人都起哄着，主任就不像主任了。"韩起祥觉得对，却说：

“说了几十年了，不说憋得慌。”秘书说：“那也得看给什么人什么场合说。”秘书又买了一副墨镜给韩起祥戴上。

韩起祥住的是一所小四合院。院子原本的主人是警察局长的小老婆，没收房产时，吊死在窗棂上。韩起祥的三弦挂在墙上，每晚上老听见三弦在响，点上灯了又没有动静，疑惑闹鬼，买了一刀纸在院子烧了，说：“你走！房子是共产党分给我的！”自后方安闲下来。院子里以前铺着花砖，韩起祥改成了菜地。陕北的沟岔里种向日葵的多，菜地里也种了一片，向日葵苗长出一寸高的时候，半夜里他撒热尿，只说为向日葵施肥的，热尿却把嫩苗儿烧死，只长成独独一棵。每天早上，韩起祥在院子里坐，向日葵面朝了东，他就朝东坐着，到了下午，向日葵面朝了西，他就也朝西坐着。脸上总能晒热太阳，脸上的颜色从此是酱红色。

“怎么有些口寡？”韩起祥对秘书说。

秘书上街买了红烧肉，又灌了一坛酒。韩起祥吃喝了，还说：“口里还是寡。”

秘书挠了头，低头咕呐：“当了主任就难伺候了！”没好气地把三弦塞给他，韩起祥一弹三弦就唱，尽唱的是很久很久以前的旧书。他说：“把他的，口寡着是没说书嘛！”

一天，韩起祥害头疼，让秘书给他太阳穴上拔火罐，从陕北来了个也背着三弦的少年，偷声换气地说要见韩起祥。秘书一乐，也是个小瞎子，问你找韩主任什么事，小瞎子说他是说书的，找韩主任在西安寻个工作。秘书说韩主任病了，不会客。韩起祥在屋里说："谁个？"秘书说："来了个眼睛不好的。"韩起祥说："啥人找啥人嘛。"秘书领了小瞎子进了四合院，韩起祥从头到脚摸了一遍，又抓起小瞎子的手，手指头上有茧疙瘩，一股眼泪就咕噜噜流下来，说："孩子，你跟着我，有你吃的喝的！"小瞎子咚地跪在地上，说："爹！"韩起祥说："我不是你爹。"小瞎子说："师傅！"就磕响头。韩起祥说："你起来，肚里有几个本，说一段我听听。"

小瞎子弹了三弦，是南路派，嗓音尖锐：

高高山上一泉水
四个女子洗大腿
你也洗我也洗
一个一个好东西

韩起祥摆了摆手，让停下来，说："这不行，说这些不行。现在解放了，文艺要为工农兵服务，说这个怎么行？！毛主席要我们做三弦战士，你知道吗？"

小瞎子说："我不知道。"

秘书要打发小瞎子走，韩起祥拦住了，说小瞎子口齿好，三弦弹得有特点，就招收到曲艺团里，派人教文化编新书吧，并给小瞎子起了个名字叫李建。送走了李建，炊事员给韩起祥端来了熬好的药，韩起祥头却不疼了，说：“啥是好药，做好事是治病的良方，这李建有点像我，将来有出息哩。”

到了来年的三月，韩起祥接到从北京来的通知，要他参加全国文代会。韩起祥因为急剧发福，那件中山装制服穿着箍身，重做了一件。临走时他做了个皮套装三弦，秘书说：“还带三弦吗？”韩起祥说：“我不带三弦，谁能知道我是韩起祥呢？”机关的和曲艺团的人来欢送韩起祥，李建说：“师傅，你去了顿顿把饭吃饱。”韩起祥说：“嗯。”又说：“夜里起来不方便，睡前少喝些水。”韩起祥说：“这我知道。”再说：“到天安门了你带一块砖给我留个纪念。”韩起祥说：“你这才说对了！”

秘书陪同着韩起祥到了北京，韩起祥一定要去天安门城楼，他说这是毛主席新住的地方，要用手齐齐摸一遍。摸了城楼底部每一块石头，还要摸上边，要秘书寻一条绳把他从上边吊着让他摸，秘书四处寻砖头，寻不着，扭头往远处瞅，韩起祥的话没理会，一个警察就跑来，大声呵斥：“不能在此小便！”秘书说：“谁小便呀？！”警察说：“那你在干什么？”秘书说：“我数城楼上的灯笼哩！”警察说：“灯笼不准数！”韩起祥没敢再说寻绳让他吊着摸城楼的事，只说：“我是韩起祥。”警察说：“韩起祥是谁？”把他们赶开了。

文代会开幕的那天，毛主席来接见全体代表。韩起祥被安排坐在后排，他有些生气，想了想，自己是瞎子，坐在后排看不见，坐在前排也是看不见的。但韩起祥还是摘了墨镜，而且站着，盼毛主席能看见他。毛主席果真就看见了，说：“韩先生，韩先生，你往前边来嘛！”工作人员立即将韩起祥扶到前面。毛主席说：“韩先生你好啊！”韩起祥扑通就跪下。毛主席把他搀起，说：“韩先生不要这样嘛！”韩起祥说：“毛主席你是皇上嘛。”毛主席说：“共产党里没皇上，我毛泽东依然是人民的勤务员啊！”韩起祥说：“毛主席，我想你呀！”毛主席说：“我也想陕北人民啊！韩先生是陕北人，我在陕北十三年，说起来咱们是乡党嘛！乡党见乡党，你能不能来一段说书？”

韩起祥没想到毛主席在这个时候让他说书，他说：“好，好。”却不知说什么书好。韩起祥说：“毛主席，你要听甚？”毛主席提高了声音对大伙说：“大家恐怕还不了解他，韩起祥先生是一个天才的说书艺术家，是位三弦战士，他不识字，却装了一肚子书，又出口成章，欢迎他给大家来一段吧！”掌声哗哗地响起来，韩起祥却呜呜地哭了。毛主席说：“噢，乡党见乡党，两眼泪汪汪呀！”说得韩起祥不好意思又笑起来，把三弦拿出来，在腿上系了竹板，坐在椅子上了，眼睛眨得哗哗颤，不出声。众人又鼓掌，掌声未落，他却唱说起来了：

乡党见乡党
我两眼泪汪汪
我说个婆姨爱尿床
第一天尿湿了红巾被
第二天尿湿了象牙床
第三天尿得满床流
第四天尿成太平洋
乡亲们赶快来撒网
捞得虾米像杆枪
捞得鲤鱼丈二长
就是王八漏了网
跑到台湾当了小皇上

礼堂里静悄悄，韩起祥说到婆姨尿床，大家都面面相觑，看毛主席的脸，毛主席坐在那里听着微微地笑，大家就坐好了，也微微地笑。待韩起祥说到最后，原来在骂逃到台湾的蒋介石，毛主席哈哈笑了，礼堂里就热烈地鼓掌。

韩起祥说完回坐到后排，秘书悄悄拉着他的手让揣自己的脊背，韩起祥揣到的是后背的衣裳都汗透了。韩起祥说:“可惜咱没个照相机。”秘书说:“我把毛主席的话全记着的。”韩起祥说:“毛主席万岁啊!”秘书说:“万万岁!”

毛主席邀请韩起祥在文代会上弹三弦说书,全中国都知道了有个天才的说书艺术家。韩起祥在西安就待不下了,他被调进了北京,定为行政九级的干部。原来的秘书依然回了西安,而北京重新为他配了秘书,是大学毕业生,从小在城里长大,斯斯文文。

韩起祥在很长的时间里怎么也过不惯北京的生活,一是他的陕北口音好多人听不懂,他又不愿意学北京话,用北京话说三弦说书味道就没有了。他在大街上走,偶尔有人说陕北话,他就近前去认识。动物靠气味结群,韩起祥总把新交识的说陕北话的人召在家里,拿出好酒喝。二是北京没有小米饭,没有洋芋叉叉,韩起祥总觉得吃不饱,而且便秘,上厕所难拉得出来。后来上厕所成了大事,半个小时一个小时蹲在厕所不出来,秘书在外边问:成功了?韩起祥说:没成功。凡是终于解了手,出了厕所就快乐地喊:成功啦,又成功啦!更让韩起祥难受的是睡不了沙发床,他人胖,翻不了身。夜里秘书一走,他睡在地毯上。待到有一天早上秘书早早通知他去开会,卧室门一推,瞧他睡在地上,秘书害怕了,向上级领导汇报,说:韩起祥闹情绪啦!领导问怎么回事,汇报是绝食倒没绝食,就是不往床上睡。上级领导征询过韩起祥对工作有什么意见,韩起祥回来将秘书骂了一顿，就辞退不要了。再配秘书，韩起祥唯一的条件，一定得是陕西人。组织上考虑来考虑去，从西安又将他原来的秘书调来了。

在曲艺界，韩起祥和侯宝林是有头有脸的人物，大凡北京城里有什么大的活动，比如国庆节、共产党的生日、全国人大和政协会议、外国元首来华访问、举办晚会了，他们必然演出。侯宝林会应酬，台上台下潇洒自如。韩起祥不上台没话，总是沉静地坐在一边，他看不见人，免了去和别的人搭讪。许多人看见他了，以为他看不见，也不多和他招呼，但韩起祥能逮听到周围一切说话声，能分辨谁从他面前走过去了。一到台上，韩起祥像个狮子，虽然每次他都在说《翻身记》，一些人几乎都熟悉了其中的词句，但他的激情表现，总是赢得最热烈的掌声。回到家里，韩起祥就把外衣脱了，手在胸上往下挠，又在腿上往上挠，然后在腰里左右挠，秘书说："累了，你泡个澡？"韩起祥说："今日怎样？"秘书说："好！"韩起祥说："掌声比侯宝林多吧？"秘书说："多！"韩起祥坐到浴盆了，问："北京大学没有信吧？"秘书说："没。"韩起祥说："你去给李建打电话吧。"秘书知道北京大学聘请了侯宝林当名誉教授，韩起祥有些不畅快，就给李建打电话，问西安的情况，建议西安邀请韩起祥带一批文艺家能去西安办一次活动。

李建已经在西安成为名演员了，又接替了韩起祥原来的职务，十天八天就来一次电话向韩起祥问候。但是，邀请韩起祥回西安办活动的事却一直落实不下来。

这一天，李建又来了电话，韩起祥接了。

“师傅，我想死你啦！”李建说。

“我也是，”韩起祥说，“昨晚上还梦到回了延安，一大伙人，有你，有马步云。”

“真是巧了，我也做了梦，是咱们去高山上一个村子演出，我背了你上坡，整整背了一夜！”

“那不累死了你！”

“师傅，我在报上看了，侯宝林在北大当了教授，怎么没有你，这太不公平了！”

“不说这个！马步云还是没消息吗？”

“我去了一趟榆林见到他了，他还是不愿意来西安，我说我师傅让你写个申请入全国曲艺家协会，他还是没同意。”

“……”

“师傅是仁至义尽了，狗肉不上席面，谁有啥办法？再说，他就是入了会，有了工作，也或许惹事，他只会说酸书。”

“……”

“师傅！师傅！”

“我听着的。”

“月底我想来北京，你看给你带些啥东西？”

“啥都不要带。”

“咋能不带呢？要带的，我准备了小米和红枣。”

李建果然来了北京。李建是个瞎子，但不是实瞎子，他的右眼还朦朦胧胧能看见一些。李建来北京说的是看望师傅，汇报省内曲艺工作，但更重要的是来北京治眼睛。李建老相信他的眼睛能治好，一直在西安治，没效果，就想着北京的大医院能治。韩起祥说：“眼睛是从小瞎了的，那怎么看得好？”李建说：“都是人，别人五光十色地看着，咱就只看黑的？！”韩起祥说：“眼睛不瞎能说书？你把眼睛治好了，或者就说不成书了！”李建说：“不说书了咱当官嘛。”韩起祥说：“你先治吧，你治好了，我再治。”

李建在北京跑了几家大医院，大医院对他的瞎眼都没办法。李建坐在天安门广场的路沿上哭了一场，就回去了。

韩起祥没有舍得把小米和红枣吃掉，他让秘书请了汪东兴吃了一次，又让秘书把彭德怀请来。彭德怀一来，韩起祥叫了声：“元帅！”彭德怀把军帽军衣脱了，往床上一坐，说：“今日我不是元帅了，老韩，快把小米红枣饭端来！”吃到兴时，彭德怀要韩起祥弹三弦，韩起祥从墙上取下三弦，三弦上满是尘土，才弹了三下，一根弦嘣地就断了。

“老韩当了官，是长时间不说书了？”

“也是，到了北京，没大型演出活动它就挂在墙上了。”韩起祥有些不好意思，“弦断了有知音，你是我的知音啊！”就握了彭德怀的手，又说：“我不想在北京住了，想回延安去！”

彭德怀说：“你韩起祥现在不是你的韩起祥了，你是人民的艺术家，是国宝了，说要走就能走吗？”

韩起祥说：“再在北京待，我就没有新书说了。”

彭德怀说：“《翻身记》不是很好吗？《翻身记》就是为工农兵服务的作品呀！”

韩起祥不再说话，两个人就喝酒，喝的是茅台，后来都醉了。临走，韩起祥一定要送彭德怀，说彭德怀醉了，他得扶扶，彭德怀说你眼睛不好还送我呀，一定要扶韩起祥进屋去。两人推推让让，都站在院子里。已是半夜，天上有一片星星，彭德怀说：“老韩，你这院子树少，看的星星却多呀！”韩起祥说：“我看啥都是黑的。”彭德怀知道自己说得有些那个了，拍了拍韩起祥，说：“眼睛瞎着有瞎着的好，眼不见心不乱呀，老韩！”院门外停着车，彭德怀要上车了，韩起祥一再说：“我要不回延安，你得常来看我啊！”彭德怀答应着，让秘书把韩起祥背回了屋，车才开走了。

事后，彭德怀让人给韩起祥送了一坛子湖南老酒，还有七八条活鱼。韩起祥把酒喝了，但韩起祥是陕北人不吃鱼，在院子里修了个小水池，把鱼在里边养着。鱼在水里自由的样子韩起祥看不见，他喜欢听鱼活泼的划水声。

那时候，秘书给韩起祥念报纸，总是“形势大好，越来越好”，韩起祥能感受到的却是政治运动多，确实是越来越多。任何运动一来，必然有文艺宣传活动，韩起祥少不了表演三弦说书。先是反右，哗啦啦一片一片的人都成了右派，韩起祥出身好，说书只说《翻身记》。韩起祥不是右派，但反右中表演节目，韩起祥犯愁了，不知该说些什么书。

“你还是说《翻身记》。”秘书说。

“人家要反右的内容，说《翻身记》怎么行？”

“前面加几句开场白不就得了。”

“不说行不行？”

“怕不行，你是三弦战士呀。”

“那你给我加个开场白。”

韩起祥就上台了，他说的《翻身记》，开场是一段新词：

手握三弦上战场
三弦就是机关枪
全国人民齐上阵
打断右派狗脊梁

熬过了反右时期，紧接着共产党在庐山召开了会议，把彭德怀揪出来了。消息传来，韩起祥两天米茶未进，他觉得这世事怎么也解不了。秘书把一碗面条端给他，调上很汪的辣子，还剥了一疙瘩蒜，说：“你得吃饭呀，身体是自己的，你又不是政治家！”韩起祥说：“你说说，政治是啥？”秘书说：“政治就是把自己的人逐渐提上来，把不是自己的人慢慢弄下去，使拥护我们的人越来越多，反对我们的人越来越少。”韩起祥说：“胡说！”秘书说：“这是毛主席说的。”韩起祥说：“毛主席说的？彭元帅不是毛主席的人？”秘书说：“过去是，或许现在不是了。”韩起祥说：“……我担心又要让我演出哩。”秘书说：“你考虑住不住医院。”韩起祥把面条吃了，又喝了一碗面汤，第三天就住了医院，他说他血压高。

不出所料，文艺演出的通知下来，内容就是反彭德怀的。韩起祥让秘书汇报他住院了，但再次通知书竟送到了医院，他不得不去了。韩起祥决定打申请报告回延安，他是怀里揣着那份报告去参加演出的。韩起祥的节目仍是《翻身记》，他把以前的开场白稍改了一下：

手握三弦上战场
三弦就是机关枪
全国人民齐上阵

打断彭德怀狗脊梁

演出结束的翌日，韩起祥坐车到中宣部大楼外，他没让秘书扶他，一根棍儿敲打着寻着部长，把申请报告交上去。部长以为韩起祥又闹什么情绪了，问他的级别、住房、坐车，韩起祥说："我不是为这些，就是要回去。"部长说："你是文艺界树立的一面旗，你要走了，这旗怎么办？"韩起祥说："文艺界能人多，我算什么？再说，是面旗，我响应毛主席号召，更应该到工农兵基层去。"部长说："这得研究研究了。"

韩起祥等待研究结果，却泥牛入海，再无消息。心里已做好了回去的准备，韩起祥度日如年，便秘严重起来。秘书陪着韩起祥一早一晚在院子里做气功降火，看到一夜寒冷将水池冻透了，六条鱼凝固着各种姿势被封在冰里。韩起祥赶忙让把冰块拿回家温化。但是，冰化成水了，鱼却再没有活过来，韩起祥不让秘书吃掉这些死鱼，叫嚷着挖个坑埋了。秘书挖好了坑埋鱼时，发现少了一条，才看见那只花猫偷叼了一条在院角的水道口吃，告诉了韩起祥，韩起祥让逮住猫吊着打，骂道："你瞧着吧，我离开北京时绝不带你！"

韩起祥接连三次又去找部长，他已经不说那些堂而皇之的话，强调他在北京不服水土，每天便秘拉不下来，鼻子又出血，说着就抠鼻子，抠出血痂来。部长缠不过他，说：“韩起祥同志，我还从未见过像你这样的人哩！你要回，可以，但我把话说清，不要回去几天就后悔了，又来寻我把你往北京调！”韩起祥说：“我不后悔。”

韩起祥就回到了延安。他原本要在西安住几天，在宾馆里让秘书给李建拨电话，李建大惊，说：“师傅不在北京啦？他是到文联吗？”韩起祥就坐在电话机边，伸手就把电话按断了，说：“他怕我回来顶了他哩！”就没有在西安待，吃了一顿饭便径直回了延安。

汽车开到关中和陕北高原的宜君梁上，天下了大雨，远近都是白茫茫一片。一只狗冲着车一路狂吠着从土峁上跑下来，就卧在公路当中。韩起祥一直把脸贴在车窗玻璃上往外看，脸压成了一张柿饼，他什么也看不见，但他听见了狗吠声，说：“狗叫哩！”司机说：“一条游狗在前边路上。”韩起祥说：“停车，停车！”车一停下，韩起祥就下了车，端端往前走，竟准确地在离狗一米远的地方站住。狗被雨淋得毛全粘在身上，盯着他，呼哧呼哧喘，他说：“狗子，狗子，你在等候我呀？”狗一下子前爪举起，呜呜地叫。韩起祥弯腰把狗抱起来，泥泥水水地搂了，走到路边，一只手解开了裤带，舒舒服服尿了一泡，说：“我韩起祥回来了！”

韩起祥毕竟是名人了，他回住在延安，行政九级的待遇还在，地方的党政官员逢年过节必要去看望他，给他送了一卡车一卡车的煤，全垒在后院。食盐装了一瓮，菜油装了一瓮。冬季里了，储存的萝卜、白菜、葱、南瓜塞满了一间小屋。韩起祥的住宅成了延安城一个景点，但没有人敢进去。常有人路过就指点说："知道韩起祥不？""听说过。""想见不？""在哪？""你从这门缝往里瞧。"趴在门缝往里看，门缝里也同时趴着了一只狗，人眼看着狗眼，狗眼看着人眼，人就吓跑了。

延安是革命的圣地，每年有几百万的朝圣者，他们一看见宝塔山就热泪长流，争着抢着抓一把土要带回去。这些人常常在街道上碰见瞎子，瞎子在弹三弦说书，以为是韩起祥，就近去合个影。延安横竖两三条街，又见到无数个瞎子，还是都弹三弦说书，便纳闷了：怎么这多韩起祥？！其实韩起祥已经不在街上说书了。只有北京的省城的什么领导到了延安，地区的官员才派小车来接韩起祥，韩起祥就刮了脸，戴上墨镜，拿着三弦往延安最高档的宾馆来。宾馆里已经早到了延安地区最著名的画家、书法家和歌舞团的女演员，他们见面了，相互说："你来了？""来了。""最近还好？""好。"便都笑笑，然后等待领导的接见。领导接见肯定要讲话的，说："你们都是艺术家，我来看望看望大家！一个省长一个县长是可以选出来的，一个艺术家却是几万人中选不出一个啊！"女演员就激动得哭了。女演员容易哭，说上几句话就哽咽，但揉揉鼻子又恢复正常了。地区的官员就开始布置，画家、书法家在一个房间为领导写字画画，而演员们就为领导表演节目。韩起祥声名显赫，他首先演第一个节目，他说的是《翻身记》。

韩起祥每一次被领导们接见回来，心情就烦躁，秘书在院子里为栽种的一片豆角浇水，韩起祥让他放下水桶，去郊区文化馆那儿取一份资料。秘书忙不迭地骑了自行车便去，可一个小时后，韩起祥忽然想起该召开曲艺创作会了，参加的代表名单应该被地区宣传部审查了，就说："皇甫，你去把名单取回来！"皇甫是秘书的姓，皇甫没回应。韩起祥便喊："皇甫！皇甫！"正喊着，皇甫推了自行车进院了，说："啥事？"韩起祥劈头就骂："你死到哪儿去了，七声八声喊不应？你是工作人员，你不是来我这儿的亲戚！"这样的骂，发生过数次，秘书钻在自己的厦屋里委屈地哭。哭声惊动了韩起祥，又骂："你浪够了你还哭？！"秘书说："我哪儿浪了，你让我去郊区文化馆取资料的。"韩起祥说："我让你去……"蓦地想起确实是自己让秘书去郊区文化馆的，就喃喃说："我让去的，我让去的。"用手拍自己脑门。韩起祥回坐到卧室发一阵呆，从柜子里取了一瓶酒，出来了，朝厦屋喊："皇甫，皇甫，咱爷儿们喝酒！嗨，我把我藏了六年的酒让你喝你还不领情吗？！"

韩起祥有酒量，但韩起祥还是喝醉了。秘书也喝醉了。

韩起祥喝酒上脸，从头到脚都红彤彤的，皇甫却越喝脸越白。韩起祥说：“你现在去杨家岭，听说马步云在那儿，你把他给我叫来！”秘书说：“他再不来，我就把他赶出延安！”韩起祥说：“他就是不认我这个主席，也该认我这个师弟吧，你就说，我要给师傅编一本书哩，让他提供些资料，看他来不来。”秘书就又骑自行车摇摇晃晃去了。

过了半天，秘书回来了。他是在半路上跌了一跤，爬起来，再没有管自行车，意识里似乎觉得自己是骑了自行车的，就双手架着，做推了自行车的姿势，一路竟又返回来。韩起祥则在院中的水池边撒尿，水池上的水龙头哗哗地流水，他对秘书说：“这尿怎么总尿不完呀？！”他们没有再提起马步云的事，都倒在地上呕吐，狗舔着呕吐了的污秽，狗也卧着不动了。

韩起祥越来越沉溺于酒中，秘书都害怕了，为了阻止他多喝，秘书就戒了酒。到了夏天，延河上修建大桥，周围村镇的男劳力全上了工地，城里机关单位也轮流组织职工去参加义务劳动。韩起祥去工地说了几回书，说毕了总要坐在河神庙的旧址上，他说：“酒！”秘书从怀里取了酒瓶，在酒瓶盖里倒满了递给他。他又说：“酒！”秘书又倒了一酒瓶盖。喝了三酒瓶盖，酒是没有了，秘书出门只给他装这么多酒。韩起祥就开始讲他曾经在河神庙的故事，讲得是那样的仔细，甚至啰嗦。秘书先还“嗯”着回应他，后来就不吭声了。

“我是不是老了？”韩起祥说。

“你没老。”秘书说。

“我说过去的事你烦了。”韩起祥说，“我真不该记过去的事了。”

“应该的，忘记过去就意味着背叛，这是毛主席说的。”

“那你能跟我去一趟南泥湾吗？”

“去南泥湾干啥？”

“我想起那个寡妇了。”

秘书回过头来，看见韩起祥的样子很可怜。

但是，在南泥湾却怎么也寻不到寡妇的坟了。韩起祥硬说那个山梁梁下就是寡妇的坟，秘书瞅来瞅去，除了一棵树外，地上平平的没有土丘。韩起祥说：“树是啥树？”秘书说：“榆树。”韩起祥说：“是不是树干有一个弯儿？”秘书说：“你怎么知道？”韩起祥过去抱住了树，喃喃道：“我只说把探路棍儿插在你坟上，没想它长成这么粗的树了！”就跪下来，要秘书也跪下来。

“你认我是不是师傅？”韩起祥说。

“当然认你是师傅。”秘书说。

“你要认我了，你就先认她，你给她磕个头。”

“这儿不是坟呀。”

“是坟！”韩起祥坚决地说，头就仰起来，对着树又说，

“妹子，是你在这儿了，你就让树上落个鸟儿吧！”

果然一只鸟飞了来，就落在树上，但鸟是乌鸦，哇哇哇地聒。秘书磕了一个头，浑身都发冷了。

临走的时候，韩起祥让秘书在树上折了一根枝条，他当作了探路棍。返回走了一夜山路，天亮到了双合镇，韩起祥一定要在镇上说书。双合镇听说韩起祥来了，就议论起陈年往事，上了岁数的人，说：“韩先生，你听我是谁？”韩起祥说：“你是谁？”他们说：“你再听听。”韩起祥就指着一个一个说：“你是不是白元？”“你是曹希娃吧？”“你一定是艾翠翠！”人们就呀呀地叫起来，说韩起祥没有忘他们。那时节，正是收麦天，强壮劳力上了修桥工地，镇子里满是老人和妇女，韩起祥让秘书极快地给他编了一段词，就给大家弹三弦说起来。新编的词儿是今年的麦子大丰收了，山也变得低，河也变得窄，人民公社的社员从山峁上背着麦捆，一边走一边唱道情。书一说完，一个农民就把韩起祥拉到家里去吃油糕。韩起祥一进了窑，突然说：“这是她家过去的窑。”秘书说：“谁？”韩起祥没再言声。在炕头上，农民说：“你给我家娃娃起个名字吧。”韩起祥说：“是男娃是女娃？”农民说：“男娃，生下来八斤重哩！”韩起祥说：“那就叫延红。”农民说：“延红？”韩起祥说：“延安闹红嘛。”农民说：“这名字好，你给娃娃掐掐命。”韩起祥不掐，农民就让韩起祥说一段书，说旧书。韩起祥有些生气，说：“我只会说新书！”农民说：“你说的新书不好听。你说背了麦子上山还唱道情，累得气都喘不出来咋唱道情？”韩起祥憋得脸色通红。

下午，韩起祥亲自要去山峁梁上背麦捆子，果然气喘得走不动，他就骂秘书：“皇甫皇甫你写的狗屎段子，你是要毁我的名声嘛！”

以后，韩起祥又恢复他当年同寡妇一起创作《翻身记》的经验，让秘书先写成初稿，他再根据自己的体会，用自己的话说出，让秘书再记录。大桥建好后，延安城里锣鼓喧天闹腾了三天，韩起祥当然想说歌颂延安新面貌的新书，让秘书领着他桥上桥下走了一圈，又让秘书寻了绳吊了筐，他坐在筐里将整个桥壁摸了一遍。韩起祥就想起当年在北京天安门城楼前的事，说：“延安是咱自己的，我怎么摸就怎么摸！”到了桥底的河滩，韩起祥却弹了三弦唱起来：

上一回庙来打一回钟
交一回朋友伤一回心
人人都说我和你有呀
说哩笑哩
但没捏一下手

秘书说：“你唱的是啥？”

韩起祥说："我唱的是旧曲儿。"

秘书说："你是老三弦战士了，你可不要再唱旧曲儿！"

韩起祥不吭声，闷了一会儿，却说："《翻身记》后，我再没像样的新书，我要再弄出一本来，要比《翻身记》还要长，还要好！你瞧瞧旧书这词，你要写不出像旧书这么生动的词，我就辞退你！"

秘书说："我编不出来，你也编不出来。"

韩起祥说："你说啥？"

秘书再没敢说话。

新书写了三千五十句，但韩起祥不满意。来年的开春，韩起祥和秘书拿着收录机走遍了陕北十二个县进行采风，直到了七月，一头毛驴把他们从佳县送回到延安，毛驴身上驮着两个口袋，口袋里全是录下的民歌、民间传说的磁带盘和秘书的采访笔记。在延河桥上，韩起祥说歇歇，脱了麻鞋换上了皮鞋，说："领导肯定对我韩起祥有意见了！"秘书说："咱下乡没花公家一分钱，还有啥意见？"韩起祥说："咱走了这么长时间，不知北京、省上来过多少人呢。"说罢了，却说："去屎！"把麻鞋扔到了桥下。

这一回，韩起祥是估计错了，地区的领导没有怪罪韩起祥，甚至连来看望也没有，因为毛主席在北京发动了"文化大革命"，成千上万的外地学生拥进了延安，到处是红旗，到处贴的是毛主席的头像和革命造反的标语。秘书已经整整三天在街上看热闹，半夜里回来，韩起祥在屋里喝酒，说：“你死到哪里去了？后院的煤烧完了，南瓜没了，洋芋没了，床底下存的酒就剩下这一瓶了，你还管不管？！”

秘书说：“造反啦！”

韩起祥说：“造反啦？怎么个造反啦？”

秘书说：“今日地委和行署的领导都游行啦！”

韩起祥愣了半天，说：“我说呢，怎么狗大个人都没到我这儿来？！”

此后的十多天，韩起祥在延安城里到处游走，他没有再带三弦，穿了件宽大的对襟袄，戴着草帽，他用耳朵逮听着街上任何响动，然后再返回家，坐在院墙根的阴凉处。天气很热，院中的树卷了叶，种的韭菜和葱都干枯了，街上腾起的黄土扬过了墙头，落在韩起祥的脸上，汗水又流下来，脸就成了花脸，但韩起祥窝蜷在那里，纹丝不动。秘书在水池边洗了头，在太阳底下站了一会儿，自言自语说：“中午吃啥呀，是揪面片呢还是去买些饸饸？”韩起祥说：“随便。”秘书吓了一跳。

“你没有打盹？”秘书说。

“瞎子眼睛老闭着的，都是打盹啦？！”韩起祥恨恨地说。“你没打盹了好。”秘书说，“我给你打一盆凉水，擦擦脸。”

韩起祥却把他叫住了，说：“我思谋了，这是个运动，凡是来了运动肯定我得去演出，你这几天多写些新段子，准备着。”

秘书写下了许多小段子，一个段子写成个纸条，贴在墙上让韩起祥背诵。韩起祥认为这些词太拗口，但他也想不出更好的词，背诵了一会儿就烦了，说：“不背这些了，谁要叫我演出，我还是说《翻身记》，前面还是那个开场白，以不变应万变。”正说着，街上有了游行，高音喇叭声传过来，韩起祥说：“你记住，别人这一派那一派，这观点那观点，咱什么派都不入，什么观点都不是！”秘书说：“毛主席说没有正确的政治观点就等于没灵魂。”韩起祥说：“咱就不要灵魂啦！”秘书关了院门，又在门扇上贴了纸条：院内有狗，小心咬你。

一天，秘书变脸失色地回来，低声说：“不好啦，李建到延安啦！”韩起祥说：“那有什么不好，他还不是来孝敬师傅的？”以前李建来过几次，每次都带烟卷和酒，韩起祥脚上的那双皮鞋也是他买的。秘书说：“李建组织陕北地区的曲艺界人来要打倒你啦，到处都贴了标语，你的名字全倒着写，还打了叉。”韩起祥说：“这不可能，李建要打倒谁也打不到我头上。”

第二天晌午，太阳刚滚下瓦槽，韩起祥在里屋听见院子里的狗叫得很凶，赶出来的时候，几个人站在院墙头上用绳索套住了狗，使劲地扯动两边绳子，狗先还挣扎着，蹄爪抓掉了院墙上的瓦，落在地上摔成粉碎，后来身子蜷起来像一个球，眼球突出，再掉下来，掉下来并没有掉到地上，有两根线牵着，像串着的枣儿。两扇大门被撞开了。

韩起祥被拉上街游斗。延安城出现了最奇特的风景，上百个瞎子全部戴着“造反有理”的红色袖章，每人都有个竹棍儿，竹棍儿前后拉着。这条盲人队伍从延安的几条大街上走过，他们翻着白眼，黑水汗流，高呼：打倒韩起祥！三弦说书要灭亡！

韩起祥最后被关在了延安大戏院里，大戏院里关押了各类的牛鬼蛇神。造反派要韩起祥交代，韩起祥就说《翻身记》，因为他的全部经历都在《翻身记》里。造反派不听这些，扇他嘴巴，韩起祥就喊“毛主席万岁！”没人再敢捂他的嘴。韩起祥实在没有罪恶，李建和那些瞎子就在他家抄东西，把出席各种会议的证件和墙上所有的奖状全扔到院子烧，说：“他怎么就能有这些？！”

此后的韩起祥没再挨打，但他得陪斗，大凡把某个走资派拉出去游街，他就陪着。押在一辆大卡车上的牛鬼蛇神都战战兢兢，韩起祥一上车就扶着车帮瞌睡。他是瞎子，瞌睡了别人看不出来，只是起鼾声，淌流口水。靠近他身边的走资派用脚悄悄踢他，韩起祥醒过来，又瞌睡了。

韩起祥到底被放了出来，却不能再住在原来的院子，搬移到一间破窑洞里。一天晚上，有人敲门，韩起祥听见了，不敢开，光脚下来伏在门扇里听，门缝里就捅进来个木棍儿。韩起祥用手摸了，摸出木棍头上雕刻着一个盘龙，他说：“师兄！”门一开，跌进来一个三角形白光，马步云倒在白光里。韩起祥拉着马步云到了里屋，说：“师兄你狗日的这个时候才来看我！”马步云说：“我要早见你了现在就见不上你了！”韩起祥说：“要不是师傅的这探路棍儿，我真不敢开门的。”马步云已经老了，脸皱得像个核桃，韩起祥摸着他，眼泪就噗嗒噗嗒地掉。马步云说：“啥我都知道了，你跟了我走，咱到无定河边去，要么到内蒙。”韩起祥说：“还用针换人家羊呀？”马步云说：“这年月明眼人能饿死，饿不死瞎子，那里山高皇帝远，还能没咱一碗饭吃？”韩起祥说：“我再不说书了。”马步云说：“不说书了咱要饭嘛。”韩起祥说：“真的跟你走？”马步云说：“走！”两人就在这一夜消失了。

北京城里终于宣布疾风暴雨式的文化革命运动结束了，一切都恢复了原来的秩序，又有北京的重要人物陪同外国元首来延安参观。这些人看过了黄土高原，当然还要看黄土高原上奇特的文化，就问：韩起祥不是在延安吗？让他表演表演三弦说书啊！新一代的地区官员赶忙着人叫韩起祥，才知道韩起祥早不在了延安，至于去了哪里，谁也不知道。于是给整个陕北各县打电话查寻韩起祥。有人在无定河边的杨家庄找到了韩起祥，连夜用小车运回延安，连夜在宾馆给他理发，洗澡，换下了长满虱子的破袄，第二天，韩起祥演出了，他说的还是《翻身记》。

延安的新领导又安排韩起祥回住到原先的院子，原来的秘书仍然做韩起祥的秘书，并且叮咛办公室主任定期去看望韩起祥，及时解决生活上的困难。办公室主任在墙上贴了接待工作条例。条例写道：

延安是革命圣地，中央首长和省上领导来得多，但凡有重要接待，必须做到：一、准备好工作汇报材料，土地面积，人口，植树造林，羊、牛、驴、猪，数字要准确。工业、农业本年度的增长指标要计算出百分比，越详尽越好。二、提先筹备地方土特产。羊皮要二道毛的，枣要滩枣。人工水晶眼镜，黑陶，玉石手镯，都要制作包装盒。三、五至六名画家、书法家当场写字画画，中午招待一桌饭。四、韩起祥三弦说书。注意，用小车接送。五、歌舞团女演员唱歌，是否办舞会，酌情而定。

韩起祥在这一年被推选为全国政协委员，陕西文艺界同时还有西安城里的李建。进京开会的时候，韩起祥原本带上秘书的，但李建说不用了，他能照顾师傅。会上，安排韩起祥和另外一个人住一个房间，第一天晚上韩起祥的呼噜就吵得那人坚决要调房间。李建就提出他和韩起祥住。晚上了，李建说：“师傅你先睡。”韩起祥说：“革命阵营里只称同志。”李建说：“师傅还记我的仇呀？”韩起祥说：“没仇，运动嘛。”李建说：“那你先睡，你睡下了，我给你擦擦皮鞋。”韩起祥说：“我打呼噜，你先睡了，睡死了，就听不见呼噜声。”李建刚睡着就被呼噜声吵醒，蒙了被子还吵，掏出被子里的棉花塞了耳朵，还是吵。李建就坐在床上。韩起祥翻了个身，醒了，他知道李建在坐着，偏又歪了头又呼呼噜噜睡。天亮起身，韩起祥说：“你醒来早？”李建说：“我还没睡哩！”韩起祥说：“是不是我吵了你？”李建说：“我咋不就是一个聋子嘛！”

那时候，是邓小平才出来工作又被打倒了，反右倾翻案风是政协会上主要的议题。会议中有个文艺晚会，又点了名要韩起祥表演三弦说书。早晨通知的韩起祥，晚上就要演出，韩起祥犯了愁，不知该说哪一段书。他的秘书又不在，李建就给他现编：

地富反坏的总头头
就是中国的邓小平
邓小平大坏蛋
全国人民齐批判

下午排练，韩起祥说了一次总忘词，李建说：“晚上我在幕后给你传词。”排练毕，《人民日报》的记者采访，问韩起祥说的是不是心里话。韩起祥指了李建说：“你问他！”

快步就下楼梯，已经下到一层了，一脚故意踏空，就跌倒了。韩起祥希望能把腿骨摔断，但爬起来后腿是好的，只把脖子歪了。

韩起祥成了歪脖子，他让李建去报告，说晚上演出不成了。组委会的意见是脖子歪了不碍事，演出不能耽误。李建说：实在不行，我替他演，词是我写的，我记得比他熟。回答是："你不是韩起祥呀，同志！"

晚上，李建躲在幕后准备传词，韩起祥说的却还是《翻身记》，开场的词还是那四句，只是把邓小平的名字加了进去：

手握三弦上战场
三弦就是机关抢
全国人民齐上阵
打断邓小个子狗脊梁

在那些年月里，国家领导人换了几茬，而韩起祥依然是政协的委员，依然又是文艺界的一面旗子。每次政协会上，领导人按惯例要参加文艺界小组的座谈，座谈一毕，领导人起身要走了，便立即有人前去敬献哈达呀、小花帽呀、披肩呀什么的。然后，歌唱家们、舞蹈家们也拥过去，又唱又跳。领导人走也不是，不走也不是，微笑着，接受献礼。韩起祥已经习惯了这场面，他看不见，但他不能走，站在一旁的李建个子小，发急说："咱应该献陕北的三道道蓝白手巾吧。"韩起祥说："陕北又不是个民族！"正说着，有人喊："韩起祥，你来段三弦说书啊！"韩起祥说："说书太长。"那人说："弹弹三弦！"韩起祥再不能拒绝，进去弹了一通。

回到房间，李建说："你真幸福，能献曲！"韩起祥说："我老了，以后就轮到你了。"

韩起祥真的是老了，人老先老腿，脚底下开始不利索。韩起祥压根没有想到几年之后邓小平又一次出来工作，北京的大型文艺演出中，他又被点名进京表演。韩起祥这回是被秘书搀扶着出现在舞台上，坐在那里白眼眨了半天：

只听中央一声说
小平同志出来工作
小平是一个大好人
他为人民掌了舵

然后就说《翻身记》。气息已经不饱满，还未说完，就大汗淋漓了。

演出一结束，当年采访他的记者又把话筒伸到韩起祥的口边，韩起祥吓了一跳，把话筒拨开了。记者说："韩老，这回是心里话吗？"

韩起祥说："我代表陕西二千二百万延安儿女，坚决拥护邓小平！"

记者说："你七六年唱的为啥和今天不一样？"

韩起祥说："你就不懂政治！七六年邓小平都顶不住，我一个瞎子有屎办法？！"

记者再说："下次来北京，韩老还说什么？"

韩起祥说："《翻身记》嘛。"

记者又说："你怎么老是《翻身记》？"

韩起祥说："你会烙饼不？饼不翻过来翻过去咋熟呀？！"

韩起祥却再也没能进北京了。因为政协换届，在审查委员资格时，有人不同意，理由是韩起祥是艺术家，但没有艺术家的骨气，他反对过邓小平。同意的人说，大风吹来，所有的草木都倒伏的，哪能怪韩起祥呢？那不是韩起祥的错，是政治运动的错，是人性的错。不同意的说，他反对邓小平可以理解，但他说"邓小个子"就是恶毒的侮辱，这一点不能原谅吧。结果，韩起祥没能推选上。李建还继续当委员。

李建要赴京了，来向韩起祥借三弦，说师傅的三弦弹奏效果好。韩起祥说：行嘛，行嘛。把三弦送给了李建。李建一走，韩起祥就觉得肚子疼。从此病得没有起来。

韩起祥是胃上的病。先是拉肚子，拉黑水，每每一感觉要上厕所了，还没翻下床，床单上就一片黑。他对秘书说："往后我说不成书了。"秘书说："不当委员，你还是中国最好的三弦说书艺术家。"韩起祥说："你瞧，我把肚子里的墨水全拉了。"

有一天晚上，韩起祥做了一个梦，梦见了师傅高文旺。他还纳闷，师傅不是死了吗？师傅原来还活着！师傅就叫他一块去山西，他们就在白云山下的渡口坐了去山西的船。船到了河心，风雨大作，黄河水倒立了起来，船就翻了。船翻的瞬间，师傅在喊他，他也喊师傅，后来谁也不知道了谁。他落水后，死死抓着三弦，没想三弦浮了他游到了岸头，而师傅竟提前也到了岸上。韩起祥醒来觉得奇怪，几十年没梦到师傅了，怎么就梦见了呢？第二晚，韩起祥又梦见了师傅，而且梦还继续着头一天的梦，是他和师傅在山西流浪卖艺，大雨天又饥又寒，钻进了一座龙王庙，把供桌上的献祭吃了，然后就睡在庙里。没想天上就下了一场冰雹，把那个村庄的秋庄稼全打坏了。村人就说是他们吃了龙王庙的献祭而龙王爷怪罪了，便将他们五花大绑，又系上磨扇，抬起来往黄河里投。韩起祥这次醒来，身下又拉了黑水。心里想：师傅已经是鬼了，梦里连续着都在一起，莫非我要死了？就在床上为自己起卦推算，果真是要死了。但韩起祥没有对任何人说。

医院查出他身上有了肿瘤，动了手术。韩起祥昏迷了一天，醒了问秘书："我得了什么病？"秘书说："胃溃疡。"韩起祥说："那不要紧，你不要哭。"

秘书整日背过韩起祥，以泪洗面。院子里有一棵梨树，每一年都繁果累累，今年却一颗梨也没有。秘书还想：梨是离，不结梨就不会离，师傅这病或许没事。但是，不知什么时候梨树身上长出了个大疙瘩来，秘书又想：树原本好好的，怎么长了疙瘩？莫非树象征了师傅？若把这疙瘩砍了去，那师傅的肿瘤就消失不在了吧。秘书很为自己的聪明得意，拿了斧头砍那树上的疙瘩。

韩起祥在屋里的床上听见了砍动声，摸起探路棍儿敲窗子。

"皇甫，你干啥的？"

"梨树身上生了个瘤疙瘩，我把它砍了。"

"砍下了？"

"砍下了。"

"那疙瘩原本是梨树为我转移肿瘤，你不让转移呀？"

秘书丢了斧头，吓得就哭。韩起祥说："我哄你哩。"

韩起祥的手术伤口上很快就长出一个肉包儿来，硬得像核桃。秘书请医生复诊，医生出来说：得预备后事啦。

秘书在延安城里跑遍了老衣店，老衣店里全都是长袍马褂。秘书便去了百货商场，对售货员说："凡是艺术家穿的衣服你都拿出来！"售货员看过电影电视里的那些风度翩翩的艺术家，拿出来的是像南瓜一样的帽子，呢子竖领大衣，皮鞋，长围巾，黄色风衣，白衬衣，西服，领带，还有墨镜。秘书说：“行，师傅也该穿这些！”一包袱包了回来。才进院子，便听见屋里有人大声说话，看时，床边坐的是马步云。

马步云拿着三弦竹板，还拿着他刚刚出版的《马步云三弦说书艺术精品选》，说：“师弟，我专门给你说书来了！”韩起祥摸着那本书，摸过来摸过去，说：“师兄，我说了一辈子书，还没出过一本像样的册子哩。”马步云说：“你的书我给你编！”韩起祥说：“你不要编，我除了《翻身记》外，别的都收编不成了。我实想把我的那本新书词写好，可到底没写好……师兄，不说这些了，不说这些了，你给我把你书上的从头到尾来一遍，我想听听马派的三弦说书哩。”马步云说：“什么马派，那是别人胡说的，我的书太土，怕你笑话。”韩起祥说：“我就要听土的，三弦说书就是土坷垃里生出来的，说土的好。”

马步云就住在了韩起祥家里，每天给韩起祥弹了三弦说一段。说了二十三天。二十三天里韩起祥一天比一天脸色灰黄，先是眼皮黄，再是鼻子黄，再是一截截黄下来，黄到了脚趾头，最后和高原上的土一个颜色。

第二十三天的晌午，太阳从延安的宝塔山上照了过来，把韩起祥家的山墙蚀得一派深红。韩起祥似乎精神好了点，要到院子里去坐坐。秘书扶他，他不让扶，拄了那根榆木探路棍，一步步挪脚到了院里，往那藤椅上坐的时候，坐不下去，还是不让扶，全身的重量都压在榆木棍上，最后是坐下了，榆木棍却深插在土里。秘书过去拔榆木棍，韩起祥说:“不拔了，就让它长在那儿。太阳真暖和。”马步云说:“你好好晒着，我给你弹三弦说书。这一段是我改编的曲牌，你听了提提意见。”马步云便舌头舔了嘴唇，开始又弹又说又唱，鼻音很重，韵味极长。先还身子端端的，后来便得意忘形，浑身都在摇动，一阵激越的三弦后，戛然而止，他说:“完了。”一根根竖起的头发哗啦铺洒下来，把整个脸都遮埋了。韩起祥没有言语。秘书啪啪地鼓掌，但秘书说:“师傅，师傅，你听这马派的三弦说书确实不同凡响啊！”韩起祥还是没言语。秘书弯腰看韩起祥，韩起祥头靠在藤椅背上，瞎眼依旧睁着，嘴没有合，用手一摸鼻孔，韩起祥已经死了。

（作者特别声明：此篇小说是在叶锦玉、黄宏显二位先生提供韩起祥的真实史料基础上创作而成，在此向他们致谢。而小说中涉及的有关人物请读者勿对号对座。）

猎人

戚子绍刚刚提住狗熊的后腿，狗熊却忽地站了起来，黑乎乎的一座小山一样，他被压住了，那只熊掌就踩在他的胸口，他有些喘不过气来。

戚子绍在礼拜五的下午去秦岭打猎时要带上一个叫夏清的女子，王老板问是不是情人，戚子绍说才认识的，应该是熟人，女熟人。王老板就认为打猎带女人不好，又累又不安全，而且三天里住宿也不方便。戚子绍噎了一句：“你舍不得花钱了？！”王老板便不再嘟囔，将车开到A路B楼外的花坛边按喇叭，一长一短地按得生响。楼道里跑出来的却是两个女人，打头儿的是个胖子，四肢短短的，跑起来像是鸭子。戚子绍迎着阳光，把眉头皱成一疙瘩，等胖子跑过来了，一边替夏清拿了大包小包，一边却对着胖子笑。

“怎么个给你拨电话也联系不上！我还担心你不能去呢。”戚子绍说。

“怕不是吧，”胖子做着鬼脸。胖子做鬼脸的时候很性感，“认识了夏清就不想见我了？这我知道。可我和夏清是笼沿连着笼襻儿，不拆伴的！”

夏清站在车尾，抿着嘴笑，戚子绍又一次笑了。

“我怀疑你俩是同性恋！”

“或许是吧！”

王老板已经把车门打开，胖子的一条腿伸进去，又取出来，哇地叫了一下，瞧见了装在里边的长舌帽、爬山鞋、军用水壶、雨伞、毛毯、一袋子矿泉水和三支长长短短的猎枪。说：“戚处长，你还真的是个猎人了！”

“干啥就要像啥嘛！”戚子绍在后车厢帮夏清将一个大旅行袋放好，这是一顶军用的野营帐篷。戚子绍低声说：“是你通知了她？”夏清说：“你打电话过来时她就在旁边，我不能瞒了她。”戚子绍说：“傻女子！”夏清说：“我是傻。”蓝底碎白花的裙子在阳光下一抖，戚子绍觉得满地都是坠落的花瓣了。胖子在问王老板：“这是你的三菱吉普？多有个性的车，我就喜欢红颜色的！”王老板说：“是小了点，但爬山功能好。”戚子绍关了后车厢盖，悄悄说：“他是我的客户。”揩了夏清手背上的一点土，夏清忙把手塞进了口袋里，戚子绍却冲了胖子说：“车不错吧，老王可是个大老板喽！”胖子说：“你尽结识大老板！”戚子绍说：“也结识美女哇！”走到前面，为胖子拉开车门，很绅士地说：“请！”胖子却说：“是要我坐在前边，你们坐后边呀？我也偏坐在后边！”把吃的喝的用的东西，往前边座位上堆，堆成一个小山。

“不愿意我坐后边？”胖子让戚子绍坐在后座位的中间了，自己挤进来。戚子绍说：“这盼不得嘛，东宫西宫，我过的是皇帝生活嘛！”故意摇晃着身子，将手在胖子的膝盖上拍了一下，便问：“最近做啥哩？”胖子说：“啥也没做，只做爱。”四个人都噗地笑了，戚子绍说：“这话说得好！王老板，你瞧我这女熟人有意思吧？”胖子说：“我可告诉你，下次再出来玩不首先通知我，我会生气的。你要待我好些，我可以继续给你批发美人，我是胖了点，我的女朋友却没有不漂亮的！”

戚子绍确实是先认识了胖子，然后通过胖子认识了夏清的。那日他在一个朋友家搓麻将，麻将桌上有胖子，她是一家公司的职员，询问他们银行能不能采用她经销的UPS不间断电源器，这是微机上使用的配件，一旦使用上了就能长期使用。“这有什么问题呀，”戚子绍是当场拍了腔子，“用谁的配件都是用，辞掉别的供货用你们的就是了！”但过后他却没有动静。有一天胖子又来了，领着的是夏清，夏清是一个瘦高瘦高的女子，戚子绍就有些拘谨。戚子绍是见着了漂亮的女人就拘谨的。“你是上海来的？”他舌头硬硬地说了普通话。女人说：“鄂不是。”一听把“我”念成“鄂”，戚子绍才知道夏清是本城人，他就说西安还能有这么漂亮的女人呀，而且气质好。那天戚子绍说了许多话，都很幽默，简直是妙语连珠，胖子说你爱上她了，他说哪里，胖子说这你瞒不了我的感觉，瞧你想象力多好！第二天戚子绍就约了夏清去茶楼吃茶，夏清应约而来，来的还有胖子。戚子绍是有了许多话想要给夏清说，但胖子老在旁边，她们总是一块来一块去，戚子绍没有了机会，但戚子绍还是帮忙推销了。

秦岭在城南五十里外，车行驶了半小时，进了沣峪口，路就在峡谷的半崖上蜿蜒盘旋，每每车在拐弯处就倾斜，坐在座位中间的戚子绍就一会儿靠在胖子的身上，一会儿挤着了夏清，夏清被挤得嗷嗷地叫。戚子绍说：“这是身子要倒的，与道德品质无关啊！”头与头要挨上的时候，戚子绍瞧着夏清的眼睛说贴这么长的睫毛，夏清说不是贴的，戚子绍用手去拔了一下，果然不是贴的，就感叹什么叫天生丽质。王老板故意把车开得很猛，三个人就颠得像在舞蹈，戚子绍就势用双臂搂住夏清和胖子，却叮咛王老板把反光镜拧上去，专心开车。王老板真的把反光镜拧了上去，声明他不会看的，他什么都没看见，就听着他们在后边说女人的高跟鞋和香水，戚子绍的观点是高跟鞋是世界上最伟大的一项发明，但香水却破坏了女人特有的体味。这话惹得胖子坚决反对，因为她今天没有穿高跟鞋而喷洒了强烈的香水。夏清立即将双腿收缩在身下，戚子绍也就说了一句胖子的丝袜好，丝袜是女人的第二层皮肤。胖子说：“只许看不许摸！你们常进山打猎吗？”戚子绍说：“当然喽，差不多的每礼拜都来！”胖子说：“有钱有权的人真会生活！政府不是禁止民间有枪吗？你长长短短三支枪。”戚子绍说：“这没办许可证呀！你需要办不？我可以帮你办一张。”王老板说：“这可是真的，在西安市里戚处长没有什么事情他搞不定的！”夏清说：“这我信的，你就是要颗原子弹，戚处长就说你要圆头的还是方头的。”车突然地一个急刹，胖子和夏清从座位上滚下去，而戚子绍一个前倾头撞在了前边的椅背上，“哎哟”叫了一声。一辆车从拐弯的对面擦身而过，在后面发出了剧烈的机器响。戚子绍脸色愠怒，遂之解嘲说：“王老板你是牺牲我呀？！瞧见了吗？刚才那辆车上坐着一位少妇！”

“你眼睛那么尖的？”胖子重新坐好，但她的丝袜被座位上的硬垫角挂破了。

“这就是猎人的眼睛！”戚子绍说，“看女人瞥一眼就知道什么模样了！那少妇倒有些姿色。”

三个人扭过头了，看见那辆车在后边二十米远停住，先是司机下来查看轮胎，接着是一个女人也下来，腰身很好，但脸是刀把脸。两个女人同时“噢”了一声，汽车也已转过了弯道。

“戚处长是这样个欣赏水平呀？！”

戚子绍似乎也不好意思了，从前边的座位上拿起了一支枪，向窗外做着瞄准的姿态。

“我是侧面看她的，”戚子绍说，“侧面看想犯罪，正面看了想自卫。”

“我现在也不能不怀疑你的枪法了。”胖子说。

“可以说，来秦岭打猎的没有谁能和我比枪法的！”戚子绍说，“我曾经一枪打下两只鸟的！”

“是两只鸟，”王老板作证，“鸟落了一树，一枪放上去，掉下来了一只，过一会儿，又掉下来了一只。”

“第二只是吓昏了的吧。”夏清说。

“不打鸟而让鸟掉下来才是高手！”戚子绍说。

两个女人却听不懂这样的话，相视着咯咯地笑。

“你瞧着吧，这次打猎我不往崖鸡子身上打一枪，却要猎到十只八条的！”

两个女人还是在笑。

戚子绍就给女人讲他和王老板上次猎崖鸡子的经历，如何潜伏在一个土沟里，看着对面崖畔上落着一群崖鸡子，咚地朝天放一枪，崖鸡子就扑棱棱地起飞了，飞过沟就落在这边崖畔上，咚地朝天又是一枪，崖鸡子又飞落到那边崖畔上。“崖鸡子是没脑子的，就像是夏清。”戚子绍趁机敲了一下夏清的鼻子，夏清回击了，捏了戚子绍的鼻子。戚子绍的鼻子被捏得发红，他继续说，他和王老板不停地朝天放枪，崖鸡子就不停地飞过来又飞过去，崖鸡子就累死了，接二连三地从空中像石头一样掉下来。

“哦。”

两个女人终于相信戚子绍是个猎人，一个真正的猎人了。

车愈往秦岭的深处去，景色愈好，山有开有合，云忽聚忽散，两个女人兴奋不已，后悔着从来没有进过深山，这般好的去处，住十天八天也不想回城了。戚子绍说那就不回去了，咱们就住在山里，到时候咱们六个人……胖子说，四个人怎么成了六个人？戚子绍说，那还有孩子呀！胖子说：“想了个美！”车从一个隧道里穿过去，一阵黑暗，隧道外是一个小的山村。

山村河的这边有几户人家，河的那边有几户人家，河这边的人家除了路边高高地架着皮管子接引了山泉里的水，为过往车辆冲洗外，又都开着饭馆，洞开的土窗外挂着酱黑色的腊肉、干蕨菜和酱条串成的卤汁豆腐干，卖饭的男人或女人就踩在门口的石头上。刚才车到的时候，一个肥胖的女人从厕所里出来，站在公路中间，一边系裤带一边乍了一下腿，车就地停了。肥胖女人趴住车窗往里一看，就乐了。

“是戚处长呀，不挡车你还不停哩。又来打崖鸡子啊？”

“打崖鸡子！”

“守着凤凰还要崖鸡子呀？”

“凤凰只能看不能吃嘛！是漂亮吧？”

“漂亮得像是狐狸变的。”

夏清低声说：“你是猪托生的！”下了车和胖子看这看那，看啥都稀奇。戚子绍觉得很得意，提醒着山里路不平，走路脚要抬高点，继续和肥胖女人搭讪："近来打猎的多不多？"

"来得少了，你不知道吧，山顶上有了狗熊啦！都怕啦！"

"狗熊有啥怕的，以前又不是没出现过狗熊！"

"这狗熊可是成了精了！上一个月来了个打猎的，也是开着辆小车来的，遇着了狗熊，狗熊一巴掌把半个屁股挖去了，人昏迷不醒地抬了下来，醒来说狗熊会说人话哩！"

"人会学着野物的声叫，哪里会有野物学人的话？"

"人都能学着野物的声叫，野物又怎么不能说人的话？"

"他一定是没打败狗熊，脸面上不能下来胡诓哩。"

"反正是风声传得紧，来打猎的人少了。"

"那你就看着我怎么收拾这狗熊了！"

夏清和胖子听到他们说狗熊，已围过来听，听得面色都苍白了，待到戚子绍说他能收拾狗熊，就问：你打过狗熊？戚子绍说当然打过狗熊的，不管是什么厉害的野物，你只要摸清它的习性，没有猎不了的。狗熊嘛，也是个笨，它只会直线扑，你就只拐着弯儿和它斗，如果你碰到了一群狗熊，那你就更好打了。你只需藏在一个地方向它们开枪，一枪或许撂倒一只，另一只便顺着子弹也冲过来，你姿势不动地一个一个打。再如果你能引诱着一只向你扑来，一闪身让它扑下崖畔，后边的也就一条线地扑下崖畔，你可以直接到崖畔下收获罢了！两个女人眼里闪动了惊异的光，说道：这太精彩，太有刺激了，咱们不打那些崖鸡子了，一定要到山顶去猎狗熊！

王老板用油布一直在擦拭着车身，他不愿意把车继续往山顶的路上开。

“怎么能不去呢？”戚子绍说，“咱们不是打过熊吗？”

王老板含糊地点着头，说要去的话只能是他和戚子绍去，两个女人就留在这儿，这儿有吃有住的，又好玩，若去山顶遇见狗熊了，是该打狗熊呀还是顾及她们呀？

“咱是老猎手，还保护不了两个女人吗？”

两个女人欢喜跳跃，说：“要去嘛，我们一定要去嘛！”

车重新发动起来，向深山钻去。两个小时后，路拐着“之”字形向秦岭的主峰爬，两边都是大的松树，路面上不时地出现了松鼠，但都是影子般地穿过公路。两个女人又是大呼小叫，要汽车停下来，王老板没有听使唤，用力扳动着方向盘，因为弯道很大而路面又窄。突然间汽车油门加大，人似乎都飘起来，车的前面一只野兔在拼命地跑，嘎的一声刹住了，戚子绍首先下去，从路上捡起了一条兔子的尾巴，兔子则泥浆般贴在地上。

到了道班，天就黄昏了。山顶道班是全程公路上最小的一个道班，只是一幢三间木屋，两个上了岁数的养路工。两个女人麻雀一般地喳喳乱叫，说这里是童话的世界，就在松树林子里捡蘑菇，采繁星般的小花。夏清说：

“我相信这里有各种各样动物的，动物都会说着人的话！”胖子噎道：“你相信你也会长翅膀的！”两个女人闹起了小小的别扭。

可能是养路工寂寞得太久了，他们应允了客人就歇在这里，又提供吃的和喝的，但言语不多，尤其两个城市的女人向他们问这样那样的时候，显得手脚无措。木屋分两个小房间，原本两个养路工分住着，现在腾出一间来睡胖子和夏清，而在路的北边撑了军用帐篷，只有戚子绍和王老板去睡了。夏清对睡帐篷感兴趣，但帐篷里毕竟潮湿，保不住夜里又有什么野物闯进来，胖子便把木房里的旧的被褥抱出来，替换了带来的毛毯。“如果被褥上有虱子，”她说，“让吸有钱有权人的血去！”

戚子绍换上了一身的猎装，在林子里踱过来踱过去，感觉非常好，后来采着了一朵红色的七瓣花回到木屋，夏清已烧了一盆水洗脸洗手，戚子绍将花插在她头上了，说：让我也洗洗。手伸进盆了，在水里抓住了一双嫩手。夏清往出抽，抽不动，拿眼睛看了一下帐篷边的胖子，不动了，手觉得越来越小。

“要是只来你一个人多好。”

“这不可能。”

“为什么？”

“第一次见你的时候，她并不想让我见你的，后来想了想，才领我上去……”

“你要是没上来，我也不用她的配件了。”

“……”

“她真会利用你！”

“她也保护我。”

“傻姑娘！”

“……她也漂亮哩。”

“是吗？我没感觉。”

帐篷边胖子在嘎嘎地笑，王老板在系帐篷门口的绳子时说了什么趣话，胖子拿拳头捶王老板的背，嚷叫：“你坏，你坏！”夏清再次要把手抽出来，戚子绍低下头去，迅速地吻了一下那根中指，夏清就鹿一样地跑去了，叫喊着：“打牌，打牌呀！”

帐篷里的光线已经幽暗，四个人并没有玩“升级”，戚子绍要教给大家一种扑克算命法。他光是默想了一个念头算了一次，情绪颇高，胖子问你算的是什么，他笑而不答，胖子说你不说我也知道，是谋算着夏清吧。戚子绍说：“即便爱夏清，那也是我的权利，这没什么错呀！”夏清已经脖脸通红，把扑克拨乱，说：“都胡说，胡说！”戚子绍趁机张狂了，当场挑明他就爱上了夏清，爱上了夏清但能不能离掉现在的老婆，会不会最后娶了夏清，这得看天意了。就以某种牌代表能结婚，以某种牌代表不能结婚，重新洗牌起牌，大家都屏了气息看翻牌的结果，竟然是代表能结婚的牌首先便翻了出来。戚子绍就说："夏清，你也是亲眼看了，你要等着我！"夏清一时无语，眼睛扑忽扑忽地闪。胖子说："夏清真老实，你以为他说的真话？"戚子绍说："信不了我也该信牌呀！"王老板就让给他的房地产生意算一下，算出来的结果也是好的，王老板就说既然做房地产能成功，你得支持我了。戚子绍没有回应，却问："你觉得夏清怎么样？"王老板说："好嘛。"戚子绍问："怎么个好？"王老板说："五官好，身架子也好。"戚子绍说："夏清有综合之美！"胖子说："呀呀，世上还有什么好词？可别忘了，这么好的人是谁给你介绍的？"戚子绍说："这一句话你说得好，得感谢你，晚饭咱要喝酒，炒熊掌吃！"

当戚子绍从帐篷里出来，似乎觉得夏清差不多已经是他的人，哼着小调往木屋去，一进门就喊："晚饭吃什么呀？"

木屋里烟雾腾腾，锅灶边只看到养路工汗油闪亮的脑袋，他还把面条往开水锅里煮。

"没有炒熊掌吗？"戚子绍说。

"哪儿会有熊掌。"养路工说。

"别的野味呢？譬如黄羊、果子狸、崖鸡子？"

"用菌子做了汤。"

"只有菌子？"

这使戚子绍很丧气。

胖子说：“瞧，他的话落实不了吧？”拉了夏清到房间里去了。戚子绍听见夏清在房间里还说了一句：“我就要吃熊掌嘛！”故意提高了声音和养路工说话：“听说山上又有了狗熊呀？”

“是有吧。”养路工说。

“怎么不打了狗熊吃呢？”

“我们都在这山上。”

“你们？你是指你和狗熊吗？”

“是吧。”

戚子绍进了房间，说两个养路工是素食主义者，他们常年待在山上认那些野物都是同类了。“我现在明白了，”他说，“山下边嚷道狗熊成精了，会说人话，一定是他们传出来的，为的是不让别人捕猎。你们没注意他们的模样也差不多快要像狗熊了，腰粗屁股圆的，行动迟缓，还不停地吭哧吭哧着。”

戚子绍说没有道理，夏清却仍在说：“我偏要你给我熊掌吃！”

“我会的，小姐！”

“戚处长，这可是你说的，”胖子说，“吃不到熊掌我们就不走啦！”

吃过面条，两个女人就在房间的炕上歇下了，她们光着脚，披散了头发，脱去了外套而紧窄的内衣使身体该瘦的地方都瘦下去，该胖的地方都胖起来。戚子绍和王老板在房里赞美了一通女人形体的艺术，对面房间里的养路工就起了鼾声，屋外十分的安静，偶尔有车辆呼啸地从公路上驶下山去，听到的就是松塔落地的声音。说好的今晚上都不要睡，直聊到天亮，两个女人却很快就显出倦容。慵懒的姿态是特别惹人爱怜的，戚子绍满嘴的口水，言语开始放荡，王老板就说他是困了，打了哈欠去了帐篷。王老板一走，两个女人就并排靠在炕头上和戚子绍说话，越说身子越往下溜，后来就躺下去，而且胖子的眼睛也合上了。戚子绍真想胖子是睡着了，他就敢去和夏清接近一番，但胖子偏是躺在炕的边上，让夏清躺在靠墙的里边，又不知道胖子是真的睡着了还是假睡，他不敢造次。

“养路工在山上待久了，真的能和野物和平共处吗？”夏清说，“那么，山上所有的野物都能认识他们了？”

“动物都是有灵性的。”

屋外有什么鸟在叫，一声长一声短，长长短短的。

“听见了吗？鸟在说话了！”

“你能听懂它们的话？”

“我是猎人呀！”

“这鸟在说什么？”

“一个说：你在哪儿？一个说：在你心里。一个说：干啥哩？一个说：想你哩！”

夏清挤了一下眉眼，她知道戚子绍在给她骚情，戚子绍却走过来，一下子捏住了她伸在炕边的脚，她吓了一跳，用手指指胖子。胖子睁开眼来，说：“你去睡吧，我可困得不行了！”

“那你怎么就不睡着呢？！”

戚子绍说了一句，离开了房间，胖子猴一样跳下炕就把房间门关了。戚子绍听见了快速的关门声，心里有些不悦，站在门外了发现山顶上的夜黑，黑得伸手不见五指。这时候，公路上有一辆车驶过，他往路边闪了闪，但车依然挂了他的衣服就跌倒了。车剧烈地刹住，司机从车窗探出头来，看见他已经爬了起来，问：“没事吧？”戚子绍勃然大怒：“你是怎么开车的？你要把我轧死了，我再和你小子说！”但车却忽地一声开走了。

王老板闻声从帐篷里出来，瞧着真的没事，就说：“真把你轧死了你怎么和人家说？！”戚子绍气咻咻又骂了一句，自己也笑了。

第二天早上，四个人又坐在车里往山上行驶了一段路，戚子绍和王老板就拿了枪往树林子深处走。胖子和夏清不愿意留在车里，也要厮跟着，和王老板吵了一架，戚子绍没了办法，就叮咛王老板要寸步不离她们。他们走过了一面斜坡，草丛里就发现了熊粪，胖子不相信是熊的粪，戚子绍便用树棍拨着粪讲解，扭头见王老板和夏清还在后边，就趁势抱了一下胖子的腰。胖子说："你不爱我，你爱夏清的。"戚子绍说："也爱的。"胖子说："我这腰粗，你抱不住的。"戚子绍用力抱了一下，放下了，说："你要不是我乡党的老婆我肯定就把你……"戚子绍知道自己在应付，但胖子也是女人，需要安慰的，果然瞧见胖子高兴了，在说："我其实不是胖，是丰满哩。"

夏清去了坡下的崖坎后小解，三个人坐在坡上等了一会儿，夏清还是没有上来，却有了一声尖叫。戚子绍立即让王老板拉了胖子往坡上去，自个就跑下崖坎。原来是夏清也发现了一堆熊粪，而且熊粪是湿的。戚子绍就又喊王老板快把两个女人送回到车上，不管发生了什么事情都不要开车门下来。夏清才一走，他就提枪继续往坡上走，走了一里，果然就看见了一只狗熊，狗熊正蜷成一团在蒿草从里睡觉哩。

"叭！"戚子绍瞄准着放了一枪。

狗熊翻了一个滚儿，滚出了草丛，窝在一块长满了苔藓的石头后。

戚子绍兴奋地跑过去，他没有想到今天打猎是这么顺当和容易，在他动手去提狗熊的后腿要把它翻过来的时候，他想到这只狗熊的掌真大，是让养路工来烹饪呢还是拿到山下那个小饭馆去爆炒？"不，养路工是反对吃荤的，"他自言自语道，“让肥胖女人做，要做得没一点腥味。”但是，戚子绍刚刚提住狗熊的后腿，狗熊却忽地站了起来，黑乎乎的一座小山一样，他被压住了，那只熊掌就踩在他的胸口，他有些喘不过气来。

“你想死还是想活？”

戚子绍听见了一句人声，扭头看看周围，周围并没有人，声音是从狗熊的口里发出的。狗熊真的会说人话呀，戚子绍眼前一阵漆黑，他知道他是遇见了那只传说中的成了精的狗熊。

“想活。”他说，他还能说什么呢？

“想活？那让我把你干一下。”

戚子绍脑子里还没有转过弯来，他已经被狗熊提起来翻了个身，而且裤子就被抓了下来。他感到了屁眼非常的痛。然后，眼看着狗熊顺着一行白桦树一步步走远了。

戚子绍狼狈地返回来，他的衣衫肮脏不堪，屁股撅着，一跛一跛的。大家忙问怎么着，是碰着狗熊了吗，戚子绍说他和狗熊突然遭遇了，他打了一枪，把狗熊的前腿打折了，他去追时狗熊却一抱头从荆棘丛里往沟下滚，他也滚，滚在半坡被树杈挡住了，只好回来。

他们回到道班的木屋里吃饭，王老板和两个女人为戚子绍敬酒，虽然没有猎到狗熊，但他们已为他的不凡的身手而佩服了，戚子绍是喝了很多酒，心里郁闷，脑袋就晕晕乎乎。说要睡觉就睡下了。一觉醒来，又是个黄昏，但这个黄昏比不得昨天的黄昏，月亮早早地就挂在西边山峰上。戚子绍听见王老板和两个女人在房间的土炕上打扑克，他就提了枪往山上去了。

越往山上去，越是风清月明，露水已经潮上来，渐渐湿了裤腿，戚子绍在林子里的一块草坪上长长吁了一口闷气，看见了狗熊在一口山泉边喝水，忙呸了一口，呸出了半截咬断的牙齿，同时开了一枪。狗熊在枪响中一只脚栽倒在了泉里，接着脑袋也栽倒在了泉里，不一会儿整个熊都栽倒在了泉里，水哗啦地扑溅出泉沿。戚子绍跑近去，才要想着怎样才能把死了的狗熊从泉里弄出来，狗熊忽地又从泉里腾跃而起将他压在熊掌下了。

“你是想死还是想活？”狗熊又在说人话。

“想活。”他说。

“那让我再把你干一次。”

戚子绍自个翻了个身，把裤子拉下来，他听见了水声，屁眼更是钻心的痛。

戚子绍踉踉跄跄地赶回来，王老板和两个女人还在木屋土炕上打扑克。他们不知道戚子绍又出去打猎了，也没有听到枪声，当戚子绍进了木屋，他们嘲笑着戚子绍一醉竟能醉大半天，睡起来还是形容憔悴，衣衫不整！戚子绍只好笑笑，说他也要打牌的。

“你走路怎么啦？”夏清说，“匡着腿？”

“上了火，痔疮犯了。”

“烂尻子！”

两个女人哈哈笑起来，她们开始用一种暗语对话，音调极轻极快，戚子绍觉得是外语，听起来嗡嗡一团。

“请说汉语！”戚子绍有些难堪，他听不懂她们的对话，但他猜想一定是在说着他的坏话了。

“我们说的是重叠音。”夏清说。

两个女人又对话了一番，戚子绍听出是把每个字音重复一次，但因为说得轻而快，他只能听出前边一句，后边的又不知说什么了，而夏清的脸顿时绯红。

“你们再这样说话，我得抽你们舌头了！”

“他俩合伙欺负我！”夏清说。

“是王老板喜欢上你的搭档了？”

“是喜欢上了，戚处长，”胖子说，“但你一定不会吃醋的，因为我们决定要牺牲夏清了！”

说罢，王老板竟揽了胖子的腰走出了木屋。

“哎哎，”戚子绍故意地叫着，却把木屋的房间门掩了，笑笑说，“再不牺牲，贷款和推销的事恐怕就吹了。”回过头来，夏清却端端直直坐在炕上。戚子绍去摸了一下她的脚，她的脚缩了，又去拉她胳膊，她往炕角退，说：“他们要牺牲我，我却不愿意哩。你坐好，咱们说说话不行吗？”

但戚子绍一时没话可说。

“说狗熊的事吧。”夏清说。

“那就说狗熊吧，”戚子绍说，“狗熊是世上最丑的野物，也是最坏的野物，我和它不共戴天，我一定要把它打死，我一定能把它打死！”

“戚处长，你怎么啦？”

“你应该叫我戚哥！”

“戚哥，你怎么突然恨起狗熊啦？”

戚子绍“哦”了一声，恢复了平和，说：“我是有过猎狗熊的经历的。那一年我们猎狗熊，我是没经验的，放了一枪，它竟顺着枪子朝我扑来。狗熊的掌只要抓一下你，就会抓下你一个膀子的。旁边人就喊快趴下装死！我告诉你，狗熊是不吃尸体的，但它不知道人会装死。我就趴下装死了。狗熊过来拨我的腿，我不动。狗熊又过来拨我的头，我还是不动。狗熊就把鼻子凑近我的鼻子试，还有没有气儿，我闭住了气，仍是不动。我是猎人，我斗不过狗熊吗？！狗熊真以为我就是尸体了，就坐在那里发呆。我开始摸枪，拉动了枪栓，但拉动枪栓要出响声的，我必须在它扭头过来的瞬间一枪打死它，要不然狗熊即使不挖我，它一屁股坐在我身上我也会被压死的。狗熊果然扭过了头，瞧我还活着，就张开了嘴要来咬我，我的枪响了，这一枪就打进它的嘴里，把它打死了。你不信？你到我家去，我家地上铺着一张熊皮，那就是我打死的狗熊的皮。”

“我信的，戚哥！”夏清说。

“好了，我可以把那张熊皮送你了！”

夏清简直视戚子绍是英雄了，她的身子放松开来，一双脚从屁股下伸开来，直直地在炕上。戚子绍口里又汪出了水，但他的手没有敢过去。“我真的送给你！”他再一次说。

突然有了一声奇怪的嚎叫，寂静的夜里十分响亮，似乎山林里有了回音，加长了音节和嗡声，传递着一种神秘的恐惧。两个人立即停止了说话，戚子绍侧耳又听了一下，叫道：狗熊来了！脸色寡白，遂之通红，像喝过了酒，一下子跳起来就要往外走。夏清也跳下炕，炕下边却一时寻不着鞋，而在帐篷里的王老板和胖子已经跑了过来，他们拿了枪，惊慌地说狗熊就在附近。

“来了好！”戚子绍极快地把子弹装上膛，说，“我须报仇不可，这回我再不打死它，我就再不来打猎了！”从屋里跑了出去。

两个女人也要去，王老板这回发怒了，哐当把门拉闭，又在门闩上插上了木棍儿，提枪去撵戚子绍。夏清隔着门缝喊：我真的要吃上熊掌了！

戚子绍听到了夏清的喊声，他朝林子的深处跑，他的屁股还火烧火燎的痛，仍疯了一般地跑。山坡上没有狗熊，草坪上也没有狗熊。戚子绍又跑到山泉边，狗熊还是没有。王老板是一直追着他的，但王老板没能追上，他自叹不如，就坐下来等待枪响而辨别戚子绍的方位。

戚子绍像一只没头的苍蝇，四处乱撞，越是寻不着狗熊越是复仇的火焰熊熊，又翻过一个崖嘴，终于发现了一个黑影在前边移动，他知道那是狗熊了。但这一次的戚子绍发誓要打死狗熊，又吸取了前两次的教训，他爬上了崖嘴。在崖嘴，他瞧见了月光下的一块平台石上，狗熊在那里蹭身子，就静静地瞄准着放了一枪。

“叭。”

这一枪是百分之百地打中了，狗熊是从平台石上跌了下去。戚子绍并没有立即下了崖嘴，他又瞄准了跌下去的狗熊放了一枪，狗熊就动也不动了。

“我要打烂你的 ×！”戚子绍骂着从崖嘴下去，站在了狗熊的面前，狗熊是四脚朝天地躺着，他踢了一下，已经不会动了，他端起了枪瞄准狗熊后腿中间的部位准备打三枪，不，打四枪，打它个稀巴烂!

但是，这一次仍和上两次的情况一样，当戚子绍刚刚把四颗子弹装进了膛，狗熊却一下子扑上来抱了他在地上了，这次狗熊不是一只掌压着他，而是两只掌压着了他。

“你是想死还是想活？”

戚子绍是彻底地绝望了。他想起了夏清，不能给她吃熊掌，也不能送给她一张熊皮了。狗熊张合着满是牙齿的大嘴，锋利的掌爪搭在他的脖颈，月亮下他瞧见爪甲闪闪发着白光，戚子绍没有再说“想活”，其实他哪里不想能活下去，也没有主动去拉脱裤子，他知道狗熊即使不是侮辱了他，狗熊也不会再让他活着离开了。

“随便吧，”他说，“要干要吃你随便吧，我只是想问你一句：你到底是狗熊还是魔鬼，这么厉害？！”

“你问我？”狗熊说，“我正想问你呢，你到底是猎人还是卖屁股的？！”

这个时候，趴在木屋窗口上的胖子和夏清听见了连续的两声枪响，欢叫如雀，急切地盼望戚子绍回来，她们可以吃到稀罕的熊掌了。

饺子馆

在西安，常常被编成段子受戏谑的是上海人和河南人。西安人戏谑上海人，上海人不多理会，河南人就不行了，陕西和河南是邻省，西安城里五分之一的人又都是河南籍人，西安人和河南人就有故事啦。

在西安，常常被编成段子受戏谑的是上海人和河南人。说上海人如何的小气，买烧鸡只肯买鸡爪子，买一只鸡爪子从西安上火车，一路都在嘴里啃呀，啃呀，到上海了还没有啃净。编河南人的段子就更多了，著名的是董存瑞炸碉堡：董存瑞去炸桥上的碉堡时是和他的战友一块去的，战友是河南人。河南人让董存瑞手撑着炸药包，说：我去寻个棍儿来支。河南人一去却再不回来，总攻的号角吹了，董存瑞只好拉响了导火索。董存瑞是一边拉导火索一边喊：河南人——你日弄了我……就牺牲了。西安人戏谑上海人，上海人不多理会，因为上海离西安远。河南人就不行了，骂西安人“日巴要”。“日巴要”是西安的土话，意思即没正经没品位。陕西和河南是邻省，西安城里五分之一的人又都是河南籍人，西安人和河南人就有故事啦。

这个故事是在西安的一家饺子馆里开始的。

时间是中午，咚，门被脚蹬开了，胡子文领着三个中学时的女同学进来吃饺子，胡子文说：日巴要，这么小个饭馆！同学说：不小啦，再大的饭馆还不都是只吃一肚子。胡子文说：那就委屈各位了！同学说：是荣幸，文联组联部的主任平日都是吃请哪有过请吃的？胡子文笑着说：这倒是。勾着一个指头把服务员招来，问都有什么馅儿的饺子。服务员很热情，忙说了两个“中，中”。胡子文说：怎么说河南话？服务员说：老板是河南人，要求我们必须说河南话。胡子文说：这才是怪事，日巴耍，我就要你说西安话！服务员说：对不起，这是我们饭馆的特色。胡子文有些躁了：把你老板叫来！服务员转身走去，同学劝胡子文：说河南话就说河南话吧，只要饺子好吃，生什么气呢？胡子文就笑了笑，把眼镜卸下来放在桌上，一边松着领带一边逐个询问同学的近况。三个女同学大概说了一下，因为都混得不好，有些不好意思。胡子文说：好日子会有的，以后就顺了。一仰头，瞧见从收银台处有一个黑矮胖子迈着步子走了过来，就把眼镜又戴上，说：工厂效益差，可以辞职自个干嘛，比如卖服装。一个同学说：老板真的来了！胡子文已经估摸过来的是老板，哼了一下：农民！接着说：人家农民进城都赚钱了，城里人倒混得没头没脑了？那个同学一直在看着过来的老板，低声说：这么个黑胖子，怕是黑道上的人哩。胡子文当然不能和一个黑道上的人论理了，老板站在了桌边，张口才要招呼，胡子文偏不理会，继续给同学说道理，甚至说到了古人：熬过一段前景就光明了，古人也说了，“远上寒山石径斜，白云生处有人家”。黑胖子和蔼地说：“斜”

字在这里恐怕不念“邪”音，该是念“峡”音吧。胡子文猛然觉悟斜字是要念作“峡”音的，耳梢红了一下，却随之眼睛也斜了，说：你是这里的老板？胖子说：小门面，不成体统。胡子文轻笑了：我难道不知道念“峡”音吗，我是故意试试你的！西安自古居不易，我要看看一个河南人在西安怎么就办红火了一个饭馆？！还行，老板！老板更加和蔼了，胖脸上开始出现酒窝，酒窝不是在腮上而在两眼角下，显得憨厚又滑稽，说：我是从河南乡下来的。胡子文说：这看得出来。老板说：我小学没毕业，到西安怕人瞧不起，多认了些生僻字罢了。胡子文说：平日看些什么书？老板说：就是字典。三个同学嘎地笑了，胡子文却说：这倒是捷径。书用不着看得多，这如口袋上插钢笔，不插是文盲，插一支是小学生，插两支是中学生，插三支四支了就成修理钢笔的。老板说：说得好，先生是文化人？胡子文把自己的名片递过去，老板立即惊乍：是文联主任呀，我没文化就最尊重文化人！服务员有眼无珠，她把界石当兔哩。胡子文对同学说：听懂了吧，这是乡下的歇后语。老板说：不好意思，说几句就露了底了，主任，我能不能和你照个相？胡子文说：行嘛。服务员立马跑到后室拿来了相机，就给胡子文和老板合影，说：主任你笑一笑。胡子文没有笑。拍照了一张，老板说他可能眨眼了，要求再拍一次，又是咔嚓一道闪光，胡子文的眼睛被光耀得发花，一边揉着一边说：

那就和三位副处也合个影吧！胡子文指的是三个女同学，三个女同学面面相觑，老板说：副处？这么年轻的小姐都是副处级了？！三个女同学笑了一团，说：还是小姐？小姐都在家里，这里的是小姐的娘喽！老板说：城里人嫩面。一阵拍摄后，老板让服务员上菜上酒，说能结识三位文化人真是三生有幸，这顿饭就算是他请了。胡子文偏把钱包掏出来，说：那不行。老板说：这你就不给我面子了，难道以后不让我再求教你啦？胡子文说着就把钱包装进口袋，说：那就简单上几个菜。

胡子文就这样认识了饺子馆的老板。老板叫贾德旺。胡子文觉得这个河南人有辅导性，往后的日子就常到饺子馆去。胡子文每次去，显得很匆忙，一只手插在裤兜里一只手弯着抱一堆书和杂志，不是说吃罢饭要去审查一个歌手赴京参赛的节目，这个歌手是他在歌厅发现后推荐给音乐家协会的，就是说下午有一个业余作者要拜会他。他说：这孩子潜质不错，你瞧瞧，新发表在这份杂志上的小说蛮有味道啊！贾德旺就说他不懂小说，狗看星星一片明。胡子文说：你还是读字典？贾德旺说：字典够我读一辈子了。胡子文说：那你就好好给咱赚钱，如果人人都只读书，社会也害怕了。贾德旺就殷勤地把饺子端上来，又掏出两包香烟放在桌上，问照片放大了挂在墙上好看不好看。胡子文瞧着墙上已挂着的他和老板的合影，心里受活，嘴上却说：

这让我给你做了广告嘛！贾德旺说：秃子要沾月亮光呀！胡子文吞进一颗饺子，舌头搅着，说：沾就沾吧，不帮朋友又帮谁去？贾德旺就忙添酒，胡子文说：酒不敢再喝了。又吞进一颗饺子，他觉得饺子很香。

胡子文再一次领了三朋四友去饺子馆，贾德旺没有在，他问服务员：老板呢？服务员在旗袍开叉处抓痒，赶忙侧身靠了墙，说：去银行了。一句话未落，贾德旺推门进来，一把将胡子文抱住，说：你不想饺子，我倒想你了！胡子文一一介绍了朋友，贾德旺说：那几个副处没来？胡子文说：哪儿的副处？贾德旺说：一起照过相。胡子文嘎嘎大笑：日巴耍，我给你说个段子吧。贾德旺说：你们西安人爱作践我们河南人，是不是又说董存瑞的故事呀？胡子文说：那不是，我说的是一个干部在歌舞厅问小姐是不是处女，小姐说这该怎么说呢，要说是处女，我怀过孕，要说不是处女，我还没结婚，就算是副处吧。贾德旺恍然大悟，拿拳头捶着胡子文的肩大笑，一笑，一排牙掉下来。贾德旺是假牙，他把假牙又塞进嘴里，说：今日来的都货真价实？胡子文严肃了：虽不是干部，可尽是些文豪哩！贾德旺便指使厨房先弄一桌菜，专挑了那个穿旗袍的服务员往上端。服务员漂亮，几个人话就多了，不说人漂亮而说旗袍漂亮：小姐，能不能让我抱抱你的衣服？服务员害羞，端一盘菜放下了，慌慌就退下去。胡子文说：小姐，你得报名哩！服务员再端一盘菜了，说：王桂花！又端上一盘菜放上了，说：王桂花！胡子文说：让你报菜名不是报你的名！大家就笑这是个河南农民开的店，就议论起文化界的人人事事，有人说到从北京来了个著名诗人，市上接待的规格很高，从机场接回来用警车开道哩。胡子文说：你知道他的代表作吗？那人说：不知道。胡子文说：我也不知道，恐怕谁也不知道，他是人人都知道的著名诗人而人人都不知道写过什么诗的著名诗人！那人说：日巴耍！不服一人或见人就服都是妄者。你是妄者。胡子文说：对不起，那不是妄者，是佞者。那人说：我把它念妄者。胡子文说：文化人老念错别字就丢脸了！那人说：好，好，你能行，我给你写个字你认认。指头蘸了酒在桌面上写，写的还是一个“行”字，但“行”字的左右两部分写得很开，成了两个字。胡子文认不得。在座的人都认不得。胡子文说：你说是什么字？那人说：我问你呢？贾德旺端了酒杯过来要给大家叙一杯，看见桌面上的字，说：这念“赤”和“处”音。大家都抬起头，对贾德旺刮目相看了。胡子文趁机说：贾老板可是满腹经纶哩！写字的那人喉咙干咳了一下，较了真儿，伸手又在桌上写了一个字：孑。说：这怎么念？胡子文瞅了瞅，说：那一笔是平的还是斜的？那人说：斜的。胡子文说：我认得它，它认不得我。贾德旺说：地耶杰的杰，念“杰”音。那人说：错了，念“决”音！贾德旺说：念杰不念决。双方各持己见，争执起来。胡子文说以字典为主，饭馆里有字典没？饭馆里当然有字典，服务员立即跑到贾德旺的办公室拿来了字典，字典已经污损不堪，翻了半天，查出来了，“孑”字是读“杰”音。桌面上的气氛有些尴尬，贾德旺一抹袖子，将那个字擦了，给大家斟酒，说：关公门前耍大刀，我玩胆大哩，正好碰上我认得这个字，瞎猫碰上死老鼠了！大家也就说：你这个河南人不像河南人。胡子文说：吃羊肉图膻哩，没膻味了就不叫羊肉。贾德旺说：我是河南人。大家说：河南人把耍猴能称作文化娱乐活动，你肚里墨水不少倒还开了饭馆！失败了的那人一时落寞，出气不顺，噘了嘴拿筷子也不夹菜，哪哪在桌沿敲节奏，旁边的一位便给他台阶下，随节奏哼了一句流行的歌：五十六个民族五十六朵花……

“不对，”失败了的那人说，“是五十七个民族！”

“还有哪个民族？”

“担族。”

大家就拿眼睛看贾德旺。因为说担族，大家都明白是指河南人，上个世纪三十年代河南遭水灾，大量的灾民挑着担儿逃来西安，西安人便称河南人为河南担。而现在河南人开的饭馆里吃饭，又当着饭馆的老板说担族，大家都觉得贾德旺要生气了。但是，贾德旺没有生气，脸定得平平的，说：你还少说了一个民族。

“哪一个？”

“耍族。”

“耍族？”

“耍族。”

贾德旺笑笑的，一笑又出现了眼角下的酒窝，憨厚又滑稽。贾德旺笑过之后转身走了，大家猛地晓得了耍族指的是日巴耍族，是贾德旺在戏谑了他们这些西安人。西安人的好处是爱戏谑别人而受别人戏谑了也不上怪，贾德旺戏谑得有趣，就都也笑了，倒惹得失败了的那人骂道：真当的是日巴耍！

胡子文和他的朋友受了戏谑后，一连十天，再没去饺子馆，第十一天，他却在一家茶社里拨通了贾德旺的电话。

“喂，儒商！”

“你这是在骂我哩嘛。”

“狗咬人不是新闻，人咬狗才是新闻。”

“可咱是卖饺子的呀！”

“你是想挣些零花钱了就回河南乡下去，还是要在西安当餐饮界龙头？”

“我要给鸡戴暗眼呀？！”

“日巴耍！”

胡子文咔嗒把电话挂断了。

电话突然挂断，还拿着听筒的贾德旺“喂”，“喂”了几声，立在那里发了愣。发过愣了，拿过字典在翻，蓦地觉得不对，拔脚就赶往了茶庄。

胡子文正要结茶水钱，让服务生打个折，服务生请出示打折卡，胡子文没有打折卡。没有打折卡是不能享受打折的，胡子文说：你们老板呢，让你们老板来！一扭头，瞧见玻璃窗外贾德旺往里瞅，一张脸压扁了个大柿饼状，挥手让服务生走了，继续吃茶。贾德旺就进来了，说：处长生气了？

“你要不来，我永远也不会见你了。”胡子文说，“弹琴不能给牛弹，朽木上雕花雕不成还坏我手艺哩！”

“上次冒犯了你和你的朋友还望包涵。”

“冒犯得我要让你发大财呀！”

贾德旺就坐下来，憨厚而滑稽地笑，并且用手指将胡子文面前桌上的茶水痕拭擦了一下。两人就叽叽咕咕说起来。胡子文说话要做手势，说着说着身子就坦靠在沙发上，贾德旺先是低着头，再是抬起头，渐渐距胡子文越坐越近，末了就侧了身子，只将半个屁股坐在沙发沿上了。

“就这么吧，”胡子文说，“下午我还要开个会的。”

“到底是文化人，点石成金！”

贾德旺满怀喜悦，主动将茶水钱掏了，两人出门，又抢先把门拉开，拦了出租车，付了车费，还叮咛司机开慢点，一定要安全送到。

从此，贾德旺每天在饭馆门口竖一块广告牌，上面写着一个极生僻的汉字，注明凡是来饭馆的顾客若能认得此字，所用饭菜酒水全部免费。头三天，广告牌上的生僻字竟无一人认得，但消息却传开来，说南大街那个开饺子馆的河南人是个儒商，办的饺子馆富有文化味。越是认不得的生僻字越是有更多的人前来要认，饺子馆的生意陡然火爆，往往顾客没有座位，就在饭馆门口排长队等候叫号。到了深夜，贾德旺把饭馆的前后门关了，让三个员工在那里点钱，自己则在旁边翻字典，寻着一个生僻字，写下来，问点钱的员工：认不认得这个字？员工不认得。又写一个，员工还是不认得。贾德旺说：你能认得个啥？员工说：我只认得钱。贾德旺发了一声恨，却笑了，说：这也是，认得钱就好！寻生僻字寻到十多个了，一时再寻不出，一个员工说：老板，我写个字也认认。贾德旺说：用河南话说！这个员工是从陕西乾县招来的，学说河南话说得不好，就不说话了，拿指头在地上写了个“曌”字。贾德旺当然认得这个字念“照”音，也知道这是埋在乾县的那个武则天在生前就自造出来的字，但贾德旺的脑子一下子活了：何不也自造些字呢？于是，第二天，饺子馆门口贴了一副对联，上联七个字谁也不认得，下联七个字谁也不认得。门口时不时有了争论，贾德旺听着十分得意，专等着一伙人进来让他定夺正误，贾德旺偏笑而不语。这一日饭馆才打了烊，有服务员慌张张过来说：对联的一半被撕了！贾德旺说：是谁认得了那些字？跑出来，一只游狗就在旁边，嘴角还叼着一团纸，就乐了：这是只文化狗嘛！着人把狗撵到饭馆，拴在厨房后每天喂骨头养着。

一年后，这只狗养得肥头大耳，贾德旺的饭馆也扩大了门面，左右两边的店铺全都吞并，又把上边的二楼买下，饺子的品种也越来越多，发展成了饺子宴。西安的电视台请他去做节目，贾德旺当然说的是河南话，好多人都觉得这河南话蛮好听的。任何企业有了钱，肯定就有人来要拉赞助了，比如报社需要办个征文比赛，电视台需要播放一部新片，还有音乐会、艾滋病预防宣传、书画联展，贾德旺都掏了钱，胡子文也就来了。

“生意好得很啊！”胡子文用河南话说。

“你也说河南话了？”

“现在不是春节冷清而圣诞节热闹吗？前几年广东发达了到处是广东话，再过几年西安恐怕要规定河南话是第二语言了。”

“都是托文化的福！”

“是要打文化品牌！”胡子文说，“听说你又给一个观赏石协会赞助了？”

“要是五年前向我借二百元钱，那我拿不出来，现在也是回报社会嘛。”

“小勺子也会把一头牛炒完的！如今兴建设企业文化，

你为什么不在饺子文化上想些招呢？你知道不知道‘马太效应’？”

“不知道。”

“不知道算了。”

“我是狗咬汽车不用脑子！”

“不要说这农民的话！”

“可我就是农民啊！”

“你不是农民！”胡子文说，“你记住，你现在是饺子王，是西安著名的儒商！”

“那你说怎么办？”

“我想了，开一个饺子文化研讨会，把国内的一些专家学者教授请来，研讨会的规格越高，饺子馆的声名越大，将来可以去北京上海广州开饺子宴连锁店嘛！”

“嘿嘿嘿。”

“嘿嘿啥的？”

“我这是狗吃麦苗装羊（洋）呀！”

“又说农民话了？！”

“我能把专家学者教授请来？”

“这有我哩，以文联外联部名义来请。”

“那你给咱整！”

“这还像个大老板的气派，办大事就得有八个字：整大，煽起，咚匀……”胡子文不说了。

“那最后可不能尿管呀！”

“你也知道八字方针？”胡子文笑了，“我怎么能尿管呢？我策划过的事没有不成功的。”

“那你做个计划表，看得多少钱。”

胡子文在夜里起草了一个详细计划表，各项开支用费一合计，得二十五万元，笔一挥，写成了三十万。翌日，贾德旺认认真真审核了计划表，他决定只拿出二十万元。贾德旺用一只破面口袋装了二十万元提到胡子文家里时，胡子文没在家，在朋友家里搓麻将，老婆电话里说：贾老板给咱行贿来了，你快回来。胡子文说：你尽想得好，那是会议经费哩。老婆说：还送来一只狗，狗肥得很肥得很。胡子文赶回来问：这是多少钱？贾德旺说：二十万元，你点点，给我打个收条，将来会毕了你拿票证来换条子，花销不敢突破这个数。胡子文有些不高兴。贾德旺说：我打问了，会议机票和宾馆客房都打折哩。胡子文还是阴沉着脸。贾德旺便拍着胡子文的肩称兄道弟了，拿出一份聘书，说：我请处长老兄当顾问，顾问当然要有顾问费，一个月一千元！你不是说嫂子喜欢狗吗，我把我的狗送来了，狗一分不取，拴狗的那条绳子是用皮子拧的，也一块送啦！胡子文说：我的大老板呀，你到处赞助，我以为你是出手大方的人，原来你和上海人一样，精明又小气，你要明白我这是在包装你，搭了台子让你唱戏哩，日巴耍！贾德旺说：这我怎么不明白呢？你瞧瞧这钱，都是零票子积起来的，每张票子都油腻腻的，也不容易啊！这些钱办会可能手头不滋润，以后事情真的弄大了，有我的就有你的。你知道我贾德旺毛病不少，但能从河南乡下到西安站住脚，得益于就是爱朋友嘛！胡子文说：不说啦，那就这样办吧。贾德旺说：那你给我笑笑，你不笑，我心里不踏实。自己先笑起来。胡子文见贾德旺黑胖脸上又出现了眼角下的酒窝，也就笑了。

胡子文真心以文联外联部的名义邀请了十多位国内著名的专家学者教授，很快地在西安召开了“饺子文化研讨会”。贾德旺很谦虚，对各位专家学者教授毕恭毕敬，他愈是这样，专家学者教授愈尊重他，开幕的那天让他坐在主席位上。贾德旺坐在主席位上只让人照了一张相就离开了，此后就回到饺子馆再不露面。专家学者教授对贾德旺印象极好，也满意这次会议商业味道淡，便围绕着饺子文化畅所欲言了。专家学者教授却有一个秉性，什么都要往性意识上寻究竟，认为性是世界万物的根本，自然就论起饺子的形状便是从女性生殖器逐渐演变而来的，甚至大而化之，论证了大米就是阳具形状，小麦是阴器形状，还有油条和油饼的关系、春卷和馒头的关系……会议结束了，专家学者教授揣了红包坐上飞机都走了，胡子文带着一份整理出的会议纪要和一堆票据来向贾德旺汇报。

“会开得非常成功！”胡子文说，“纪要在报纸上一发，你得加紧练练字呀！”

“练字？”

“整天有人来请你签名，你那一堆麦秸字可不行喽！”

“你说说，纪要是怎么写的？”

胡子文就把眼镜卸下来，开始讲研讨成果，饺子文化如何是性的文化，饺子的形状又怎样从女性生殖器的模样一步步演变了过来。等等。胡子文的喉咙就发干了，喊：服务员，倒茶来！一抬头，瞧见贾德旺的一双脚枕在了桌面上，手搓着指头缝。

“你有脚气？”

“往下说！”

“就这些。”

“就这些？”

“研究成果可不是和面包饺子，一包一大堆！《道德经》上有这样一句话：谷神不死是谓玄牝，玄牝之门是谓天地根，绵绵若存，用之不勤……”

“钱花完啦？”

“嗯。”

“哼，”贾德旺说，“花了二十万，就是证明我不是卖饺子而是在卖×？！”

胡子文一时噎得说不出一句话。

但胡子文的好处是干什么事情从不气馁，他骂贾德旺是农民，仍还是把纪要拿去报纸上发表了。纪要的观点使西安街谈巷议，认识贾德旺的都喊贾德旺是贾饺子。一日，饺子馆门前来了一个人，样子怪怪的，探头往里张望，服务员问：先生吃饭吗？那人说：不吃饭，和你们老板做个生意。服务员说：做什么生意？那人从怀里取出一个石头，石头的形状是活脱脱的阳具。服务员就踢了一脚，说：滚！那人不滚，却说你懂不懂奇石，这块石头比你小命值钱哩！别人介绍你老板肯定会买这个宝贝的。服务员这回是扇上去一个耳光，两厢就撕打开来。门口一闹腾，拥集了一大堆人，惊动了在饭馆里吃饭的一个老者，老者虎着脸问怎么回事，旁边有人说：卖屎的来配对了。老者说：怎么是配对儿？旁边人就说了研讨会纪要上对饺子形状的论述，大家都嘻嘻地笑。老者身边的人说：笑什么，这是政协的领导！政协领导很严肃了，说：都散去，散去。这饺子馆办得不错嘛，能在饭馆把文化搞起来，能把国内那么多的文化名人请来研讨饺子文化，这老板为西安争得了荣誉嘛！大伙见政协领导这么说，便一哄而散了。贾德旺在外办事回到饭馆，听服务员叙述了政协领导的话，大受感动，当天下午就去政协机关拜会那个领导。领导说：你是不是政协的委员？贾德旺说：不是。领导说：我要推荐你当个委员！贾德旺激动得不知说什么好，末了倒退着走出领导办公室，一路上拨打手机，将消息告诉了十多个熟人。但是，在审查委员资格时出了问题，因为贾德旺是从河南乡下来的，没有西安户口，几经商议，最后作为特邀委员。特邀委员也是委员，又是餐饮界唯一的委员，贾德旺在饺子馆大摆宴席庆贺，胡子文却没有接到通知。

胡子文的老婆问胡子文：那个河南担老板把什么人都请了，怎么你没去？胡子文说：等着吧，他会上门来请的。

果然贾德旺西装革履地来了，胡子文没有起身，只坐在办公椅上打手机。手机并没开通，却大声说：喂，喂，什么？市长请去他家吃家乡豆腐？那怎么不先说一声呢？今日报社约我写文章走不开身啊！放下手机，说：真是的，中间人得事先打招呼才是，他市长有空了，我却没空呀！

“市长请赴家宴你还不去呀？”贾德旺有些吃惊。

“古人说：游大人之门，谄固可耻，傲亦非分，总不如萧然自远。”胡子文说，“你找我有事？”

“你是顾问啊。”

“顾问是顾不得去问的。”

“问不问也得有顾问费的。今日政协组织委员视察，路过这里，我给你送钱来了。”

“你还在卖饺子？”

“又骂我了？！”

“这倒不是。”胡子文说，“我问你一个问题，你回答，回答得好了我收你的钱，回答得不好，我一个子儿不取你的。”

“你让我认字最好！”

“一个人救过一个溺水者，而他在遭受歹徒刀刺时又被另一个人救了，我现在问你，如果让他救过的人和那个救他的人其中必须死去一人，你说这个人希望谁去死？”

“你说谁去死？”

“希望救他的人去死。死了，他就再不觉得歉疚了！”

贾德旺哈哈大笑，眼角下的酒窝又出现了，过来抱住胡子文，将一千元塞在胡子文口袋，说：“我知道，你是盼我生意越做越大，当了政协委员以后再当政协主席，你就更有成就感了！”

胡子文的手也伸过去抱了一下贾德旺，将擤过鼻涕的指头在贾德旺的背上蹭了蹭，骂了一句：你这个河南担！

贾德旺主动上门修好了关系，胡子文也按月去饺子馆领取顾问费，胡子文的老婆也招呼三朋四友的去那里吃饭，每次去，都牵着那只狗，人在桌面上吃酒吃肉吃饺子，狗就在桌子下啃骨头。吃毕了，故意让服务员叫老板过来，说：我埋单吧。贾德旺说：怎么会让你埋单？出了饭馆，朋友说：胡夫人的面子大，吃饭都不掏钱。胡子文老婆说：这饭馆是我老公一手扶持起来的呀！回到家，就对胡子文说：贾老板让我捎个话，说他想在饭馆墙上装饰些字画，要你联系些书画家。胡子文说：我忙得很，哪儿有时间？老婆说：你总是忙，整天不沾家！胡子文说：你权当嫁了个大领导，你见过哪个大领导天天在家里？老婆说：可你不是大领导！胡子文说：那就权当是生意人吧，贾德旺不但不沾家，老婆娃娃还都在河南乡下哩！老婆说：贾德旺日进斗金，你呢？胡子文说：这河南担还有什么，不就是有几个钱吗？老婆说：人家是政协委员！胡子文不言语了，独自坐到阳台上去喘粗气。

又是一日，贾德旺给胡子文打电话，说外地一个什么文化采风团要去饺子馆参观，而他在政协开会，让胡子文去饭馆陪陪客人。胡子文出门走的时候，老婆叮咛把狗带上，胡子文不带，老婆说：那你回来给狗捎块骨头。胡子文说：贾德旺啬得很，他饭馆里的骨头上就没肉！老婆说：狗啃骨头就嚼个味儿。胡子文在路上想，我这是日巴耍嘛，他贾德旺要我陪客我就来啦？这个河南担，我把他煽圆了他竟人模狗样地比我还牛了？！在饭馆里接待着采风团，替贾德旺没来打圆场，说老板怎么忙怎么忙，从来没有睡过六小时的囫囵觉，团长指着墙上的照片，说：名人是苦人嘛，可他倒还这般胖的？胡子文说：他身体好，早晚要喝一种汤的。团长说：什么补汤？胡子文说：钱汤。团长就惊奇了，说：钱汤？胡子文就说了，说他以前听别人说这话没有信，有一次和贾德旺开会睡在一个房间，天一亮贾德旺就起来，用剪刀剪什么，他就不吱声拿眼看着，贾德旺剪的是百元的人民币，剪成碎末儿冲了开水喝。团长便笑了，说：早听说西安人会编段子，胡主任你真幽默。掏了名片，要胡子文转交给贾德旺，希望饺子馆能在他们城市开分店，他一定会鼎力相助。采风团一走，胡子文就把名片撕了。

胡子文编贾德旺早晚喝钱汤的段子自然有服务员传给了贾德旺，传话人很愤怒地谩骂胡子文不维护老板形象，完全是嫉妒心作祟。贾德旺倒呵呵大笑，说：你觉得有人信不信这事？服务员说：没人能信的。贾德旺说：就是有人肯信，说我钱多也是吉利话。服务员说：老板不仅是富人，当政协委员了也是贵人。贾德旺说：你说得好，凭这句话应该当大堂经理，可现在的大堂经理干得不错，有机会我会考虑你的。

贾德旺虽然知道服务员打小报告是别有用心，但他记得了“富贵”二字，就把政协的事看得很重，积极参加着一切活动，并且每次政协开会就把一批委员请到饺子馆吃饭，贾德旺的威信很高，已经有人要帮他迁入户口，准备推选他做政协一个委员会的副主任了。贾德旺踌躇满怀，不久却又听到胡子文编派了他的一个段子。段子说贾德旺经常到城区和郊县去视察，到区上，接待他的人知道他是河南人，而河南人自小吃红薯，胃是有感情的，他一定还是爱吃红薯，就蒸了红薯请他吃。吃了一顿红薯，贾德旺没说话，去县上视察，县上人也得知他是河南人，而区上接待吃红薯，他一定是爱吃红薯的，又蒸了红薯给他吃。

贾德旺还是没说话，就盼着到镇上视察时能吃一顿好的。可到了镇上，镇上的干部请示县上，县上说贾委员是河南人就是爱吃红薯，镇上依然蒸了红薯。这回贾德旺胃疼了，实在憋不住了，说：同志，我就是在河南农村吃红薯吃怕了才到西安来的！贾德旺听了段子生气了，一天胡子文领着一伙人来吃饺子，贾德旺当着众人直接地说：胡主任，你散布我的坏话了？胡子文说：没有，古人说群居防口独坐守心……贾德旺说：几个人都传过来你编的段子！胡子文说：什么段子？贾德旺说：吃红薯的事，你编了没编？胡子文睁着眼睛，扑忽扑忽看着贾德旺，说：是吗？日巴耍，这都是那几个河南担给你胡传哩！大家嘎嘎大笑，气得贾德旺也笑了。

半个月后，政协组织委员们全面视察市文化建设工作，贾德旺要求把他分在第三小组，因为第三小组视察的重点正好是文联大厦娱乐场所。五年前，文联机关在一座旧四合院里办公，年年打报告希望市政府拨资建一个文学艺术家活动的大厦，政府多方筹资总算把大厦盖了起来，但大厦盖起来，文联却将它全部向社会出租，办成了美容美发厅、游戏厅、桑拿室、洗脚房，文联月月收租金，日子是富裕了，卖淫嫖娼却泛滥起来。得知政协委员要来视察，文联当然清楚被视察的原因，就一方面准备汇报材料一方面派胡子文到各出租单位布置接待事项。当贾德旺他们听取完汇报又去各娱乐场所实地查看时，胡子文已组织了所有娱乐场所的人员列队欢迎，胡子文说：等委员一来，我喊一句口号，大家就跟着喊口号，要整齐，有节奏，知道了吗？大家说：这个谁不知道？！胡子文说：好！指着一个女的说：来视察的都是些老保守，不要把眉毛画得那么翘。女的说：不画眉毛我就觉得没长眉毛似的。胡子文正要批评她，扭头看见巷口有人拿着照相机跑，就拍了一下掌，大声说：来了来了！众人立即有节奏地喊：来——了！来——了！但巷口的一伙人却没有过来，往另一个巷子去了。胡子文说：走了走了。众人又是有节奏地喊：走——了！走——了！气得胡子文说：看我的手势，没有手势不要乱喊！约莫过了半个小时，贾德旺他们是真的来了，胡子文喊了一声：热烈欢迎！手从下往上一扬，众人一哇声高呼：欢迎——欢迎！胡子文又喊了一声：反对嫖娼！众人一哇声又高呼：嫖娼——嫖娼！委员们脸色不好看，也不做任何回应，径直就进了各个场所。胡子文也跟了进来，对着贾德旺喊：贾老板！贾德旺却全然不作理会。胡子文又喊了一声：贾老板！陪同的文联主席训道：贾委员来视察的，你乱咋呼什么？胡子文讨了个没趣，脸脖都红了。

视察完毕，委员们并没有在文联吃招待饭，贾德旺带人去饺子馆吃饺子。委员里有一位是区政协主席，知道贾德旺和胡子文的关系，说：你和胡子文崩了？贾德旺说：没有呀。区政协主席说：我看你今日待理不理他的。贾德旺说：我故意晾他哩。区政协主席说：他可是能行的文化人呀！贾德旺说：是能行的文化人。可文化人毛病也多哩。他能帮你成事，也能给你坏事，远不得近不得，是属核桃的德性，得砸着吃。区政协主席一高兴，说：中，中。贾德旺说：你也是河南人？区政协主席说：老家是河南洛阳的，十二岁来的西安。贾德旺说：那你说西安话说得顺溜。区政协主席说：我那单位河南籍的人少，一说河南话就遭戏谑，可我在家里说河南话的。你了不得哩，饺子馆里的员工必须说河南话，饺子馆又成了名店，你给咱河南人长了脸了！贾德旺说：你老得多指教哩！区政协主席说：好，好，什么都好，如果饭馆里还能卖“水席”那就更好了！水席是河南最有名的菜类，全部的菜都是汤菜。贾德旺说他早有此意，近日就想回一趟老家招些做水席的厨师。区政协主席就鼓动开设水席越快越好，若要回老家，他可以派个小车去。

贾德旺果真就乘坐了小车回了一趟老家。小车一直从村口开过巷子到了家门口，村人已经知道贾德旺在西安混成个大人物了，都跑来看，说：德旺，这是你的车？贾德旺笑着说：把娃娃管好，可不敢用石子在上面划道道。村人说：贾罗锅霉命，一辈子腰直不起，他一死，儿子果然顶天立地了！听村人提说到贾罗锅，贾德旺就怀念起自己的父亲了，他买了烧纸和高香去父母的坟上奠祭，瞧见两个坟堆平塌下去，荒草蔓生，就拿锨铲土隆了隆，跪下去焚香烧纸，磕了三个响头，说：爹，娘，我回来看你们了！你儿在西安把事弄成了，还当了官了，是政协委员。坟头上飞过来一只鸟，喳喳喳地叫，贾德旺挥手把鸟赶飞了，又说：给你们说这些你们也听不懂，政协委员是个啥，就像刘三胜一样，你儿现在是和刘三胜的！旁边的小车司机一直笑嘻嘻的，末了说：刘三胜是谁？贾德旺说：解放前大财东家的儿子，在郑州当过省参议，威风得很哩，戴礼帽，拄文明棍，出门有三个背枪的卫兵。

回到西安后，小车司机把贾德旺上坟的事说开了，司机的原意在夸奖贾德旺是个孝子，但一经传开，却成了贾德旺把自己比作伪参议，被编成了段子，而且用河南话讲，讲得有声有色，听着的人听毕了，就笑着骂：这个河南担日巴耍！段子连市委书记都知道了，一次会议，市委书记在饭厅见到贾德旺，当着好多人的面说：贾德旺，你过来！

贾德旺过来了，倾着身说：书记好。

"听说你在你父母坟上说你现在是伪参议了？"

"这，这……书记你听谁说的？"

"你先说有没有这事？"

"我是上过坟……"

"你怎么能说这样话呢？！"

“书记，这怎么能当真呢？那是哄鬼哩嘛！”

周围的人哗地就笑了，但书记没有笑，大家也就停止了笑。贾德旺还要解释，市委书记却转身走了。

当再一次开政协会，没有通知贾德旺，贾德旺不再是特邀的委员。贾德旺苦闷了数日，脸就明显地瘦下一圈。终于在一个午后，胳肘下夹着一卷纸来胡子文的家，笃笃笃地敲门。胡子文从门扇的猫眼里看出去，贾德旺站在门外理头发，头发蓬乱，在手心唾了唾沫往头上抹。胡子文说：谁？贾德旺说：我。胡子文说：你是谁？贾德旺说：是我也听不出来？贾德旺！胡子文说：贾德旺是谁？贾德旺说：有理都不打上门客的！胡子文说：是你呀，你怎么不用河南话说？等一等，我正上厕所，还提着裤子哩！胡子文返回厕所，在马桶上坐着吸过一支烟，过来开了门，一边系裤带一边说：你怎么来了，给我送礼啦？贾德旺说：我还不至于给你送礼吧？就买了一张字画，让你鉴定鉴定。打开了，是于右任的一副对联，胡子文说：梦久不知身是蝶，水清安识我非鱼。

“赝品！”

“我五千元买来的怎么是假货？假货能仿得这么真？”

“河南人什么假不了？你看没看昨天报纸，一个河南人拐卖儿童，买方买的是个男孩，回家给孩子洗澡，洗着洗着小鸡鸡就掉了，原来是个女孩。”

"这字要是假的，我就送你了。"

胡子文没有吭声，看着贾德旺将对联挂在墙上了，说："挂在我家墙上了就算是我的，河南担，没文化就是没文化，我现在告诉你，这对联是真的。"

"你以为我认不得这是真的？我来给你行贿你也不沏一杯好茶给我喝喝？！"

"给我行贿肯定是有事了！政协委员抹了？"

"那段子是不是你加工改造了？"

"这倒与我无关。"

"那个司机我操他娘的！"

"古人说，人有一事不妥，后来必受此事之累，如器有隙者，必漏也。"

"所以我来请主意了。"

两人彼此笑笑，坐下来吸烟喝茶又吃酒，开始起草了一份材料。临分手，胡子文说：笼襻是离不了笼沿的，要做儒商，就要一直和文化结合哩。贾德旺说：所以你始终是顾问呀！胡子文又说：河南出恐龙蛋化石，你那儿联系的河南人多，若能弄些恐龙蛋化石，我去见书记的时候，也不至于空着手。贾德旺说：这个容易。当天夜里，贾德旺就用三轮车运来了一块九颗聚在一起的恐龙蛋化石。待贾德旺一走，胡子文就将恐龙蛋化石送到了市职称评委会主任家，主任好收藏，喜欢得不得了，又觉得这礼重，问胡子文自己有没有。胡子文当然没有。主任说：既然你没有，咱俩一分为二。胡子文说：只要把我的高级职称通过，放在你这儿就等于放在我那儿了。主任却坚持分开，胡子文便用锯子将九颗恐龙蛋锯开，主任拿六颗，他拿三颗，没想锯下来一颗发现那颗恐龙蛋底是平的，仔细看了看，原来是水泥伪造的。忙敲打另外的八颗，竟都是假的。胡子文怒不可遏，拿了假恐龙蛋去寻贾德旺，贾德旺也傻眼了，说：这毛海子坑我了！胡子文说：毛海子是谁？贾德旺说：一个文艺工作者。胡子文说：文艺工作者？贾德旺说：就是从河南过来的一个耍猴的。胡子文骂道：耍猴的算什么文艺工作者？日巴耍，事情办不成，你还让我丢老鼻子人啦！贾德旺忙自己打自己脸，说他再去找另一个人，那人以前倒贩过恐龙蛋化石，现在虽改行了，手里肯定还有存货。胡子文说：这人现在干啥？贾德旺说：他说他是从事轻工业的。胡子文说：是不是弹棉花的？贾德旺说：是吧。胡子文就笑了，要跟着贾德旺一块去。直到后半夜，恐龙蛋是买到了，虽然只有五颗，五颗确实是真的。

第二天，胡子文将恐龙蛋送给了职称评委会主任家，直脚就去拜会市委书记，先是汇报了全市文化工作的现状和今后发展的一些举措，末了便提说起了贾德旺。书记说：你也认识贾德旺，这人到底怎么样？胡子文说：这个河南人文化浅，有时不会说话，可有雄心大志，在西安市的河南人中享有很高的威望。就呈交了以贾德旺的名义所写的材料。材料上写着贾德旺是如何从河南到了西安发展餐饮事业，如何经过几年奋斗成为西安餐饮界的龙头，而在西安挣了钱了，就要回报西安，为西安的城市建设做一份贡献。具体的方案是：以饺子馆牵头，组织河南籍人商会，筹集资金，为古城墙贴瓷片，在护城河两岸铺地砖，用红漆刷大雁塔，把东西南北城的楼镶金边。

“这个贾德旺！”书记说，“他有多少钱？”

“他钱多得能砸死人！”

“他还是好好卖他的饺子吧。”

胡子文软不沓沓回来把书记的话转告了贾德旺，两个人无言地看着，却笑了一下，笑得都没声。然后两人到贾德旺的住处喝酒，就喝醉了，贾德旺歪着头，手指蘸酒在桌上写了一个字，说：处，处长，你文化高，你说这，这，这是个啥字？胡子文瞅了半天，是一个“富”字，说：不认得。贾德旺说：你日巴耍，这个字都不认得？！胡子文说：啥字？贾德旺说：“富”字！胡子文说：“富”字上边有一点，这个字没那一点。贾德旺说：这叫富贵不能到顶。胡子文说：你还要咋个富呀？也指头蘸了酒在桌上写了一个字：章。说：立早是章，早写得出了头也念章，你懂不，这叫作写文章能出头，出头为贵，你就是再富也不可能贵，贵的。贾德旺说：“贵”字下边是个贝，贝就是钱，没钱贵，贵不了，有钱总有贵，贵，贵的时候！胡子文说：你到底有多少钱？我说你钱多得能砸死人，你还真以为，以为你的钱多，多得不得了？！

贾德旺就站起来，摇摇晃晃站不稳。胡子文说：你醉了，瞧你这本事，一瓶酒就喝醉了，我把你这样子照一张照片。就转身在沙发上找提包。胡子文觉得自己是带了提包的，提包里应该有照相机，但沙发上什么都没有。贾德旺说：你照嘛，你照嘛！胡子文就突然感觉他真的手里拿了照相机，手举着给贾德旺拍照。贾德旺扶着桌子作庄严状接受拍照，然后就拉胡子文到他的卧室去，胡子文还做着拿照相机的姿势被拉进了卧室。卧室里有一张床，床前有香案，供奉着一尊瓷制的财神爷，而靠窗的墙上角是一个木架，木架上放着一个饱满的麻袋。贾德旺指着麻袋，说：你盯，你往那里盯，你知道麻袋里装的什么？

“什么？”

“钱！”

“钱？”

“是钱，钱，钱！现在硬币不是不用了，可我积攒了这一麻袋，它是我的纪念品。”

胡子文嘴张开来，合拢不上，手还在做着拿照相机的姿势，他要求贾德旺就站在木架下，他要拍一张照片，他说他要把这张照片放得大大的公布于世，他说他要宣传贾德旺是多么有钱，而这些钱是卖水饺子得来的，劳动致富了，应该成为一个贵人！贾德旺嘿嘿嘿地笑，说：我要给你钱的，大海里舀半盆水就够你喝了！胡子文说：把头扬高，胸挺起来！好，好，把手抓住麻袋！你笑呀，河南担，你个日巴要怎么不笑？！贾德旺还在说：给你半盆水你不嫌少吧，半盆水也能喝死你的，咱们的事情弄大了，顾问费要给你涨，涨的！

胡子文站在地上拍了几张，又站在床头柱上拍。胡子文还要拍，看见床下有一个盆儿，要取出来垫在脚下，盆子里却有半盆水，骂道：我闻得出来，这是你尿的，你早上不去倒尿，你真是不讲卫生的河南担！胡子文从外屋端来椅子，又将另一个小方凳架上去，然后爬上去再拍。胡子文这时候发现了墙上有一行粉笔写成的字，他数了数，是十一个字：世上有一个鬼名字叫日弄。他说：这字是你写的？贾德旺说：我写的。胡子文说：写得好。贾德旺得意了，说：这有个故事哩，我才到西安，身上只有二百元，一个月没寻着工作，钱也花完了，我白日讨饭，晚上在火车站的候车室椅子上睡。一个卖饺子的小老板到车站送客，问我愿不愿到他的饺子馆干活，不给工资，可以管吃管睡。我说愿意，跟着他走了。在小馆子干了十天，我才知道他卖的水饺馅儿全是瘟猪肉。我说咱怎么能卖瘟猪肉，他说没人在馆子里吃了顺地倒，我卖的就不是瘟猪肉，你知道不知道，世上有一个鬼名字叫日弄？我记住了这句话。后来我辞了那份工作又去了另一家饭店打工，有了积蓄开始自己卖饺子，我，我就把这句话写在那里了。胡子文说：你的饺子馆也卖的是瘟猪肉？贾德旺说：你胡说！我什么事都干过，但我没卖过瘟猪肉。我要的是日弄鬼的精神，你懂吗？精神！胡子文说：是的，精神！你抓着麻袋，要笑，一种自豪的笑。笑啊！

贾德旺在努力地笑，胡子文把双手举在面前，说：我给你照呀，一，二……还没有说出三，他听见了哐咚一声巨响，把眼往下一瞅，瞅见木架坍倒了，饱满的麻袋砸下去。胡子文嘎嘎而笑，说：你这个河南担，用那么大的力气？！还举了手要拍摄砸下去的麻袋，就看见了麻袋下的贾德旺没有吱声，半个脑袋扁了，一股血喷出来。胡子文说：日巴要，你是咋啦？脚下的椅子却晃动了，身子向前弓了一下，又往后弓，一先一后地弓，双手在空中抓，什么也没有抓住，就栽下去了。胡子文是脚朝上头朝下栽下去，撞翻了床边那个盆儿，盆里的水流开来，又聚在一个低洼处形成水潭，他从地上弹了一下又倒下去，整个脸面浸在水潭里不动了。

太白山记（节选）

猎手和狼终于跌落到了崖根，先在斜出的一棵树上……猎手感到剧痛，然后一片空白。猎手醒来的时候，赶忙看那只狼。但没有见到狼，和他一块下来已经摔死的是一个四十余岁的男人。

猎　手

从太白山的北麓往上，越上树木越密越高，上到山的中腰再往上，树木则越稀越矮。待到大稀大矮的境界，繁衍着狼的族类，也居住了一户猎狼的人家。

这猎手粗脚大手，熟知狼的习性，能准确地把一颗在鞋底蹭亮的弹丸从枪膛射出，声响狼倒。但猎手并不用枪，特制一根铁棍，遇见狼故意对狼扮鬼脸，惹狼暴躁，扬手一棍扫狼腿。狼的腿是麻秆一般，扫着即折。然后拦腰直磕，狼腿软若豆腐，遂瘫卧不起。旋即弯两股树枝吊起狼腿，于狼的吼叫声中趁热剥皮，只要在铜疙瘩一样的狼头上划开口子，拳头伸出去于皮肉之间嘭嘭捶打，一张皮子十分完整。

几年里，矮林中的狼竟被猎杀尽了。

没有狼可猎，猎手突然感到空落。他常常在家坐喝闷酒，倏忽听见一声嚎叫，提棍奔出来，鸟叫风前，花迷野径，远近却无狼迹。这种现象折磨得他白日不能安然吃酒，夜里也似睡非睡，欲睡乍醒。猎手无聊得很。

一日，懒懒地在林子中走，一抬头见前边三棵树旁卧有一狼作寐态，见他便遁。猎手立即扑过去，狼的逃路是没有了，就前爪搭地，后腿拱起，扫帚大尾竖起，尾毛拂动，如一面旗子。猎手一步步向狼走近，眯眼以手招之，狼莫解其意，连吼三声，震得树上落下一层枯叶。猎手将落在肩上的一片叶子拿了，吹吹上边的灰气，突然棍击去，倏忽棍又在怀中，狼却卧在那里，一只前爪已经断了。猎手哈哈大笑，以迅雷不及掩耳之势将棍再要磕狼腰，狼狂风般跃起，抱住了猎手，猎手在一生中从未见过这样伤而发疯的恶狼，棍掉在地上，同时一手抓住了一只狼爪，一拳直塞进弯过来要咬手的狼口中直抵喉咙。人狼就在地上滚翻搏斗，狼口不能合，人手不敢松。眼看滚至崖边了，继而就从崖头滚落数百米深的崖下去。

猎手在跌落到三十米，崖壁的一块凸石上，惊而发现了一只狼。此狼皮毛焦黄，肚皮丰满，一脑壳桃花瓣。猎手看出这是狼的狼妻。有狼妻就有狼家，原来太白山的狼果然并未绝种啊。

猎手在跌落到六十米，崖壁凹进去有一小小石坪，一只幼狼在那里翻筋斗。这一定是狼的狼子。狼子有一岁吧，已经老长的尾巴，老长的白牙。这恶东西是长子还是老二老三？

猎手在跌落到一百米，看见崖壁上有一洞，古藤垂帘中卧一狼，瘦皮包骨，须眉灰白，一右眼瞎了，趴聚了一圈蚊虫。不用问，这是狼的狼父了。狡猾的老家伙，就是你在传种吗？狼母呢？

猎手在跌落到二百米，狼母果然在又一个山洞口。

……

猎手和狼终于跌落到了崖根，先在斜出的一棵树上，树咔嚓断了，同他们一块坠在一块石上，复弹起来，再落在草地上。猎手感到剧痛，然后一片空白。

猎手醒来的时候，赶忙看那只狼。但没有见到狼，和他一块下来已经摔死的是一个四十余岁的男人。

村　祖

山北砬子坪的村里，一老翁高寿八十九岁，村人皆呼作爷。爷鸡皮鹤发，记不清近事能记清远事，爱吃硬的又咬不动硬的，一心欲尿得远却常常就淋在鞋上。因为年事高迈，村人尊敬，因为受敬，则敬而远之，爷活得寂寞无聊，兀自将唯独的一颗门牙包镶的金质牙壳取下来，装上去，又复取下。

过罢十年，算起来爷是九十九岁。一茬人已老而死去，活上来的又一茬人却见爷头发由白转灰，除那颗门牙外又有槽牙。再过罢十年，一茬人再皆死去。另一茬活上来的人见爷头发由灰为黑，门牙齐整。如果不是镶有金牙，谁也不认为他是那个爷的。不能算作爷，村人即呼他伯。又过十年，又是一茬人见他脸色红润，叫他是叔。又又十年，又又又十年，八十年后，他同一帮顽童在村中爬高下低，闹得鸡犬不宁。一个秋天，太白山下阴雨，直下了三个月。一切无所事事，孩子们便在一起赌钱。正赌着，村口有人喊：公家抓赌来了！孩子们赌得真，没有了耳朵，只有凸出的眼泡。他已经输尽了，同伴欲开除他的赌资，他指着口里的那枚金牙，这不顶钱吗？执意再赌。抓赌人到了身边，孩子们才发觉，一哄散去。他又输给一顽童，顽童要金牙。他赖着不给，再赌一次，三求二赢。顽童说没牌了怎个赌。划拳赌。抓赌人在后边追，他们在前边跑，口里叫着拳数。抓赌人追不上不追了，他却还是又输一次。输了仍不给金牙。两人就绕着一座房子兜圈子。忽听房子里有妇人在呻吟，有老妪将一个男人推出门，说生娃不疼啥时疼。他忽地蹲上那家后窗台，不见了。追他的顽童撵过墙角不见人。瞧瞧树，树上卧只鸟儿。掀掀碌碡，碌碡下一丛黄芽儿草。猛地转过身，身后也没有。顽童呆若木鸡。恰屋里又扑地有响，产妇呻吟声止，老妪喊生下了生下了。这顽童骂过一句，烦恼忘却，便爬后窗去瞧稀奇。土炕上血水汪汪，浸一个婴儿，那婴儿却不哭。老妪说怎个不哭，用针扎人中，仍不哭。用手捏嘴，嘴张开了，掉出一枚金牙壳，哭声也哇地出来了。

多少年后。

这个村一代一代的人都知道他们的村祖还在活着，却谁也不认识。自此他们没有了辈分。人人相见，各生畏惧，真说不得面前的这位就是。

少 男

一个人出去采药再没有回来，以为已经滚坡横死，他却在一个晚上给村里人托梦：他是在鸡肠沟的瀑布崖上做仙了，让村里的人忘记他的好处，也让他的家妻忘记曾嫌弃过她的坏处。第二天，村人都在议论这个梦，那人的家妻却忘不了丈夫，哭天嚎地，央求人们帮她去找回自己的男人。

村里的人就一起去鸡肠沟。鸡肠沟乱石崩空，荆棘纵横，他们以前从未去过，果然在一处看见了那个崖。崖很高，仰头未看到其顶，长满了古木，古木上又缠绕了青藤。此时正是黄昏，夕阳映照，所有的男人都看见了崖头有一道瀑布流下来，很白，又很宽，扯得薄薄的如挑开的一面纱，风吹便飘。从那古木青藤的缝隙里看进去，却是许多白艳的东西，似乎是一群光着身子的人在那里洗澡，或者是从水中才沐浴出来坐卧在那里歇息。如果是人，什么人能有这么丰腴、这么白艳呢？托梦人说他是成了仙，仙境里没有这么多丰腴、白艳何以称作仙境呢？天下的瀑布能有这般白这般柔？于是，男人们的神色都变化，一时沉醉于非非之想中，样子发憨发痴。男人的变化，女人们觉察到了，但并未明白他们是怎么啦，因为她们未看懂隐在古木中的东西。但她们体会最深的是自己只有一个丈夫，当男人们一步步往崖根下走时，她们各自拉住了属于自己的那一个。

一位勇敢的少男坚持往前走，他是新婚不久的郎君。他往前走，新娘往后拖，郎君的力气毕竟大，倒将新娘反拖着越来越走近崖根，奇妙的事情就发生了。远远站定的男女看见他们在崖根下的那块青石板上，突然衣服飘动起来，双脚开始离地，升浮如两片树叶一样到了空中，一尺高，三尺高，差不多八九尺高了，但他们却又定止了一刻，慢慢落下来。落下来也不容新娘挣扎，再一尺高、三尺高升浮空中，同样在八九尺的高度上定止片刻再落下来。这次新娘就一手抓住了石板后的一株树干，一手死死抓住丈夫的胳膊，大声呼救：帮帮我吧，难道你们看着我要成为寡妇吗？村人同情起这新婚的少妇，她虽然并不漂亮，但也并不丑到托梦人的那个家妻，年纪这么轻，真是不忍让她做寡。并且，男人们都是看见了古木内的景象，那是人生最美好的仙境，而自己的妻子已死死阻止了自己去享乐，那么，就不能允许和自己一样的这个男人单独一个去，况且他才是新婚，这个不知足的家伙！于是乎，所有的男人在女人的要求下一人拉一人排出长队拖那崖根的夫妇，将那郎君拉过来了。新娘开始咒骂他，用指甲抓破了他的脸。他们在劝解之中，真下了狠劲在郎君的身上偷击一拳或暗拧一把。

少年郎君垂头丧气地回来，从此不爱自己的新妇。每日劳动回来，脱光了衣服躺在床上抽烟，吆喝新妇端吃端喝，故意将自己的那根肉弄得勃起，却偏不赐舍。新妇特别注意起化妆打扮，但白粉遮不住脸黑，浑身枯瘦并不能白艳。有时主动上来与他玩耍，但只是灰不沓沓，偶尔干起来，怀着仇恨，报复般地野蛮击撞，要不也一定要吹灭了灯，满脑子里是那丰腴白艳的想象。

这少男实在活得受罪了。

他试图独自去一次鸡肠沟，但每次皆告失败。村中所有的女人都在监视着自己的男人，所有的男人也就在监视着其他的男人。这少男的行动每次刚要实施就被一些男人发觉，立即通报了新娘。新娘就越发仇恨那个已经做仙的男人，她联合了村中的女人，用灰在村四周撒一道灰线，不让那做仙男人的灵魂到村中游荡；各自将七彩绳儿系在自己丈夫的脖子上，以防做仙男人托梦诱惑。而且，她们仇恨仙人的遗孀，唾她，咒她，甚至唆使自己的丈夫去强奸她，使她成为村中男人的公共尿壶，而让那做仙男人的灵魂蒙遭侮辱。

但少男还是偷偷地去了鸡肠沟。他背了猎枪和猎刀，说是去山林打猎而出走。他果然逆着鸡肠沟的方向去了山林，新娘和男人们暗中跟踪了半日后放心地回来，但少男在走出了遥远的路程之后又绕道去了鸡肠沟。他走到了崖根，也恰是一个黄昏，那古木青藤之内的东西看得真真切切。当他一走上那青石板，顿感到一种极强的吸力，身体为之轻盈，衣服鼓起犹如化羽，头发也水中浮草一样竖直摇曳。这一种美妙的体验使他立即想到了新婚夜的感觉，还未真正进入仙境就如此令人酥醉，他深深悟到了托梦人宁肯抛弃家妻的缘由。他还未来得及捡起石板上的猎枪，双脚已离地三尺高了，他有点后悔不该将猎枪遗在这里，将来一定会被村人发觉他是到仙境中去了而仇恨他。但这想法一闪即逝，他听着耳边的风声，甚至伸手抚摸了一下擦身而过的白云，身心透满了异常的幸福感。在愈来愈高的空中，那些丰腴白艳的东西越来越清晰了，突然觉得不应在背上还背着长长的猎刀，想拔下来丢到很远的洞中去，但他没有了力气，吸引力陡然增强，似乎是大坝底窟窿里的急流将他倏忽间吸了去。

少男自然再没有回到村中去。首先是新娘惊慌了，接着是所有的男人都惊慌了。他们又是手拉手，甚至各自腰上系了绳索互相牵连着去了鸡肠沟。果然远远看见了青石板的猎枪，他们统统哭了，新娘为丈夫的抛弃而哭，男人们为自己的命薄而哭，哭声遂变为骂声，骂得天摇地动。但是当他们集体站到了青石板上，谁也没有一点要升浮的感觉。先以为是大家连在一起分量太重，慢慢撒开手，解开绳索，还是没有感觉。大家都觉得奇怪了，男人们怀疑这一定是仙境中去了两个男人后已不需要更多的男人了，就吼叫着这世道的不公，而仙境也不公！有人喊：咱毁了这个崖！立即群情激愤，动手烧崖。崖上的草木燃烧了三天三夜，但因为有瀑布，仍有未烧尽的，而大火中那些黄羊、野猪乱跑乱窜，有的掉下崖来皮开肉绽，却没有什么人的惨叫。男人们背负了利斧开始登崖，见草就拔，逢木便砍，然后垂下绳索让别的人往上攀登。这项工作进行得十分艰巨，但无一人气馁，发誓攀到崖顶，彻底捣毁这个最美好也最可恶的地方。

他们终于爬到了崖顶，四处搜索，就在瀑布旁的崖头上，发现了一个天然的洞窟。火并未烧到这里，但一片刺鼻的腥臭味。走进去，一条巨大无比的蟒蛇腐烂在那里，在蟒蛇的腹部有一把刀戳出来。人们剥开蟒腹，里边是一个人尸，一半消化模糊，一半依稀可辨，正是那位少男。

在洞后形成瀑布的山溪道上，满是一些浑圆的洁白的石头。

小 儿

“×俊！”

×俊抬起头来，老泪纵横，并没应声，又俯下身在新拢的土丘上哭泣；又觉得不对，疑惑地乜视着面前这个小儿，甚至有些愤愤然了。

“×俊，你耳聋了吗？”

×俊又瞪了一眼，要抓起土坷垃打过去，但止住了，土坷垃在蒲扇般的手里捏得粉碎。要不是×俊现在心中充满了剧痛，他绝不会饶过这个乳臭未干的缺乏家教的小儿！他哽咽着说：

“×贵，你就这么生不见面、死不见尸地走了吗？常言说，当你知道你身上某一个部位的时候，这个部位就生病了；当你懂得一个人的好处的时候，这个人就死了。×贵，你真的是死了？可你死在了哪儿呢？我真后悔没能珍惜我们的交情！还是昨日，你要我翻几个跟头给你看，我说七老八十的了，硬胳膊硬腿的，翻跟头惹人笑话，我没翻。现在，我为你修了这个坟，盼你灵魂到来，我要给你翻个跟头了！”

×俊果真用手扫去地上的乱石，脑袋着地翻了个跟头，那骨架咯咯响着，像要散裂了似的。

五岁的小儿格格格地笑起来，肥嫩的手鼓着几片掌声，说:“翻得好，翻得好，再来一个要不要？要！”

× 俊终于忍无可忍，一巴掌将小儿扇远了。

“× 俊，你疯了，你敢打我？”

× 俊吼道:“你是谁？谁是你爹？小王八羔子！”

“唉，× 俊真的是认不得我了。”

× 俊停止了打骂，觉得蹊跷，但他真的不认识这小儿，村里也从未见过这小儿。

“我是 × 贵啊，狗日的！”

× 俊简直吃了一惊：这个小儿竟是 × 贵，× 贵活着的时候，口头禅就是“狗日的”，声音一模一样。可这五岁的小儿怎么会是 × 贵？

“我真的是你 × 贵哥！”

× 俊却还是摇摇头。

小儿说，中午吃过饭，他准备睡一觉后就去找 × 俊喝茶，就和衣睡了。睡起来又觉得该换一身新衣服去，就开始脱身上旧衣。脱下一件，怎么还有一件；脱了，还是有一件；竟越脱衣服越多，脱到最后，才发现他是个小孩，原来那么高大的个头都是衣服穿成的！这时候的他突然明白那过去的七十多年是一个悠长的梦。

“胡扯淡！”× 俊说，“× 俊这么长胡子的人了，不是像你这样的小儿好哄！”

由小儿的话又想到了死去的 × 贵，× 俊扑在坟上号啕起来。

小儿任 × 俊恸哭，却开始讲他的过去的长梦。他说，他小的时候就和 × 俊要好，他们恨村口老妪在桑葚树干上涂抹粪尿而咒骂，将老妪家长在地里的南瓜切了口，屙进一泡屎去，又将切口封好，使南瓜疯长到筛子大而臭不可闻。他说，是你 × 俊四十岁的时候与方 × 的媳妇偷情被方 × 发觉并盖头浇下一桶凉水，是我在喊：快跑，跑出一身汗来！你才跑的，你才免了一场寒病。他说，× 贵还知道 × 俊的左腿根下有一颗豆大的痣。

× 俊不哭了，他觉得这小儿句句讲得都对："你真是 × 贵哥吗？"

"× 俊！"小儿手伸出来，亲昵地在 × 俊的头上抚了一把。

× 俊却又疑惑了，这哪儿可能呢，一个七十多岁的老头怎么会是五岁的小儿？突然，脸色大变："你是鬼！"

小儿说："你唾唾。"

一口唾沫唾上去，小儿还是小儿。

"你还在梦里哩！"小儿可怜了 × 俊，"你信也罢，不信也罢，反正你还在梦中。"

"我做梦？做七十八年的梦？"

"梦里几代人的事常有哩。"× 俊用指甲掐自己的脸，怪疼的。

“是梦怎的还疼？疼也疼不醒？”

小儿不知怎么说服他了。

“你要在梦里就在梦里吧！我告诉你，我还知道你将来要长条尾巴的，等长出尾巴了，你就信我是不是唬你。”

× 俊回到家去，从此再没有见到 × 贵老汉，便一阵儿信那小儿就是 × 贵，一阵儿又不信起来，好像很羞涩的样子拿不了主意。他每天大小便时，手却不自觉地去摸摸屁股，看有没有尾巴长出来。五天过去了，没有尾巴。十天过去了，觉得屁股上胀胀的不舒服，有一块发硬的东西。又十天，那硬东西似乎又长大了些，终于在一个月后，一条小小的没毛的尾巴长了出来。

父　子

儿呀，爹要走了，谁都要走这步路的，爹想得开，儿你也不要难过。爹咽了一口气后，你把爹埋到尖峰上你就是孝子了。

儿子一直伏守在爹的床前，泪水婆娑，想爹是患的脑溢血，或者心肌梗死就好，爹无痛苦地走，儿女们也不看着爹的难受而难受。脑子清清楚楚的，就这么在爹的等待下和儿女的看护下，一个人绝了五谷，痛失原形，肿瘤慢慢地消平了呼吸。爹有过千错万错，现在的爹全剩下好处了，儿子咬着牙，再不让眼泪流到脸上，他却不停地去上厕所。厕所在檐廊那头。天正下着雨。

十五年前，儿子是爹的尾巴，父子俩一块到集市上去。太阳红光光照着，爹脱了毡帽，一颗硕大的剃得青白的脑袋发亮，两只虱就趴在后脑处，而且相叠在一块了。“爹，虱在头上 ×× 哩！”爹正要与熙熙攘攘的熟人打招呼，狠劲地一甩，将儿子牵襟的手甩掉了。“爹，真的是在 ×× 哩！”爹已经瞪了一眼，骂出一句最粗土——其实是散佚在太白山的上古雅辞——“避！”儿子就也生气了：“避就避，哪怕虱把你的头 × 烂哩！”从那时起，爹对于儿子失去了伟大的正确性。

“德！”这是爹又在叫着儿子的乳名训斥了，“吃饭不要咂嘴，难堪，猪才吃得这么响的！”儿子的咂嘴声更大了，直至饭后，长舌还伸出来刷掉唇角的汤汁，弄出连续的响音。

儿子正在兴趣地扫除院土，爹突然高兴，说今日没有给老爷画胡子了。儿子不做声，将扫除的土复又撒回原地，掀开了捶布石，石下面有两只青头蟋蟀，专心去以草拨逗了。爹动火起来，抓过儿子开始教训，教训是威严而长久的，儿子却抬起头说：“爹，你鼻子上的一颗清涕快掉下来了！”爹顿时中止训话，窝到一边去了。

儿子到了恋爱的时节，爹认真地叮咛着恋爱就恋爱姣好的姑娘，不要与村中的年轻寡妇接触，免得平白遭人说三道四。儿子末了领回来的，却偏偏就是那个寡妇。

雨还在下，儿子立在尿缸边上尿，尿得很多。他疑心是眼泪倒流进了肚里才有这么多的水又尿出来。

病床上的爹并不知道天在下雨，他还以为这檐前长长久久的一溜吊线的水是儿子在尿，脑子里想象着那尿由一颗一颗滴珠组成落下去，他不懂得文章中的省略号，但感觉却与省略号的境界相同，便寻思他真的要死了，留在这个世界上的将是一个缩小了的他，但这个他与他那么不和谐，事事产生着矛盾。父子是人生半路相遇的永不会统一的缘分吗？他已经琢磨了十多年自己的儿子，相拗的脾性是不可能改变了。既然你娶了寡妇做妻就安生去过你们的日月，却要吵闹，发凶性砸家具，越说媳妇快把锅拿开别让他砸了，一榔头就砸在锅上。“我的儿子会怎样处理我的后事呢？”爹唯一操心的是这件事了。太白山七十二座尖峰，我的一生犹如在刀刃般的峰尖上度过，我不愿意在我另一个世界里仍住在刀刃上，儿子能满足我的意愿吗？

“德，你还没尿完吗？”爹在竭力地呼唤了。

儿子也错觉了屋檐的流水是自己在尿，慌忙返回床边。

“爹，屋檐水流哩。”

爹想把自己静静思考后要说的遗嘱告诉儿子，听了儿子的回答，认定儿子又是在拗着他说话了，长长地叹一口气，说：

“儿呀，爹死后，爹求你把爹埋在那尖峰上，爹不愿埋在山下那一片平坦的洼地中，也不需要洼地四周植上松柏和鲜花，你记住了吗？”

儿子点着头，看着爹微笑地闭了双目，安详长息。

儿子号啕起来，突然悔恨起自己十多年执拗了老爹。“把我埋到尖峰上。”这是爹最后一次对儿子说的话，儿子不能再违背着爹的意愿啊！儿子邀请了众多的山民，开始将爹的棺木往尖峰上抬。尖峰高兀，路陡如刀，实在抬不上去，运用了很长很粗的铁绳牵着棺木往上拉，棺木虽然破裂，但爹是终于埋在了爹想埋的地方。

小人物

我读过了那三份审查记录，当天晚上到二叔的坟上，一页一页撕着焚烧。突然有一股风刮来，纸灰嚯地腾了半空，呼啦呼啦地响，我就似乎听见有人在叫我，又似乎不是在叫我，是在叫着二叔的名字。

我们家乡的水土不好，人都长得小，而且牙黄面黑。但二叔是踢过足球的，当过兵，二十年前还曾在州城监护过被流放下来的一位大人物。家乡的人都念说二叔要混出个名堂了，他却退役后分配到县城中学教学生踢足球。至后，越来越退步，由中学到了小学，再是由教师到了教工，连足球也不让教了。我们伏低伏小，他竟还不如我们，一辈子没伴成女人。去年，他一场病没过来，死了，我到县城教育局领他的安葬费，局办公室的人说：这里有你二叔的几件东西，你要不要？我说二叔没老婆没娃的，凡是他的东西都给他在坟上烧了去！办公室人就给我了一个足球，足球上密密麻麻写着字，全是他某年某月踢过的场次。还有一袋材料，是二叔的档案，档案里有三份审查记录，三份认罪交代书，三份处分决定。这些情况二叔可从来没有给我们提说过，我读过了那三份审查记录，当天晚上到二叔的坟上，一页一页撕着焚烧。突然有一股风刮来，纸灰嚯地腾了半空，呼啦呼啦地响，我就似乎听见有人在叫我，又似乎不是在叫我，是在叫着二叔的名字。

一

贾二狗！

在。

瞧你这名字！

这是爹娘给起的。我在部队的时候，我仍是改过名的，叫贾红兵。我们姓贾的姓不好，听起来叫假红兵，后来只好还叫二狗。

狗就是狗！哪一年参的军？

一九六四年的二月，不对，是三月。三月学校里足球比赛，部队上的人在球场相中了我，问我愿意不愿意去部队踢球。我爱踢球，害怕数理化，我说好呀，我就参军了。

哪一年监护 × × 的？

一九六八年七月二日去的，一九七一年十月二十日离开的，这我记得清楚，三年三个月零十八天。

往严肃些！你以为你做了什么荣光的事吗？我们领导人被诬陷的时候，你落井下石，推下坡碌碡，充当了一个无耻的小丑角色！

我错了。

有罪！

有罪。

那你交代罪行！

那天我们买了瓜吃，吃过了我枕了一个瓜睡觉，醒来总觉得自己的脑袋成瓜了，偏偏首长来说贾二狗派你去监护吧，我说行嘛，就应承了。首长一走，我后悔了，我怎么去当监护人，这不是踢不成足球了吗？

不自量力！你结婚了？

没。

多亏没结婚，要不你要打老婆，还得老婆先把你抱上炕，你耳光才能打到她脸上哩。

我长得矮。可足球场上我的外号是矮脚虎哩，我还立过功哩！

唏！

真的立过功的，是全军的运动会，我们球队三战二平一负，最后一场球如果再不赢，出线肯定是没戏了。首长给我们下命令，这一场要恶战，不能平，只能赢！天神，眼看全场要结束了，还是零比零，教练都要急疯了，在场边叽吱哇啦喊，就在最后一分钟，后卫把球传给我，我带动中抬脚就踢，原本是踢偏了的，却撞在对方后卫腿上，球日地钻进网里，我就立功了。是三等功。

瞎猫逮了个死老鼠！

可后来有一年天气，比赛过十次，我没有进一个球。机会倒有，偏就是踢飞了或者打在门柱上。……我那几年真霉，找了个对象，马上要结婚了，她家补了成分，成了漏划的富农，婚退是退了，她却霉了我，一对一我却把球放了高炮……

对方球门如果再宽一点，高一点，你就又立功了。

立啥呀，我被球队开销了。

早该开销！……这说到哪儿了？贾二狗！坐好！今天是在审查你哩不是要听你扯足球的！我问你，让你去监护××，你当时知道××是什么人吗？

这谁不知道，大走资派，大反革命，不齿于人类的狗屎堆！

住嘴！

贾二狗！

贾二狗！你耳朵塞了驴毛了吗？

没有塞。

没有塞叫你为什么不回答？

你让我住嘴的。

……往下交代吧。

我去州城得胜街莲花巷七号院时，××已经在那里住了半年了。院子不大，三间上房，东西厦房。进院门靠右手是棵梨树。靠左手是一口井，四丈八的井绳。厕所在东墙根。××瘦高瘦高的，大鼻子大耳朵，老不笑。他老婆是病包，天一凉犯哮喘，咔咔咔，咔咔咔，你听着也觉得自己吸不上气，要过去了。她是负责经管王福贵、陈小艳和李得宝的。

这是些什么人？

王福贵是一头猪，陈小艳是母鸡，李得宝是一条狗。他老婆给起的名。

名字起得多好！

我的职责是监护他们，没经过允许是不能出州城的，就是在城里活动，出门也要登记的。什么人来找他们，也要登记身份和时间。一个月把登记册交给上边去过目。我给他们买煤，还打水，他们搅不动辘轱。他们有什么要求了，把报告交给我，我给往上转达。××每天去三里外的工厂上班，我没事了就在院子里踢足球，我是把球踢到院墙上，院墙弹回来我再踢。他老婆常坐在门坎上看我踢足球，他老婆也是球迷。

她还是球迷？

是球迷，但我逊球迷。

什么？

我后来没有踢好球，成了臭大脚，但踢球就是这样，你进球了球迷就欢呼你，说你是英雄，你进不了球，球迷就骂娘。球迷爱球爱的是他自己。

胡说八道！

我没有胡说，我踢过球，我知道踢足球就是踢足球，我只是想踢愿意踢，才不理会你怎么看呢。有一回，球踢出了院墙，他老婆去捡，李得宝用爪子把球一拨一拨的，他老婆把李得宝撵开了，说：咦，你以为你是谁，是贾二狗，也要踢足球，愿意在哪儿踢就在哪儿踢？！她骂我了。

你以为你是谁，骂不得？！你回骂了？

我看了看她，咽了一口唾沫，没言传。以后我就不在院子里踢了。

往下说。

没了。

没了？贾二狗，那我问你，是你动员工人修了从院门口到工厂的那条路？

问这事呀！那一年雨水多，多得屋檐吊线的。先是院子的水眼道堵住了，咋也掏不通，水就积在院里，把院墙都泡湿了半截，我真担心院墙要塌了。我把院门下挖了个洞，水是导出去了，可巷道是土路，稀泥糊涂的，××每天上班去，路上穿雨靴，到厂里穿布鞋，下班了又换上雨靴，回到家再穿布鞋，天已经晴过七八天了，还得脚上穿一双，胳肘下夹一双。我就动员工人来修，前后修了一礼拜。这路修错了？

修路就修路，为什么让工人喊口号？

他是走资派，不让他们喊打倒××，工人不修。

路没修前，××跌过跤没有？

跌过，把腰垫伤了，在家歇了五天。

修好路了，×× 没歇过？

没，一晌也没。

狼子野心暴露了吧？！你是把路修好了，要让他一天不空地去做工，要挣死他，累死他！

这……我想着让他走好……

笑话！这你骗谁呢？你是监护人，修路并不是你分内的事，你能那么好心去修路，鬼才信哩！

我再问你：他的小儿子是哪一年从下乡插队的地方来见父母的？

七〇年十一月吧。

来住了多长日子？

快要过年了。

好狠的心！他的小儿子几年与父母离散，好不容易来了，又要过年了，你竟逼着让走？

他的小儿子来的时间长了，我担心上边知道了，就是上边不知道，下乡插队的知青也有意见，反映上去，也是不得了的……可我没有逼呀。

没有逼？那小儿子怎么流着眼泪走了？

我只对他老婆说：你是不是辅导一下，让你儿子增加一点劳动观念。

这不是逼是什么？

第二天小儿子走，他老婆要给儿子煮鸡蛋，那只母鸡罩窝，她捉住用手指头去探鸡屁股有没有蛋要下。她到州城已经学会探鸡屁股了。她说：陈小艳陈小艳，你怎么没屁眼了？我知道她骂我做事不留后路……

骂得好！

但我没有把这话汇报上去。

你还要汇报？你还觉得把她没整死吗？

……

我再问你：×× 的儿女几时允许来同父母团聚的？

第二年秋里。那一天我忘不了，那天我踢足球窝了脚，骨头没伤，脚脖子却肿得明瓷溜溜，疼得……

他大女儿在厦房里结的婚？

是的。他大女儿是长脸，找的女婿也是个长脸，真是不像一家人不进一家门。

你也尿泡尿照照自己……阳谷县的货！

阳谷县？

武大郎！

你在揭我短呢。

我还想扇你哩！ ×× 受那么大的苦难，逢着女儿结婚，你也不让人家舒心一天？

我没有呀！结婚的事他们并没有通知我，等他们的亲戚来了后，我还不知道要结婚的。那天中午，他老婆端了一盘瓜子到我屋里，说阿梅今日结婚，你吃吧，拧身就走了，我才知道他大女儿要结婚。

按风俗，还盘子要送礼的，你送的什么礼？

风俗我当然知道，可我犯难了，我没钱呀，我那月身上只有二十元，要是买一条被面，那我就把嘴吊起来了。可我总得送礼呀！我就出去买了毛主席著作四卷，在扉页上写着：永远沿着毛主席的革命路线前进！送了去。

你这是什么意思，是在说人家没有沿着毛主席的革命路线前进？你以为就你学毛主席著作，×× 他们就不学习？你水平比人家高？！ ×× 同志闹革命的时候你在哪儿，你娘还在你外爷的腿上转筋哩！

我脑子进了水……

真是以小人之心度君子之腹！

我那时就是小战士。

屁！小帮凶，小爬虫！你知道不知道，你将永远被钉在历史的羞辱柱上！

……

今天就谈到这里，回去好好反省，明日写一份认罪书交来，听见了没有？

听见了。

听见了滚！

二

贾二狗！

在哩。

名字一看就不是好人！

这是爹娘起的，我还有个名字叫贾红兵，大家都叫我假红兵，所以还是叫了二狗。二狗是不好，但前面有个贾，假二狗就不是真二狗了。

都是狗！哪一年参的军？

一九六四年。三月份我在学校踢足球，球迷在旁边喊：矮脚虎！矮脚虎！

谁是矮脚虎？

这是喊我哩。球迷一喊我的绰号，我往场边一看，看到了有几个穿军装的人也在那里看球。踢完了，他们问我愿不愿去部队踢球。我说，还学不学数理化？他们说不学，我就参军了。

没走正经渠道。监护 ×× 是哪一年？

一九六八年七月二日到一九七一年十月二十日，时间不短哩，三年三个月零十八天。

嫌时间长啦？

有些长。

他应该被打倒在地，永世不得翻身！

……

坐好！你知道叫你来审查什么吗？

不知道。

你听着！××之所以再次被打倒，全在于他死不悔改，要带着花岗岩脑袋去见上帝！而你在监护期是怎么监护的？完全丧失了一个监护人的立场，与这样的走资派、黑帮、反革命，同流合污，沆瀣一气！

贾二狗！

在哩。

你老老实实交代吧！

那一年没踢好足球，如果踢好了，就不会派我去监护了。

你什么能干好，把你说得能的！？

我能踢哩！我踢足球还立了三等功哩！那是全军开运动会，我们球队三战二平一负，成绩不理想，最后一场再也输不起啦，全场眼看着要结束了，是右后卫把球传给了我，我往前带，往前带，我鬼得很，眼瞅着是左前方，球却往右边拨，堵截的人就摔倒了，我一脚把球踢过去，原本是踢偏了，却撞在对方后卫腿上，球变了方向，日地钻进网里。是我拯救了球队，我就立功了。我只是后来搞对象，刘玉秀家补划了富农，倒霉就从她那儿起的。你想想，一对一怎么会踢不进球呢？可就是踢不进去！我再上场，球迷喊臭大脚，当年喊的乃是矮脚虎……

矮脚狗！说监护的事，别往足球上扯！

让我去的时候，×× 在州城得胜街莲花巷七号院已住半年了。院子不大，三间上房，东西的厦房，进了院靠右手是一棵梨树，树下是鸡棚，靠左手是一眼井，四丈八的井绳。×× 是大个子，瘦是瘦，鼻子大耳朵大，我没见过那么大的耳朵，大人物都是大耳朵。

什么大人物，走资派、反革命、不齿人类的狗屎堆！

是狗屎堆。

往下说！

×× 每天去三里外的工厂上班，黑手脏脸的，一身旧工作服，真看不出他还当过大官！他老婆就差了，害哮喘，整天咔咔咔，咔咔咔地吐黏痰。养的李得宝倒胖，常往外跑……

李得宝？

她把养的狗叫李得宝，还有一头猪叫王福贵，一只鸡叫陈小艳。

给猪狗起人名，明明是发泄不满情绪哩，你就允许她这么叫了？

我想她是孤单，叫着人名，有个说话的。

那她叫你，你也就是猪狗了？

能给猪狗说话的，那她也不就是猪狗了？

说吧说吧。

李得宝常往外跑，和野狗连蛋哩，她说：贾同志，你给李得宝记一笔吧，昨晚它又跑出了一回，作风上犯错误了。她这是嫌我每天登记他们出外活动的时间和地点哩。有一回，王福贵从圈里出来往院外去，站在我的门口往里瞅哩，她又说：瞅啥哩，里边有你的办公桌？！我没理她。

你丢人哩，丢无产阶级人哩！你的职责跑哪儿去了？

我每日记录他们的活动。出门要登记，来什么人要登记，他们有什么事得通过我往上边转达。其实事情并不多，××一上了班，我就踢足球，我是把球踢到院墙上，院墙弹回来我再踢。他老婆就坐在门坎上看我踢球。

她是来接受改造的，你踢足球给她娱乐呢？！

她看就看吧，我才不理哩。踢足球是球员想踢、爱踢，看球的也只能为了满足他们自己，他们希望你永远进球，进了球就欢呼，说你是英雄，进不了球，就骂你，正经八百地骂你……我是把看球的看透了，我才不是为他们娱乐呢。

贾二狗！

在哩。

你是来听足球的，还是来交代问题的？！

交代问题的。

交代吧！

我不知道还要交代什么，你提提。

你犯的罪行你不清楚？！我问你，为什么要工人修从院门口到工厂的路？三里路，多长的路啊！

因为路长，才修的。

要再长些，你得雇人用轿抬着他上班了！

那一年雨水多啊，屋檐吊线地下，院子里水半腿深，水眼道捅不开，院墙泡湿了半截，我真担心院墙要塌了。

塌了就好了！

怎么能塌了就好呢？我是监护人，我得管呀，我在院门下挖了个洞，才把水导出去的。院子里可以了，而去工厂的路是土路，稀泥糊涂的，××去上班，脚上穿一双雨鞋，胳膊下夹一双布鞋，走到工厂他常跌跤，又误了时间，我就去工厂动员一伙人修路。

让工人阶级给走资派修路？！你修的是什么路？

用煤渣铺了一层路面。

是资本主义路，反革命路！

路线问题是大问题！贾二狗！

在哩。

你站好！谁让你坐下的？

我一直站着的呀！

那怎么那样低？

我个头小。

……我再问你：× × 的小儿子是哪一年来见父母的？

七〇年十一月吧。

来住了多长日子？

快过年了。

为什么住那么长时间？你让他住的？谁给你的权力竟允许住那么久时间？

……我还是让他走了，我对 × × 的老婆说：你是不是辅导一下，让你小儿子增加一点劳动观念。

温良恭俭让！给走资派、反革命乞求吗？你是他的监护人还是他的奴才？！

监护人。

你那样客气，得到他的好处了？

他老婆还骂我哩。他小儿子是第二天走的，走的时候他老婆要给小儿子煮鸡蛋，但陈小艳罩窝哩，没下蛋，他老婆捉了陈小艳用指头去探鸡屁股有没有蛋要下，说：陈小艳，陈小艳，你没屁眼了吗？

这就是你的下场！

我再问你：× × 的大女儿是不是在七号院结的婚？

是。

谁允许的？

人家有结婚证。

我问 × × 的大女儿谁允许来同父母住在一起的。

这是上边允许的。

那你送了礼了?

我不知道初六那天他们要结婚，来了几位亲戚，我还是不知道结婚的事，后来他老婆端了一盘瓜子到我屋里，往桌上一放，说:阿梅今天结婚，你吃吧。我才知道阿梅要结婚了。

瓜子你吃了?

吃了。

你就那么不值钱，一盘瓜子就被收买了，就要给人家送礼了?

风俗是这样呀，我不能空盘子送回去呀，我送的是毛主席著作四卷。我那时没钱。

你要有钱，买一个商店送呀是不是?

我在扉页上是写了话的:永远沿着毛主席革命路线前进!

这是污辱毛主席革命路线!阶级敌人你不打他就不倒，不斗争不改造他就能走毛主席的革命路线?

……我这脑子……

你是猪脑子!你多亏只是个监护员，你要是个有大权的，我看你把无产阶级江山都要送了人家!

……

贾二狗!

在哩。

你说说，你这是什么行为？

我错了。

仅仅是错了？！你犯有不可饶恕的罪责，将永远要被钉在历史的羞辱柱上！

今天先谈到这里，回去再反省吧，写一份认罪书交来，以观后效！听见了没有？

听见了。

听见了滚！

就滚。

三

贾二狗！

在这里。

嘻，还有叫这名字的？

我大哥叫大狗，我弟叫三狗，我排行老二。

一窝狗！

爹妈给取的，他们没文化。我还叫过贾红兵，我这姓不好，叫什么好名字听起来都是假。

参过军？

六四年的兵。

六四年，你多大？

我初中还没毕业，我在学校里踢足球哩，部队上的人看上我了，问我愿意不愿意去部队踢球。我那时头痛数理化，就爱踢球，我当然愿意，就参军了。

噢，压根儿就不是真正军人。

我是真正军人！球场上穿运动服，踢完球我们就穿的军装，一颗红星头上戴，两面红旗挂两边。

……知道为什么要审查你吗？

我监护过 ××，他现在又是领导人了。

知道了就好，你老实交代吧，党的政策我想你也清楚，坦白从宽，抗拒从严。

我一直坦白的。监护是从一九六八年七月二日到一九七一年十月二十日，一共三年三个月零十八天，时间不长。

你想要多长？让 ×× 同志永世不得翻身？！

我不是那意思。

那你在球队踢球哩，为什么就去监护？自动要求去的？

我那阵已不踢球了，球队不要我了，才让我去监护的。

在球队就犯了错误？

不是的，我没犯错误，我还立过一次三等功的。你不信？那是全军的运动会上，一场决定球队能不能出线的比赛上，眼看要结束了，最后一分钟，后卫把球传给了我，我就带球往前冲，三拐两拐，突然起脚，球原本是踢偏了，却撞在对方后卫腿上，球线路一变，日地进了网，我就立功了！我那时外号叫矮脚虎，之所以后来成了臭大脚，离开了球队，都是刘玉秀的霉气！

刘玉秀是什么人？

我谈的对象。恋爱时她家是贫农，可后来补划成分，她家成了漏划的富农……要是没有她，我哪能就去监护××？！

你是怎样监护的？

×× 是住在州城得胜街莲花巷七号院，三间上房是 ×× 夫妇住的，东边厦房是杂物间，西边厦房是灶房，我住在大门口的两间小屋里。我第一面见到 ××，他高我整整一个脑袋哩。大鼻子，大耳朵，我没见过那么大鼻子大耳朵的人！他老婆却是胖子，坐下像一堆没骨头的肉，哮喘得厉害，天一冷就下不了炕啦。×× 每天去三里外的工厂上班，他老婆在家。我的任务是登记他们外出的时间和活动内容，来的什么人也要登记。

都来过什么人？

×× 上班后，除了他老婆、王福贵、陈小艳、李得宝，基本上没人来过。

王福贵是谁？

是猪。那只鸡叫陈小艳，狗叫李得宝。这都是他老婆给起的名。

嘻，狗叫李得宝，你叫贾二狗，那年月人狗不分。

我叫二狗，可我是人呀！

咬 ×× 同志的狗！

我给他买煤的，打井水也是我，四丈八深的井，他们摇不动辘轱。×× 有什么要求，他写的报告还是我转达的，我从没压过……

这么说，你保护他了？

……但我没咬……只是他老婆……

说！

×× 每天上了班，他老婆有病在家喂王福贵和陈小艳，我没事了就踢足球，我是往院墙上踢，院墙弹回来再踢，他老婆坐在门坎上看我踢。有一回，球踢出院墙，他老婆去捡，李得宝也用前爪一拨一拨的，他老婆说：咦，你以为你是谁，是贾二狗吗？也要踢足球，愿意在哪儿踢就在哪儿踢？！她这是在骂我哩。×× 不骂人，他老婆爱转着弯儿骂人。

你回骂了？

我才不骂哩。球迷看球都是一个德性，你踢好了，他们就欢呼你，说你是英雄，踢不好了，就骂娘，什么难听骂什么，我经得多了，欢呼也好，骂娘也好，我踢球只是我想踢球。但他老婆这么一骂，我以后再不在院子里踢了。

这就是迫害！

这也算迫害?

她病得那么厉害，需要安静，你在院子里踢球她怎么休息?

……

还有什么罪行，继续交代。

我不知道还有什么……

贾二狗!

在这里。

你以为我们不掌握情况吗，就可以蒙混过关吗?我问你:修从院门口到工厂的路是怎么回事?

那一年雨水多，下得屋檐吊线的，院子里的水一脚脖子深，墙都快要泡塌了，院子里的水眼道捅不开，没了法儿，我在院门下挖了个洞，我整整挖了一个上午才挖通的。院子里没水了，那条路是土路却稀泥糊涂得下不了脚，××每天上班就穿一双雨靴还要带一双布鞋，天都晴了七八天了，他还是出门带两双鞋，浑身泥猴似的。我就去工厂动员工人来修路，不修不行嘛。

修路时为什么不用沙，要用煤渣?

煤渣方便，城里火电厂里就能拉，要用沙才麻烦了，得出城八九里去河里，我寻不下汽车嘛。

司马昭之心路人皆知，你是认为××那时是黑帮就应该走黑路!

没修路前 ×× 是不是跌过跤?

跌过。跌过，把腰拧了，在家歇了五天才好的。

修了路跌过没有?

没有。

问题就在这里，你是不想让他歇一天的!

歇不歇是工厂说了算的……×× 他对我说过，说贾同志呀，这路修得好哩。

×× 同志说过这话?

我要说谎我是狗哩!

你就是狗!

我要说谎我是李得宝!

就算 ×× 同志这么说过，那正说明你迫害他的手段高明，你是用棉花包了木棒子打人，打了人看不来外伤!

我再问你：是你残忍地逼他小儿子离开父母?

我没有逼。他小儿子来的时间长了，小儿子是在别处下乡插队的，住得久了我害怕上边知道了要追究，我只是对他老婆说：你是不是辅导一下，让你小儿子增加一点劳动观念。我再没多说什么，他小儿子第二天自己走了的。

把猫叫个咪，这不是逼是什么?！你这么毒的，谁没个儿子，要是你的儿子让人逼走，你怎么样?

我没儿子。

你该断子绝孙!

我再问你：他大女儿是在七号院结的婚？

是呀。

举行婚礼你为什么不参加？

他们没通知我，那天来了他们的亲戚，我还不知道要结婚哩。后来他老婆端了一盘瓜子到我房里，往桌上一放，说：今日阿梅结婚，你吃吧。说完就走了，我才知道他大女儿要结婚了。

吓，多大的架子，让人家给你端瓜子！瓜子吃啦？

吃啦。

吃不要脸的！你知道风俗吗？

盘子不能空还，要送些礼去。

你送的什么？

我犯难了，送什么呢？我实实是没有钱。只有二十元，买一条被单吧，那我嘴就吊起来了！我思来想去，上街买了毛主席著作四卷，在扉页上写了：永远沿着毛主席革命路线前进！

形左实右！你是把毛主席著作当石头砸××他们嘛！

我可没有那么想……

你经过“文化大革命”，我也是经过“文化大革命”的，这一套办法我见得多了，两派武斗的时候，常常用高音喇叭进行舆论攻击，双方就拿枪瞄准喇叭射击，后来喇叭上就贴了毛主席像，谁敢射击？谁射击了毛主席谁就是反革命！

我……

你还有什么要说的？

我不说了。

你无话可说！但你得认罪！

我认罪。

你永远被钉在历史的羞辱柱上！

你永远被钉在历史的羞辱柱上！

是谁？！

我说错了，是我。

今天就谈到这里，你去吧，明日写一份认罪书交来！

……

怎么还不走？

我能不能问一句话？我是写过两份认罪书的，这一回写了，是不是再不写了？

你问我，我问谁去？哎，你这是什么意思？

我祝 ×× 同志从此就一直是我们的领导人！

滚吧滚吧。

那我滚呀。

滚！

写于 1997 年 10 月